(K)eine Retoure für die Liebe

Eine Gay Romance zum Wohlfühlen

AF236518

Svea Lundberg

Impressum

Copyright © 2023 Svea Lundberg

Julia Fränkle-Cholewa
Zwerchweg 54
75305 Neuenbürg
info@svealundberg.net / www.svealundberg.net

Covergestaltung:
Constanze Kramer – coverboutique.de

Bildnachweise: ©Dmitry – stock.adobe.com
©Dzha33 – shutterstock.com | ©k_samurkas – shutterstock.com
©Yuliya Yafimik – shutterstock.com | envatoelements.com
©bogalo – depositphotos.com

Buchsatz:
Annette Juretzki – annette-juretzki.de

Herstellung und Druck über tolino media GmbH & Co. KG,
Albrechtstr. 14, 80636 München. Printed in Germany.
Fragen zu Produktsicherheit an: gpsr@tolino.media.

(K)eine RETOURE für die Liebe

SVEA LUNDBERG

Damir

Scheiße, ist das kalt!, ist alles, was ich im ersten Moment denken kann, als ich die Beifahrertür aufstoße und daraufhin ein eisiger Luftzug von draußen ins Taxi zieht. Zugegeben, meine Verfrorenheit könnte daher rühren, dass ich die letzten Tage in der Dominikanischen Republik verbracht habe. Beruflich, nicht privat. Der Taxifahrer hat mich vermutlich ohnehin schon für bescheuert erklärt, weil ich ihn gebeten habe, das Taxi so dermaßen aufzuheizen. Jedenfalls bemerke ich aus dem Augenwinkel, dass er die Lüftung demonstrativ niedriger dreht, sobald ich Anstalten mache, auszusteigen.

Ich bilde mir ein, seinen genervten Blick im Nacken spüren zu können, und beeile mich, trotz Kälte, aus dem Taxi zu kommen. Immerhin erwarten mich gleich ein prasselnder Ofen im Wohnzimmer und Achims Umarmung. Auf Letztere hoffe ich besonders – und bin gleichzeitig nicht sicher, ob ich sie bekommen werde. Zumindest nicht so, wie ich sie mir wünsche. Seit Wochen, eigentlich Monaten schon.

Ich kann nur hoffen, dass meine Abwesenheit der letzten Tage und der Umstand, dass Achim Silvester ohne mich gefeiert hat, unserer kriselnden Beziehung den Raum gegeben hat, den Achim nach eigenen Angaben braucht. Das fiese Stimmchen, das mir einzureden versucht, es sei ein schlechtes Omen, dass wir das neue Jahr getrennt voneinander eingeläutet haben, verdränge ich, während ich meinen Koffer aus dem Kofferraum hole. Kaum habe ich die Klappe zugeworfen, gibt der Taxifahrer Gas und lässt mich in einer Wolke aus Auspuffabgasen, aufspritzendem Schneematsch und Kälte zurück.

Fröstelnd stapfte ich die paar Meter über den Bürgersteig, rüber zum Gartentürchen. Die Straßenlaternen brennen noch, die Morgendämmerung ist grau in grau. Obgleich es gegen Mittag sonnig werden soll, ist das hier zumindest temperaturtechnisch ein kleiner Schock. Aber das bin ich durch die zahlreichen Langstreckenflüge gewohnt.

Ein Blick in den von einer Laterne erhellten Vorgarten bezeugt, dass Achim tatsächlich ohne mich gefeiert hat. Eine leere Sektflasche und jede Menge Raketenabfall verunstalten das Weiß des Schnees. Wäre ich gestern zu Hause gewesen, hätte ich den Kram definitiv weggeräumt – unsere Nachbarn haben es am Neujahrstag offensichtlich auch geschafft, ihre Vorgärten wieder auf Vordermann zu bringen. Nur der Schneemann der Familie Hiller hat seine Karottennase verloren.

Ganz automatisch gleitet mein Blick an den Beeten entlang, welche die Vorderseite der Hauswand säumen. Die Weihnachtsdeko, die ich liebevoll und mit aller Sorgfalt darin platziert habe, ist ausgeschaltet. Dementsprechend kärglich sehen die Beete aus. Es sollte mich nicht wundern, dass Achim sich nicht die Mühe gemacht hat, den entsprechenden Lichtschalter zu betätigen. Schon gar nicht früh am Morgen. Und im Grunde ist es auch nicht Verwunderung, die ein feines Stechen in meiner Brust auslöst, sondern Enttäuschung. Ich weiß, dass Achim nicht viel wert auf diesen ganzen Weihnachtskram legt, aber wenigstens zu unserem Wiedersehen hätte er sich die Mühe machen können. Eben weil er weiß, wie viel mir das Fest mit all den dazugehörigen Lichtern, dem Duft nach Punsch und Spekulatius und dem heimeligen Beisammensein bedeutet. Mehr noch, wenn ich über die Feiertage hinweg berufsbedingt durch die ganze Welt fliege. Langstreckenflüge sowohl über Weihnachten wie auch über Silvester – das war so nicht geplant. Aber der aktuelle Personalmangel hat mir keine andere Wahl gelassen. Nun allerdings kann ich mich auf meinen wohlverdienten Urlaub freuen.

Mit einem Ruck wende ich mich wieder der Haustür zu und streckte die Hand nach der Klingel aus. Die Minute außerhalb des Taxis hat bereits ausgereicht, um meine Finger klamm werden zu lassen. Ungeduldig trete ich von einem Fuß auf den anderen, aber drinnen im Haus bleibt es still. Ich habe nicht erwartet, Achim würde mich direkt an der geöffneten Haustür empfangen, auch wenn ich ihm, bevor ich ins Taxi gestiegen bin, geschrieben habe, dass ich in den nächsten dreißig Minuten zu Hause sein werde. Sich beim Aufmachen beeilen, könnte er aber schon. Denn wach ist er um diese Uhrzeit definitiv. In über sechs Jahren Beziehung habe ich es höchstens fünf Mal erlebt, dass er länger als sieben Uhr geschlafen hat – und da war er krank. Normalerweise treibt es ihn zwischen fünf und sechs aus dem Bett. Oder er geht gar nicht erst schlafen, wenn es allzu spät wird.

Ich klingle ein zweites Mal, verschränkte die Finger ineinander und puste warmen Atem dagegen. Doch es bleibt dabei: Niemand öffnet mir.

Nun wirklich genervt stoße ich einen leisen Fluch aus, pfeffere meinen Koffer in den Schnee und stapfe durch eben diesen über den schmalen Kiesweg ums Haus herum. Die zahlreichen Fußspuren deuten darauf hin, dass sich Achim zu Silvester mehr als nur einen oder zwei Kumpels eingeladen hatte. Etwas, das er mir verschwiegen hat. Oder vielmehr: Ich habe gar nicht erst danach gefragt, weil ich dachte, es sei besser, ihm die paar Tage Auszeit zu gönnen. Wie bitter es eigentlich ist, dass ich dachte, meinem Partner wäre es lieber, über Silvester gar nichts von mir zu hören, wird mir erst so richtig klar, als ich um das Hauseck trete und mich auf der ebenfalls noch halbdunklen Terrasse wiederfinde. Die Straßenlaternen schaffen es nicht, bis hierhin durchzudringen, und auch vom Wohnzimmer aus fällt kein Licht nach draußen. Kein heimeliges Kaminfeuer, wird mir mit einem Schlag klar. Kein Achim, der auf mich wartet. Mein Partner ist nicht zu Hause. Nachdem wir Weihnachten und nun auch Silvester getrennt voneinander verbracht und uns tagelang nicht gesehen haben, hält er es offensichtlich nicht einmal für nötig, mich in Empfang zu nehmen. Geschweige denn mir zu sagen, dass er es nicht tun wird.

Wo zum Teufel steckt er? Im Büro ja wohl nicht; er arbeitet neunzig Prozent von zu Hause aus.

Das Smartphone aus meiner Jacke zu ziehen, um nachzuschauen, ob er meine Nachricht gelesen hat, erspare ich mir. Gelesen hin oder her, Achim wusste ganz genau, dass ich heute Früh zurückkommen würde. Dennoch ist er nicht da, und das Schmerzhafteste daran ist, dass es mich nicht mal wirklich schockiert. Es enttäuscht mich. Es tut weh. Aber ich nehme es mit seltsamer Gelassenheit hin. Es ist einfach nur der Beweis dafür, dass sich an der Krise, in der wir uns offensichtlich befinden, nichts geändert hat.

Rund zwei Minuten später habe ich mir die Tür zu unserem gemeinsamen Haus dann eben doch selbst aufgeschlossen. Resigniert und mit einem dumpfen Pochen in der Brust zerre ich den Koffer hinter mir über die Türschwelle, lasse ihn mitten im Flur stehen – obwohl oder gerade weil ich weiß, wie sehr Achim Unordnung im Eingangsbereich hasst – und schäle mich erst mal aus meinem Mantel. Während dieser unachtsam auf dem Sideboard neben der Garderobe landet, verpasse ich der Haustür einen Fußtritt, sodass diese lauter als nötig ins Schloss fällt. Ich bücke mich gerade, um die Verschnürung meiner Boots zu lösen, als ein anderes Geräusch meine Aufmerksamkeit fordert. Ein Geräusch, das mir trotz all des Frusts in meinem Inneren sofort ein warmes Kribbeln im Bauch beschert. Und das, obwohl die Laute nach nichts anderem als einem inbrünstigen Vorwurf klingen.

Rasch taste ich nach dem Lichtschalter und kaum sind die Deckenspots entflammt, entdecke ich Sir Edward auch schon. Mit steil hochgerecktem Schwanz, das Mäulchen mit den spitzen Zähnen und der zartrosa Zunge zu einer Tirade tiefster Empörung aufgerissen, trabt der Kater die Treppe aus dem Obergeschoss herunter. Die Schritte seiner Samtpfoten auf den mit Teppich bedeckten Holzdielen lautlos, dafür macht er mir mit seinem Miauen umso lautstarker klar, was er davon hält, dass ich mal wieder tagelang verschwunden war. Ich mache mir keine Illusionen darüber, dass er mich primär als seinen Untertanen vermisst hat, aber das ist okay. Er ist ein Kater. Er ist *mein* Kater. Meine große Liebe auf vier Samtpfoten. Er darf mich anmeckern, sobald ich zur Haustür hereinkomme. Denn immerhin schenkt er mir im Gegensatz zu Achim überhaupt irgendeine Form der Aufmerksamkeit.

Ich verbiete es mir selbst, direkt wieder in mürrische Gedanken um meinen Partner und unsere kaum noch existierende Liebesbeziehung abzudriften, und knie mich stattdessen, die halbgeöffneten Boots noch an den Füßen, mitten im Flur auf den Boden.

»Na, komm her, du kleine Plüschkugel. Hast du mich vermisst?«

Als Antwort auf meine mehr rhetorische Frage lässt Eddi, wie ich ihn meist nenne, ein weiteres Miauen ertönen, das jedoch nicht mehr ganz so erbost klingt. Keine drei Sekunden später streicht er gurrend um meine Beine und das warme Gefühl in meiner Bauchgegend vertieft sich augenblicklich, als ich endlich wieder meine noch kühlen Finger in seinen samtigen silberweißen Pelz graben kann.

Unter seinem Fell spüre ich das kraftvolle Spiel seiner Muskeln und Sehnen, bei jedem Schritt, den er um mich herum schwänzelt. Seine Hoheit, Sir Edward, ist kein bisschen dick, aber doch ein stattlicher Kater, und auch wenn sein Gemaule anderes vermuten lässt, bin ich mir sicher, dass Achim ihn in den letzten Tagen ausreichend gefüttert hat. Eddi wirkt munter und aufgeweckt und als er findet, dass wir uns ausreichend begrüßt haben, stolziert er quer durch den Flur und rüber ins Wohnzimmer. Ganz sicher wird er es sich dort längst auf seinem Stammplatz auf dem Sofa gemütlich gemacht haben, bis ich zu ihm komme.

Während ich mir die Schuhe vollends von den Füßen trete, schießt mir der Gedanke in den Kopf, dass es vielleicht sinnvoll gewesen wäre, erst mal nachzusehen, ob noch genug Brennholz für den Kamin da ist. Aber notfalls muss ich mir eben noch mal was anziehen, um hinauszugehen. Statt ins Wohnzimmer führt mich mein erster Weg in die Küche. Ich brauche einen Kaffee. Grundsätzlich habe ich in den letzten Jahren als Flugbegleiter gelernt, mit Jetlag und langen sowie unregelmäßigen Arbeitsschichten umzugehen, aber die letzten Wochen haben mich dann doch geschlaucht. Vermutlich nicht nur aus beruflichen Gründen.

Während die Kaffeemaschine mit einem leisen Brummen aufzuheizen beginnt, taste ich über die Taschen meiner Jeans, finde jedoch kein Handy.

»Jacke«, murmele ich mir selbst zu. Mein Gott, ich bin wirklich zerstreut.

Noch ehe ich zurück in den Flur treten kann, fällt mein Blick auf die magnetischen Notizzettel, die nicht wie üblich am Kühlschrank hängen, sondern auf der Arbeitsplatte direkt neben der Kaffeemaschine liegen.

Auf dem obersten Blatt eine handgeschriebene Nachricht. Eindeutig Achims Schrift.

Hallo Damir! Ich hoffe, du bist gut nach Hause gekommen. Du wirst dich sicher wundern, wo ich stecke. Um es kurz zu machen: Ich bin ausgezogen. Wenn etwas Dringendes sein sollte, erreichst du mich auf meinem Handy. Ich denke aber, wir sind uns einig, dass unsere Beziehung am Ende ist. Ich wünsche dir ein frohes neues Jahr. Achim

P.S. Edward habe ich heute Morgen noch mal gefüttert.

Sekundenlang starre ich auf den Zettel. Auf die kurze Nachricht darauf, mit der mein Partner unsere langjährige Beziehung augenscheinlich einfach so für beendet erklärt hat. Er war noch nie ein Mann der vielen Worte, aber das ... ist doch ein Witz!

Nahezu panisch krame ich in meinem verwirrten Kopf nach der Info, ob es in irgendeinem Kulturkreis Brauch ist, das neue Jahr mit einem schlechten Scherz einzuläuten. Denn nichts anderes kann es sein.

Das Problem ist nur: Achim ist nicht der Typ für schräge Witze oder gar Pranks. Er sagt oft nicht viel, aber wenn er was sagt, dann meint er das so. Was bedeutet, dass ...

Keuchend taumle ich einen halben Schritt zurück. Starre noch immer auf den Zettel. Auf Achims Worte darauf.

Ich begreife es nicht. Will es vielleicht einfach nicht begreifen. Denn das würde bedeuten, mir den Schmerz einzugestehen. Den Schmerz darüber, es im Grunde schon gewusst zu haben.

Unsere Beziehung war bereits seit Monaten im Eimer. Aber dass Achim sie nun einfach so beendet, macht mich im ersten Moment fassungslos.

Ich brauche Sekunden, mehrere flache Atemzüge, um zu realisieren, dass mein Partner – nein, Expartner – mich nach über sechs Jahren Beziehung mit einer beschissenen Zettelnachricht verlassen hat.

Wenn auch verspätet, der Schmerz kommt – und mit ihm die Wut der Hilflosigkeit. Ehe ich darüber nachdenken kann, was ich hier gerade tue, greife ich nach einer der ordentlich neben der Kaffeemaschine aufgereihte Tassen und schleudere sie mit einem heiseren Schrei auf den Lippen zu Boden. Doch ganz entgegen dem Skript eines tragischen Liebesfilms zerspringt sie nicht in tausend Einzelteile. Lediglich eine einzelne Scherbe bricht aus dem dicken Porzellan und bleibt einen Meter von mir entfernt vor meinen Füßen liegen. Es war meine Lieblingstasse, erkenne ich. Die, die Achim mir zu unserem ersten Jahrestag geschenkt hat. Sie ist weiß, mit schwarzen Schäfchen darauf, einem rosa Herz und der Aufschrift: **Ohne dich ist alles doof.**

Kitschig – und schön. Damals ...

Nun liegt die Tasse quasi halb beschädigt vor mir und scheint mich damit zu verhöhnen. Bittere Enttäuschung und eine nagende Wut, von der sich ein kleiner Teil möglicherweise auch gegen mich selbst richtet, drängen meine Kehle nach oben und lassen diese eng werden. Ein weiterer heiserer Laut löst sich aus meinem Mund, den ich auch nicht ersticken kann, indem ich mir eine Faust gegen die Lippen presse. Stattdessen fangen meine Finger zu zittern an. Sie sind noch immer kalt, obwohl ich

Eddi vorhin gestreichelt habe. Es ist eine Kälte, die sich von innen durch meinen Körper frisst und gegen die sicherlich auch kein heißer Kaffee helfen wird.

Ruckartig mache ich auf meinen Socken kehrt und fliehe regelrecht aus der Küche, in der immer noch die Kaffeetasse liegt, die nicht halb so zerbrochen ist wie meine beschissene Beziehung.

Ich renne regelrecht die paar Meter durch den Flur und ins Wohnzimmer, doch entgegen meiner Erwartung liegt Eddi nicht auf dem Sofa. Nicht auf seinem Kratzbaum. Nicht auf dem Regal zwischen den Büchern, von denen kaum noch welche da sind, weil die meisten Achim gehört haben – und er sie mitgenommen hat. Mein Blick rast weiter umher und bleibt an dem Einbauschrank an der Wand hinter der Essecke haften. Dieser grottenhässliche Schrank, den ich dort nie haben wollte, weil er nicht zur Inneneinrichtung passt, aber den Achim dennoch vor zwei Jahren eingebaut hat, als ich wieder mal auf einer Dienstreise war.

Tief in meinem eisigkalten Inneren ahne ich, dass meine Gedanken gerade kein bisschen rational sind. Dennoch flutet mich die unumstößliche Gewissheit, dass die Talfahrt unsere Beziehung an genau diesem Wochenende begonnen hat. Dass der Einbauschrank, über den wir uns so uneins waren, das erste winzige Problem war, das wir mit einem anständigen Gespräch vielleicht hätten aus der Welt schaffen können. Doch statt wie vernünftige Erwachsene zu reden, haben wir den Frust hinuntergeschluckt und statt Differenzen auszudiskutieren, dann die ganze Nacht gevögelt. Das Irrwitzige ist nämlich, dass unser Sex stets um Längen besser war als unsere Krisenkommunikation. Selbst in den letzten Monaten noch.

Am nächsten Morgen haben wir kein Wort mehr über den Einbauschrank verloren und auch danach nie wieder. Ja, verdammt, ich bin mir sicher, dass genau das der Anfang vom Ende war. Es ist so banal und tut genau deshalb so beschissen weh. Der Laut, der zwischen meinen aufeinandergepressten Lippen hindurchdringt, ist dieses Mal eindeutig ein Schluchzen, und die Tränen, die sich gnadenlos ihren feuchten Weg aus meinen Augen bahnen, spülen die zornige Enttäuschung an die Oberfläche.

»Du Arschloch«, krächze ich fast nur flüsternd in die Stille des Wohnzimmers hinein und schlinge die Arme um meinen Oberkörper. Doch die Kälte der Erkenntnis, mit einer verfickten Notizzettelnachricht verlassen worden zu sein, bleibt.

Malte

Furchtbar schief, aber dafür mit Inbrunst pfeife ich den Refrain des Songs, der eben noch im Radio lief, und klettere auf die Ladefläche des Zustellfahrzeugs. Meine musikalische Darbietung fällt eindeutig unter ›nicht schön, aber selten‹, ist mir allerdings vollkommen egal. Ich bin froh, meine ungeplante Schicht nach dieser Lieferung endlich beenden zu können – das ist durchaus ein guter Grund, fröhlich vor mich hin zu pfeifen.

Ich schnappe mir das letzte Paket, das noch auf seine Auslieferung gewartet hat, und bin für einen Moment verwundert, wie schwer es ist. Nicht Rückenschmerzen provozierend schwer, aber es hat eben doch mehr Gewicht, als die längliche und doch vergleichsweise schmale Form vermuten lässt. Was da wohl drin ist? Sofort schleicht sich ein Grinsen auf meine Lippen. Selbstverständlich schaue ich nie in die Pakete, die ich ausliefere, hinein und im Grunde ist es mir auch egal, was die Leute bestellen. Nichtsdestotrotz mache ich mir gern einen Spaß daraus, mir vorzustellen, was in den einzelnen Paketen drin sein könnte. Und ich muss zugeben, dass mein Kopfkino heute besonders auf Hochtouren läuft, denn ich habe außerplanmäßig die Schicht eines Kollegen übernommen, der bis spät abends die

Same-day-Bestellungen ausführt, die vor allem bei einem gewissen Versandweltkonzern getätigt werden. Was auch immer also in diesem Paket drin ist, der Empfänger wollte es wirklich dringend heute noch erhalten – und dafür nicht aus dem Haus gehen.

Mit raschen Schritten durchquere ich den Vorgarten, der eigentlich gepflegt wirkt, in dem jedoch noch die Spuren einer rauschenden Silvesterparty sichtbar sind. Viel prägnanter als diese ist allerdings die weihnachtliche Dekoration in den Beeten an der Hauswand. Zwischen verblühten, schneebedeckten Büschen stehen allerlei Rentiere mit leuchtend roten Lichternasen und kleine glitzernde Wesen, die vermutlich Weihnachtselfen darstellen sollen. Obwohl Heiligabend schon wieder einige Tage her ist, habe ich unweigerlich das Bedürfnis, *Last Christmas* zu pfeifen. Ich verkneife es mir jedoch gerade noch und drücke stattdessen auf den Klingelknopf.

Angesichts der Wohngegend, die von Einfamilienhäusern geprägt ist, würde ich darauf wetten wollen, vor dem Haus einer stereotypen *Happy Family* zu stehen. Doch die Aufschrift auf dem Klingelschild – Damir Pavić und Achim Schmidt – lässt anderes vermuten. Entweder eine Männer-Zweck-WG oder aber …

Die Tür wird geöffnet und – heilige Scheiße! Mir gegenüber steht ein Kerl etwa in meinem Alter, Ende zwanzig oder vielleicht auch Anfang der dreißig, mit leicht verwuscheltem braunem Haar, in Rollkragenpullover, aber ohne Hose. Genauer: nur in Unterhose. Schwarze, enganliegende Boxerbriefs, unter denen sich eine eindeutig weiche, aber doch ansehnliche Wölbung … Abrupt zwinge ich meinen Blick höher und in das Gesicht des Kerls. Was jedoch nichts daran ändert, dass ich ihn für einen langen Moment nur weiter anstarren kann. Denn er ist echt attraktiv – und verheult. Gut aussehend mit seinem markanten, aber doch nicht zu kantigen Gesicht und dem gepflegten Fünf-Tage-Bart, der schmale, sinnlich geschwungene Lippen umrahmt. An seiner Attraktivität ändern auch die rot geränderten Augen nichts, in deren Blau eindeutig feuchte Traurigkeit schwimmt.

»Ähm ... Hi. Ich hab ... ein Paket für dich«, bringe ich das Offensichtliche nur stockend heraus und möchte mich in der nächsten Sekunde dafür ohrfeigen, dass ich ihn einfach so duze.

Offensichtlich hat er aber gerade andere Sorgen, als sich daran zu stören. Er nickt nur, reibt sich einmal mit dem Ärmel seines Wollpullovers über die Augen, was jedoch nur dafür sorgt, dass die noch röter erscheinen, und kommt mir noch einen Schritt entgegen. Nur um mir das Paket abzunehmen, das ist mir schon klar, nichtsdestotrotz muss ich mich einmal kurz räuspern, ehe ich meine Stimme endgültig wiederfinde.

»Wenn du«, nun kann ich auch dabei bleiben, »mir bitte unterzeichnen würdest?« Rasch schiele ich noch einmal auf den Adressaufkleber. »Damir Pavić?« Wie hieß der andere Kerl noch gleich, der hier laut Klingelschild wohnt? Ob die beiden ein Paar sind?

Er nickt jedenfalls auf die Nachfrage bezüglich seines Namens hin, sodass ich eilig auf meinem Buchungsgerät das entsprechende Kästchen ankreuze: *Annahme durch adressierten Empfänger.*

»Moment …« Es ist nur ein einzelnes Wort, das er zudem leicht krächzend hervorstößt, dennoch komme ich nicht umhin, festzustellen, dass seine Stimme einen angenehmen Klang hat. Sie passt zu seiner Optik, finde ich – auch wenn die Feststellung vollkommener Blödsinn und irgendwie auch ein wenig anmaßend ist. Der Umstand allerdings, dass er sich halb von mir wegdreht, um das Paket im Flur abzustellen, trägt nicht gerade dazu bei, meine wirren Gedanken zu ordnen. Denn als er sich leicht bückt, habe ich beste Aussicht auf seinen Hintern in den enganliegenden Briefs. *Knackarsch*, kann ich nur denken, rufe mich in der nächsten Sekunde mit einem Räuspern selbst zur Raison.

»Entschuldige«, murmelt Damir und wendet sich mir rasch wieder zu, weil er meinen Laut wohl als Ungeduld missinterpretiert hat.

»Was? Nein, alles gut, kein Stress.« Es ist zwar schon recht spät am Abend, aber gerade habe ich es kein bisschen eilig, Feierabend zu machen. Dennoch strecke ich ihm den magnetischen Stift entgegen – ein reiner Reflex der beruflichen Routine.

Um Damirs Lippen zuckt etwas, das ein Lächeln sein könnte, aber erzwungen wirkt. Ihm geht es eindeutig beschissen und ich würde gerade gern fragen, was los ist und ob ich etwas für ihn tun kann. Beides verkneife ich mir, ebenso wie allzu tief Luft zu holen, als er mir noch ein wenig näher kommt, sich unsere Finger streifen und er sich leicht nach vorne neigt, um auf dem Display zu unterschreiben.

»Danke. Schönen Abend dann.«

19

Unsere Finger berühren sich erneut, ganz flüchtig nur, als er mir den Stift zurückgibt. Ich überlege gerade noch, was ich entgegnen soll – denn ihm ebenfalls einen schönen Abend zu wünschen, kommt mir angesichts der eindeutigen Tränenspuren in seinem Gesicht mehr als unpassend vor –, da zieht er sich bereits vollends in den Flur zurück und schließt die Tür hinter sich.

Ich bleibe noch einige Sekunden vor der mittlerweile geschlossenen Haustür stehen, lausche auf das Rumoren im Inneren. Bis mir schließlich mit einem Schlag klar wird, was ich da eigentlich tue. Abrupt wende ich mich halb ab und meine Aufmerksamkeit wieder dem Buchungsgerät zu, schließe mit einem Klick die Auslieferungsbestätigung ab. Feierabend! Ich habe Feierabend und keinen Grund, noch weiter hier herumzustehen.

Der von vielen Füßen plattgetretene Schnee knirscht gemeinsam mit dem Kies darunter unter meinen Füßen. Ich habe das offenstehende Gartentürchen noch nicht ganz erreicht, da ertönt ein Krachen hinter mir, gedämpft zwar durch die Wände, aber wenn man direkt neben der Geräuschquelle steht, muss es ohrenbetäubend sein. Erschrocken fahre ich herum. Weitere krachende Laute in einem Rhythmus aggressiver Schläge ertönen und mein Herz tut einen weiteren erschrockenen Hüpfer, als ein weißer Kater mit schwarzem Schwanz einem Pfeil gleich an mir vorbei durch den Schnee saust. Er verschwindet unter einer eingeschneiten Hecke und mein Blick hastet zurück zum Haus. Was zum Teufel ist da drin los?

Ohne großartig darüber nachzudenken, eile ich die wenigen Meter zu Haustür, drücke zum wiederholten

Mal an diesem Abend auf den Klingelknopf. Das Schellen geht jedoch in einem weiteren Krachen unter. Ich klingele direkt noch mal. Kurz herrscht Stille. Ich will schon die Hand heben, um gegen die Tür zu hämmern. »Da–« Der Name und jegliche weiteren Laute bleiben an meiner Zunge kleben. Wir kennen uns überhaupt nicht, es geht mich schlicht nichts an, was der Kerl da drinnen veranstaltet. Im Hausinneren bleibt es ruhig, niemand öffnet die Tür. Ich sollte wirklich Feierabend machen!

Doch wieder komme ich nicht weiter als einige stampfende Schritte weit. Das Krachen ertönt erneut, gefühlt noch lauter als zuvor, und verdammt noch mal, ich kann jetzt auch nicht einfach abhauen. Was ist, wenn der Kerl – Damir – da drinnen in Gefahr ist? Unwahrscheinlich, aber möglich. Noch mal zu klingeln, ergibt wohl wenig Sinn, auf gut Glück die Polizei zu rufen, erscheint mir ziemlich überzogen. Sekundenlang stehe ich unschlüssig mitten im Vorgarten, schaue mich suchend um, als könnte mir ein Blick auf die Nachbarhäuser verraten, was ich zu tun habe. Von den Nachbarn scheint niemand etwas mitzubekommen, in mir jedoch hallt das Dröhnen aus dem Hausinneren nach.

Kurzentschlossen gebe ich mir einen Ruck und stapfe quer durch den Vorgarten. Fußspuren nahe der Hauswand lassen erahnen, dass man zumindest halb um das Haus herum gehen kann. Vermutlich liegt blickgeschützt hinter den Hecken eine Terrasse. Oder es gibt wenigstens ein großes Fenster, durch das ich hineinspähen kann.

Ein wenig komme ich mir vor wie ein Einbrecher, der die Gegend auskundschaftet, aber einfach wieder ins Zustellfahrzeug zu steigen, wegzufahren und so zu tun, als habe ich nichts bemerkt, kommt eben auch nicht infrage.

Mit möglichst leisen Schritten – was aufgrund des Lärms aus dem Hausinneren eigentlich total bescheuert ist – pirsche ich mich näher an die Wand heran und linse um die Ecke. Tatsächlich fällt mein Blick auf eine nicht allzu große, aber mit noch mehr weihnachtlicher Dekoration hübsch hergerichtete Terrasse. Zusätzlich scheint Licht durch die bodentiefen Fenster nach draußen. Eigentlich ist es echt verwunderlich, dass man das Leuchten und Funkeln nicht bis vor zur Straße sehen kann.

Vorsichtig wage ich mich ein paar Schritte auf die Terrasse vor, auf welcher der Schnee offenbar längst getaut ist. Je näher ich den bodentiefen Fenstern, von denen sich eines als Glastür nach draußen entpuppt, komme, desto lauter kann ich das Krachen wahrnehmen. Es klingt, als schlüge jemand mit einem Hammer auf massive Holzbretter ein. Noch ein Schritt – und ich kann ihn sehen: Damir, der tatsächlich mit dem Rücken zur Glasfront mit einem beachtlich großen Hammer auf ein schwarz lackiertes Etwas einschlägt, das vermutlich mal ein Einbauschrank gewesen ist. Dabei muss ich ihm nicht ins Gesicht sehen, um zu ahnen, wie viel schmerzerfüllter Zorn gerade in diesem zu lesen steht. Seine verkrampfte Körperhaltung, die Wucht seiner Hammerschläge zeigen es deutlich genug.

Zischend lasse ich meinen Atem, den ich angehalten hatte, durch meinen Mund entweichen. In diesem Moment wirkt die ganze Situation – mich inklusive, der hier in einem fremden Garten steht und durchs Fenster spät – so skurril auf mich, dass ich keine Ahnung habe, was ich tun soll. Mich umdrehen und gehen wäre vermutlich gar keine so schlechte Variante. Immerhin schwebt Damir offensichtlich nicht in Gefahr und es geht mich einen Scheißdreck an, was er in seinem Haus mit seinem Einbauschrank anfängt. In der Theorie ist mir das durchaus klar, dennoch stehe ich auch nach Sekunden immer noch dort, mitten auf der Terrasse, so nahe an der Fensterscheibe, dass ich mich nur ein wenig vorlehnen müsste, um meine Nase dagegen zu drücken, und rühre mich keinen Zentimeter. Oder eher: Meine Füße bewegen sich kein Stück, ich hebe jedoch die Hand und klopfe mit den Fingerknöcheln gegen die Scheibe. Erst zaghaft, aber als Damir nicht reagiert, sondern nur weiter auf die Holzlatten vor sich eindrischt, energischer.

Er hält inne – und ich erneut den Atem an.

Wie in Zeitlupe dreht er sich um, lässt dabei den Hammer sinken und zuckt gleich darauf zusammen, als sein Blick auf mich fällt. Prompt ballt sich der Anflug eines schlechten Gewissens drückend in meinem Magen zusammen. Ich selbst würde vor Schreck wahrscheinlich tausende Tode sterben, wenn spät am Abend plötzlich ein fremder Kerl in meinem Garten stehen und gegen die Scheibe klopfen würde. Mal abgesehen davon, dass meine kleine Wohnung keinen Garten hat.

Im ersten Moment fällt mir nichts Besseres ein, als entschuldigend schief zu grinsen, doch glücklicherweise besinne ich mich rasch und gestikulierend ein: *Tut mir leid, ich hab mir nur Sorgen gemacht.* Oder zumindest mache ich Handbewegungen, die das mit viel Fantasie bedeuten könnten.

Damirs zutiefst irritierter Gesichtsausdruck lässt vermuten, dass er höchstens einen Bruchteil davon versteht. Den massiven Hammer noch in der Hand, kommt er quer durchs Wohnzimmer auf die Glastür zu. Natürlich noch immer nur in Wollpullover und Unterhose. Dieses Mal jedoch habe ich mich so weit im Griff, dass ich nicht nach unten starre, sondern den Blick auf sein Gesicht gerichtet lasse. Ganz eindeutig, da schimmern neue Tränen auf seinen Wangen. Ich sehe es spätestens, als er die Terrassentür geöffnet hat und wir uns wieder einmal im Türrahmen gegenüberstehen. Dieses Mal macht er sich gar nicht erst die Mühe, die Spuren mit dem Pulloverärmel fortzuwischen.

»Hast du gerade eben geklingelt? Muss ich noch was unterschreiben?«

»Ja. Nein. Ich meine … Sorry. Das ist sicher total creepy für dich, dass ich einfach so in deinem Garten stehe. Ich hab den Lärm gehört und mir Sorgen gemacht. Tut mir leid, war total drüber.«

Für lange Sekunden starrt Damir mich nur an. Wir starren uns gegenseitig an. Gerade als ich dazu ansetzen will, ihm zu versichern, dass ich jetzt gehen und auch nicht noch mal in so einer merkwürdigen Aktion auftauchen werde, schleicht sich wieder der Anflug eines Lächelns auf sein Gesicht. Nicht nennenswert breiter, aber doch ein wenig ehrlicher als vorhin, wie mir scheint.

»Ich finde es eigentlich eher lieb als creepy.«

»Echt?«, entfährt es mir wenig eloquent. Aber für intelligente Redeführung war ich bis dato an diesem Abend ja sowieso kein Vorbild.

»Ja, echt«, bekräftigt Damir und fährt sich nun doch einmal mit dem Pulloverärmel über das Gesicht. Ein Schniefen folgt. »Mir geht's ...« Er bringt es nicht über die Lippen.

»Beschissen?«

Der Laut, der aus seinem Mund dringt, soll wohl ein Lachen sein, hört sich aber viel eher nach einem verkümmerten Schluchzen an. Er nickt, rauft sich mit der freien Hand durch das ohnehin schon verwuschelte Haar, sein verweinter Blick hastet dabei ohne Fixpunkt umher.

»Achim ist ausgezogen«, bringt er gepresst hervor und sieht mich dabei plötzlich mit einem so intensiven Schmerz im Blick an, dass ich wieder für einen Augenblick die Luft anhalte. In meinem Kopf rasen die Gedanken. Achim ... Achim ... Der zweite Name an der Tür.

»Achim ist dein ... Freund?«, hake ich behutsam nach und mache mich innerlich schon mal darauf gefasst, mit der Vermutung total daneben zu liegen. Damir schnaubt lediglich, schnieft erneut. »Ex-Freund ganz offensichtlich. Er hat mir eine verfickte Nachricht auf einem Notizzettel hinterlassen, um mich darüber in Kenntnis zu setzen, dass unsere Beziehung am Ende ist.«

Wow, kann ich nur denken, *wow, das ist tatsächlich harter Tobak.* Ich öffne den Mund, doch wieder kommt Damir mir zuvor. »Sorry, tut mir leid, das kann dir völlig egal sein, ich wollte nicht –«

»Nein!«, falle ich im rasch ins Wort, »ich bin ja noch hier, weil es mich interessiert. Ich meine, ich bin hier, weil ich mir Sorgen gemacht habe, und wenn ich schon wie aus dem Nichts in deinem Garten stehe, ist es ja wohl das Mindeste, mir anzuhören, warum es dir dreckig geht.« Das klang jetzt auch wenig charmant, aber um Damirs Lippen zuckt wieder dieses winzige Lächeln.

»Na, wenn du es so siehst ...« Es folgt ein abgrundtiefes Seufzen. »Dann danke fürs kurze Zuhören.«

»Gern«, antworte ich sofort und meine es viel zu sehr genauso. »Ich kann auch noch länger zuhören, wenn du möchtest.« O Mann, mein Mund ist heute echt mal wieder schneller als meine Gedanken. Mir ist durchaus klar, dass vorne an der Straße noch der Paketwagen steht und dass ich ordentlich Ärger bekommen werde, wenn ich den nicht bald in der Zustellbasis abliefere. Aber ich bringe es nicht übers Herz, diesen Kerl jetzt hier so stehen zu lassen. Obwohl genau das zu tun eigentlich die einzig logische Aktion wäre.

Darüber scheint sich wohl auch Damir im Klaren zu sein, denn er kratzt sich sichtlich irritiert am Hinterkopf. »Musst du nicht ...? Ey, dieses Teil wird echt schwer.« Kurzerhand legt er den Hammer auf dem Boden neben der Glastür ab und ich frage mich unweigerlich, ob der wohl in dem Paket war, welches ich ihm ausgeliefert habe. »Musst du nicht noch arbeiten?«

Ein wenig verlegen hebe ich die Schultern. »Deine Lieferung war meine letzte für heute. Ich muss allerdings noch zurück zum Paketzentrum. Also ja, eigentlich arbeite ich noch.« Mit dieser Antwort habe ich meinen Vorschlag von eben wohl selbst ad absurdum geführt und um die ganze Situation nicht noch skurriler zu machen, trete ich zwei Schritte rückwärts.

»Schade.«

Ich blinzele überrascht. »Ich ... kann nachher wiederkommen? Und wir ... keine Ahnung, gehen spazieren oder so?«

Damir überlegt augenscheinlich einen langen Moment und ich bin mir eigentlich fast sicher, wie seine Antwort ausfallen wird. Dass er trotz seiner Aussage, nur darüber nachdenkt, wie er aus der Nummer wieder rauskommt. Doch dann nickte er wieder. »Wenn du das wirklich willst? Ich meine, wir kennen uns überhaupt nicht und ich will ja nicht –«

»Tust du nicht.« Was auch immer genau er sagen wollte. »Ich komm gern wieder. Manchmal hilft es ja, einfach mit jemandem zu quatschen. Auch wenn man das zugegebenermaßen meist eher mit Freunden oder so macht.«

Bei meinen letzten Worten huscht ein erneuter Schatten über sein Gesicht, was ihn nur wieder umso trauriger wirken lässt.

»Dann so in 'ner Stunde?« Um ihn wenigstens ein winziges bisschen aufzumuntern, grinste ich ihm zu. »Dieses Mal klingele ich dann auch wieder, wie ein ganz normaler Mensch es tun würde.« Mal abgesehen davon, dass ich vorhin ja ebenfalls zuerst geklingelt habe.

Damir erwidert die Geste schwach. »Okay, dann bis nachher ...«

»Bis dann.« Ich brauche noch zwei oder drei Sekunden, ehe ich mich wirklich von ihm abwende. Irgendwie habe ich das dringende Bedürfnis, mir seinen Anblick genau einzuprägen. Vielleicht, weil es so surreal ist, dass wir uns nachher wieder sehen werden. Unter diesen Umständen. Doch dann reiße ich mich mit einem

Ruck los. Erst als ich das Hauseck fast erreicht habe, fällt mir noch etwas siedend heiß ein: »Ich heiße übrigens Malte.«

3

Damir

Es ist vollkommen bescheuert! Hier im Bad zu stehen und mich fertig zu machen, weil ich ernsthaft davon ausgehe, dass ein wildfremder Typ, ein Paketbote, den ich noch nie zuvor in meinem Leben gesehen habe, wiederkommen wird, um … Was genau zu tun? Mir zuzuhören – das waren etwa seine Worte. Sich von mir erzählen zu lassen, wie Achim und ich unsere langjährige Partnerschaft in einem schleichenden, aber stetigen Prozess gegen die Wand gefahren haben.

Die Erkenntnis, dass wir genau das getan haben, nistet sich zunehmend quälend in meinem Bewusstsein ein. Noch schafft sie es nicht ganz, den Schmerz darüber, dass und vor allem *wie* Achim gegangen ist, zu überlagern. Vielmehr entsteht aus der Enttäuschung über Achim und auch über mich selbst ein gefühlsgeladener Lavastrom, der in meinem Inneren brodelt und auszubrechen droht. Aber aus Enttäuschung und Wut ein weiteres Möbelstück zu zerlegen, ist keine Option.

Zum wiederholten Mal schießt mir die Frage in den Kopf, ob Achim sich wohl wundern wird, wenn er seine Bestellhistorie aufruft. Eigentlich schätze ich ihn so ein, dass er sofort bei mir nachhaken würde, denn immerhin weiß er, dass ich das Passwort für seinen Prime-

Account kenne. Andererseits scheint er ja absolut keinen Wert mehr darauf zu legen, mit mir zu kommunizieren. Vielleicht sollte ich ihm das Geld für den *Hammer extra stabil* einfach kommentarlos per PayPal schicken. Oder es bleiben lassen. Im Grunde habe ich gerade echt andere Probleme. Dank Achims nahezu kommentarlosem Auszug.

Ich habe den Gedanken kaum zu Ende gesponnen, da steigt erneut diese hilflose Wut in mir auf. Darüber, einfach so verlassen worden zu sein und dennoch zu ahnen, dass Achim nicht der einzige Schuldige in dieser ganzen Geschichte ist.

Mit einem rauen Laut in der Kehle stoße ich mich vom Rand des Waschbeckens ab, auf den ich mich bis eben noch gestützt habe und reiße die Badezimmertür auf. Schaudere kurz aufgrund der kühlen Luft, die mich im Flur des oberen Stockwerks empfängt. Dass ich nicht schon wieder zu heulen beginne, habe ich gerade nur dem Vorsatz zu verdanken, dem Paketboten nicht erneut vollkommen verweint die Tür zu öffnen. Der Paketbote ... Malte ...

Obwohl mir gerade eigentlich überhaupt nicht nach Lächeln zumute ist, spüre ich die Geste ganz sacht an meinen Lippen ziepen, während ich rüber zu dem Zimmer gehe, das als überdimensionaler Kleiderschrank dient. Malte hat etwas von Spazierengehen gesagt, dicke Klamotten wären demnach wahrscheinlich angebracht. Wenn er überhaupt kommen wird. Dass er oder auch ich selbst es uns anders überlegen, wäre durchaus im Bereich des Möglichen. Dennoch bin ich mir seltsam sicher, dass er bald unten an der Tür klingeln wird – und dass ich ihm öffnen werde. Allein schon, weil es gerade echt schwer ist, die Stille im Haus zu ertragen. Mehr noch, seit Sir Edward sich fluchtartig durch seine Katzenklappe gequetscht hat, sobald ich angefangen habe, den Einbauschrank zu zerlegen. Eine vollkommen dämliche Aktion, wenn ich bedenke, dass das Teil nun halb zertrümmert im Wohnzimmer herumliegt und ich mich zwangsweise in den kommenden Tagen damit beschäftigen muss, es vollends abzubauen und loszuwerden. Wofür ich wahrscheinlich noch mehr Werkzeug brauchen werde. Und ein weiteres Mal sollte ich den Prime-Account meines Ex-Freundes wohl nicht ungefragt nutzen. Andererseits – selbst schuld, wenn er seinen ganzen Werkzeugkoffer mitnimmt. Überhaupt musste ich im Laufe des Tages feststellen, dass Achims Auszug definitiv keine Spontanaktion nach einer durchzechten Silvesternacht gewesen sein kann. Er hat so ziemlich alles mitgenommen, was ihm gehört. Keine Möbel, immerhin, aber ansonsten wirklich alles.

Als müssten sich meine Augen von dem überzeugen, was mein Gehirn schon längst weiß, schweift mein Blick über die leeren Fächer im Schrank.

»Fuck«, flüstere ich einem der einsam herum baumelnden Kleiderbügel zu. »Fuck, fuck, fuck.«

Mehr aus Reflex, denn aus Überzeugung reiße ich wahllos eine meiner Jeans aus dem Schrank. Zwinge mich erst mal dazu, tief durchzuatmen, ehe ich mich für einen Pullover entscheide. Einer mit Rollkragen, aus grober, aber dennoch weicher Wolle. Ähnlich wie der, den ich den ganzen Tag über getragen habe. Nur in Grau, statt in Beige.

Ich habe es gerade fertig angezogen zurück ins Bad geschafft und habe noch ein wenig Haarwachs an den Fingern, als die Türklingel schrillt. Ein Ruck geht durch meinen Körper und mein Herz beschleunigt augenblicklich seinen Takt, einfach weil es echt skurril ist, dass Malte wirklich zurückgekommen ist.

Rasch wische ich mir die Finger an einem Handtuch sauber und husche aus dem Badezimmer. Den Blick in den Spiegel verkneife ich mir, denn dass ich nach wie vor verheult und übernächtigt aussehe, weiß ich auch so. Letztlich ist es egal, denn vorhin sah ich mit Sicherheit noch beschissener aus und ich habe mich gerade nicht für ein Date fertig gemacht. Wofür sonst – keine Ahnung. Vermutlich gibt es dafür keinen eigenständigen Begriff. Oder zumindest keinen, der mir geläufig wäre. Vielleicht fällt Malte einer ein.

Dazu, ihn danach zu fragen, komme ich allerdings zunächst nicht, denn als ich die Tür öffne, bin ich trotz aller Sicherheit, dass er es sein würde, doch erst mal überrascht, dass er tatsächlich da draußen steht. Nun nicht mehr in Paketboten-Outfit, sondern in Boots, Jeans, khakifarbenem Parka und einer dunkelblauen Mütze, unter der sich ein paar seiner braunen Locken hervor klingeln. Faszinierend eigentlich, dass mir seine Haarpracht nun, wo sie größtenteils unter einer Kopfbedeckung verschwindet, auffällt. Im Grunde komme ich aber ohnehin erst jetzt dazu, ihn wirklich anzusehen. Festzustellen, dass er zu den Menschen gehört, denen ihre Brille wirklich gut steht. Noch mehr steht ihm allerdings das halb verschmitzte und halb unsichere Lächeln, das seine Mundwinkel hebt und zwei Grübchen hervortreten lässt.

32

»Hey, da bin ich«, stellt er mit leicht schiefgelegtem Kopf fest und mustert mich dabei.

»Und ich bin auch da, sogar frisch geduscht, wenn auch sicherlich nicht grad 'ne Augenweide.«

Maltes Augen weiten sich hinter den Brillengläsern und ich verspüre mit einem Mal das dringende Bedürfnis, mich ein wenig nach vorne zu lehnen, um herauszufinden, welche Farbe sie haben. Dazu reichen das Licht der Laternen und das aus dem Flur jedoch nicht aus, weil Malte zu weit von der Haustür entfernt steht.

»Von wegen, du siehst richtig gut aus.«

Für einen Augenblick perplex blinzele ich ihn an, nicht sicher, wie ernst er diese Aussage gerade gemeint hat. Grundsätzlich bin ich echt zufrieden mit meinem Aussehen, aber jetzt gerade ... »Klar«, entgegne ich mit einem Zwinkern und muss dabei feststellen, dass sich zumindest diese Geste nicht erzwungen anfühlt. Fremde hin oder her, vielleicht tut mir ein Spaziergang mit Malte wirklich ganz gut.

Er mustert mich mit einem langen Blick, unterbricht diesen dann jedoch, indem er ganz leicht den Kopf schüttelt, als müsste er sich von einem Gedanken losreißen.

»Na dann, wollen wir in Richtung Innenstadt laufen und ein bisschen am Rhein entlang?«

Beim ersten Teil seiner Frage will ich schon reflexartig den Kopf schütteln, denn mir ist gerade nicht wirklich nach der Gesellschaft anderer Menschen zumute – außer nach der seinen. Die Vorstellung jedoch, mit ihm ein wenig am Rhein entlang zu laufen, gefällt mir. Auch wenn ich jetzt schon weiß, dass ich dabei an die Spaziergänge werde denken müssen, die Achim und ich früher unternommen haben. In den letzten Monaten unsere Beziehung immer seltener – auch das wird mir erst jetzt mit einem Schlag bewusst. Rasch wende ich mich ab und schlucke gegen den Kloß in meinem Hals an, quetsche Worte durch die Enge hindurch. »Klar, gern. Bin gleich so weit.«

Während ich in meine Jacke und Schuhe schlüpfe, schlendert Malte ein paar Schritte durch den Vorgarten. Aus dem Augenwinkel beobachte ich ihn dabei, wie er meine Weihnachtsdeko in den Beeten betrachtet, und muss trotz dessen, dass sich tief in meinem Inneren dieser drückende Schmerz zusammenballt, leicht lächeln.

»Ich nehme an, du bist ein Weihnachtsfan.« Über die Distanz von zwei Metern schweift sein Blick zu mir, mit einem Mal wirkt seine Miene betreten. »Oder …?«

Was – oder? Vermutet er …? »Die ganze Deko ist schon von mir. Mein Part– … mein Ex kann damit überhaupt nichts anfangen.« In der kurzen Stille zwischen uns klirrt mein Schlüsselbund überlaut, als ich diesen vom Sideboard nehme. »Weihnachtsfan ist vielleicht zu viel gesagt, aber ich mag die Vorweihnachtszeit wahnsinnig gern. Sie hat so etwas Besinnliches, Heimeliges. Wenn die Menschen, die einander wichtig sind, zusammenkommen …« Mein Seufzen verklingt in dem Geräusch, als ich die Haustür hinter mir ins Schloss ziehe. »Dieses Jahr – beziehungsweise letztes – habe ich davon leider nicht viel gespürt.«

Malte nickt mit einem mitfühlenden, aber nicht mitleidigen Blick. »Verstehe. Wegen deines Ex, hm?«

Seine Nachfrage klingt, als würde er ahnen, dass es zwischen Achim und mir schon seit längerem gekriselt hat. Ist vielleicht auch nicht sonderlich schwer zu erraten. »Ja, auch«, entgegne ich dementsprechend wahrheitsgetreu, setze der Vollständigkeit halber aber hinzu: »Und wegen meines Jobs. Ich bin Flugbegleiter und hatte –« Ich komme nicht dazu, den Satz zu vollenden, denn Eddi kommt wieder einmal lautstark miauend durch den Schnee geprescht. »Du Streuner!« Lächelnd sehe ich meinem Kater entgegen. Er ist einfach süß, wie er so durch den Schnee pflügt. Im Gegensatz zu manch anderen Katzen hat er mit Feuchtigkeit in dieser Form kein Problem. Nur Regen hasst er wie die Pest.

»Das ist deiner? Ich habe ihn vorhin schon durch den Garten rennen sehen.«

»Eddi – ja. Eigentlich Sir Edward. Er ist vorhin geflüchtet, als ich angefangen habe, den Einbauschrank im Wohnzimmer zu zerlegen.« Ich bringe die Worte mit einem schiefen Grinsen hervor, will gar nicht wissen, was Malte nach der Aktion von mir hält. Sorgen hat er sich gemacht – was ich immer noch ziemlich liebenswert finde.

Er erwidert mein Grinsen, zwinkert mir zu. »Kann ich aus Katzensicht durchaus verstehen.«

Ein wenig verlegen hebe ich die Schultern, wende mich noch mal der Haustür zu. »Ich lass ihn noch kurz rein. Wenn sein Untertan hier steht, würde er einen Teufel tun, und seine Katzenklappe benutzen.«

In meinem Rücken vernehme ich Maltes leises Lachen, das mir einen kleinen, warmen Schauer im Nacken beschert. Ich messe dem Gefühl jedoch keine Bedeutung zu, beeile mich einfach, meinen Kater ins Hausinnere zu lassen, damit Malte und ich endlich zu unserem

Spaziergang aufbrechen können. Inzwischen dürfte es einundzwanzig Uhr durch sein und Malte wird sicher nicht die halbe Nacht mit mir, einem Fremden, der sich bei ihm ausheulen will, verbringen.

»Dieser Einbauschrank – wie kam es eigentlich dazu, dass du deinen Frust an ihm abgelassen hast? Ich meine, ich kann das nach der Zettelaktion deines Ex total verstehen, aber warum der Schrank?«

Energisch ziehe ich die Haustür zum zweiten Mal hinter mir zu. »Eben wegen meines Ex. Er hat ihn vor zwei Jahren eingebaut, obwohl ich ihn da nicht haben wollte, und so blöd es sich anhört, ich hab das Gefühl, das war der Anfang vom Ende.«

Malte schenkt mir einen Blick, in dem eindeutig Unverständnis liegt, aber nicht auf eine tadelnde, sondern einfach nur eine fragende Weise. »Wie meinst du das?«

Ich zögere für einen Moment und Malte scheint es sofort zu bemerken. »Nur, wenn du mir davon erzählen möchtest ... Wir können auch über was ganz anderes reden.« Noch während er mir diese Option in Aussicht stellt, schlendert er zum Gartentürchen, hält es mir auf und folgt mir erst, als ich selbst hindurch gegangen bin.

Nahezu zeitgleich wenden wir uns nach links, was wahrscheinlich weniger mit einer besonderen Harmonie zwischen uns zu tun hat, sondern einfach mit dem Umstand, dass wir beide wissen, in welche Richtung es in die Mainzer Innenstadt geht.

Mein Zögern hat nichts damit zu tun, dass ich mich Malte nicht anvertrauen möchte. Mir schießt nur zum wiederholten Mal durch den Kopf, dass beim ersten Treffen nur vom Ex zu quatschen echt eine miese Nummer ist. Aber hey, wir haben kein Date. Es wäre total abstrus, wenn es eines wäre. Nur Stunden, nachdem Achim mich verlassen hat.

Und dann sprudeln die Worte doch aus meinem Mund. Ich erzähle Malte davon, wie Achim und ich irgendwann – in meiner Erinnerung exakt am Tag des Schrankeinbaus – aufgehört haben, Unstimmigkeiten auszudiskutieren und zu bereinigen. Wie wir aufgehört haben, uns mit dem jeweils anderen auseinanderzusetzen. Aufgehört, den jeweils anderen nach seinen Wünschen zu fragen. Stattdessen stumm darauf zu hoffen, dass der jeweils andere sich zum Hellseher entwickelt, und sich die feinen Risse, die sich im Laufe der Monate und schließlich der Jahre immer tiefer durch unsere Beziehung zogen, von selbst schließen würden.

Ich rede und rede, auf dem ganzen Weg bis zur Innenstadt, und je mehr ich das tue, desto klarer wird mir, dass Achims Auszug auf der einen Seite zwar eine richtige Scheißaktion, auf der anderen Seite aber vielleicht auch genau die richtige war. *Wie* er es getan hat, enttäuscht mich. Verletzt mich. Lässt mich hilflos und wütend zurück. Aber *dass* er gegangen ist, kann ich auf gewisse Weise verstehen.

Das alles nun zu begreifen, mir einzugestehen, dass das Ende unserer Beziehung absehbar war und ich doch nichts unternommen habe, etwas zu retten, ist vielleicht das Schlimmste an allem.

Das Eingeständnis tut höllisch weh – und dennoch ist es seltsam erleichternd, mir alles von der Seele zu reden. Obwohl – oder vielleicht gerade weil – Malte ein nahezu Fremder für mich ist. Mich ihm zu öffnen fällt mir er-

37

staunlich leicht und ich bin mir fast sicher, dass das in erster Linie an der Art liegt, wie er mir begegnet. Die leichte Nervosität, die er zu Beginn noch ausgestrahlt hat, scheint wie verflogen. Stattdessen schlendert er augenscheinlich tiefenentspannt neben mir her, unterbricht mich nicht, sondern lässt mich einfach reden, und dennoch wirkt er in keiner Sekunde, als sei er abwesend oder als würde ich ihn mit meinem Gerede nerven. Er ist still und ganz bei mir. Er ist in diesem Moment das, was Achim seit Monaten nicht mehr war: aufmerksam.

Der Gedanke bringt mich ins Stocken und beendet dann doch meinen Redefluss. Mittlerweile haben wir die Mainzer Innenstadt erreicht und Malte bleibt stehen, um sich mir zuzuwenden. »Wollen wir eine Runde durch die Altstadt drehen? Ich finde sie gerade im Winter einfach superschön, auch wenn ich schon unzählige Male da war. Und dann vollends runter zum Rhein?«

»Ja, gern.« Gemeinsam setzen wir unseren Weg fort, für einige Schritte herrscht Stille zwischen uns. Ich lausche auf die Geräusche der Stadt um uns herum, in meinem Kopf hallen noch meine eigenen Gedanken nach.

»Darf ich dich was fragen?«, bricht Malte schließlich die vom städtischen Summen erfüllte Stille.

»Sicher.«

»Hast du das Gefühl, dein Ex und du hättet eure Beziehung noch retten können?«

Das ist eine verdammt berechtigte Frage, die ich im ersten Augenblick mit einem Ja beantworten möchte. Doch das einzelne Wort bleibt ungesagt in meiner Kehle stecken. Statt es unbedacht vorzustoßen, atme ich zweimal tief durch. »Ganz sicher hätten wir miteinander

reden müssen. Vor Monaten schon. Aber retten ...?
Keine Ahnung, weißt du, ich hab lange Zeit gedacht,
dass das mit Achim und mir etwas ganz Großes ist. Und
gewissermaßen war es das ja auch. Wir hatten wirklich
schöne Zeiten miteinander, aber ... Im Grunde wussten
wir wohl beide immer, dass wir nicht wirklich gut
zueinander passen.« Auch das ist ein Eingeständnis,
das ich mir vermutlich schon viel früher hätte machen
sollen. Es hätte mir und vermutlich auch Achim so
manchen Kummer erspart.»Der Punkt ist wohl«, fahre
ich mit leicht belegter Stimme fort,»dass unsere Beziehung schon immer viel Arbeit war, nur dass es uns
zu Anfang nicht so vorkam. Zumindest ich bin immer
gerne Kompromisse eingegangen, habe zurückgesteckt,
weil ich wusste, dass er das auch tut. Für mich. Für uns.
Und ich halte Kompromisse in einer Beziehung auch
grundsätzlich für wichtig und richtig. Aber auf die
Dauer mussten er und ich wohl einfach zu viele ein-
gehen – oder wir haben es aufgegeben, das zu tun. Haben stattdessen jeder an seinem Ding festgehalten und
waren enttäuscht, wenn der andere das nicht verstanden hat. Haben diese Unstimmigkeiten zwischen uns
einfach hingenommen und uns so immer weiter voneinander entfernt.« Bis Achim schließlich den Schlussstrich gezogen und die Distanz zwischen uns endgültig
gemacht hat. Doch das spreche ich nicht mehr aus.
Schlicht nicht, weil mir in diesem Moment die Stimme
wegbricht unter dem Gefühl, uns gegenseitig gleichsam
zu früh und zu spät aufgegeben zu haben.
Eine Berührung am Arm, durch meine Jacke und
meinen Pullover hindurch nur sacht, reißt mich zumin-

dest teilweise aus den erdrückenden Gedanken. Malte hat mir im Gehen eine Hand auf den Arm gelegt, drückt diesen sanft.

»Was hättest du dir denn gewünscht?«, hakt er mit einer unwahrscheinlich warmen Behutsamkeit in der Stimme nach. »Ich meine, was waren die Unterschiede zwischen euch, von denen du jetzt denkst, sie waren so gravierend, dass ihr nicht zueinander gepasst habt?«

Statt gleich zu antworten, blinzele ich ein paarmal, bis meine Sicht nicht mehr so verschwommen wirkt. Lasse den Blick über die Reihen von Fachwerkhäusern schweifen, die den Kirschgarten und damit meinen liebsten Teil der Mainzer Altstadt säumen. »Das hier«, rutscht es mir unweigerlich heraus. Von der Seite trifft mich ein fragender Blick. Einer, der interessiert um eine Erklärung bittet, aber ohne dabei drängend zu fordern. Ein Blick, der es mir leicht macht, mich ihm preiszugeben.

»Es fängt wohl schon bei so grundlegenden Dingen an, wie der Frage, was man unter einem Zuhause versteht. Mir war es immer total wichtig, in Mainz richtig heimisch zu werden, eben weil ich nicht von hier komme. Ich brauche einfach diese Basis, dieses Gefühl, einen festen Ort zu haben, an den ich jederzeit zurückkommen kann und an dem ich mich wohlfühle. Deswegen auch das gemeinsame Haus. Ich denke nach wie vor, dass Achim das auch wollte, aber auf eine andere Art als ich. Ich glaube, er konnte nie so ganz nachvollziehen, wie wichtig mir all das ist.«

Aus dem Augenwinkel sehe ich Malte neben mir nicken und registriere dabei, dass seine Hand noch immer auf meinem Arm liegt. An der Innenseite inzwischen, ein klein wenig hat er sich bei mir untergehakt, gibt mir damit ein leichtes, auf sachte Art wohliges Gefühl von Halt.

»Du bist Flugbegleiter, oder?«

Kurz stocke ich in meinen Schritten, bin irritiert über den vermeintlichen Themenwechsel und gleichzeitig überrascht, dass er sich das gemerkt hat, wo ich diese Info vorhin nur so zwischen Tür und Angel habe fallen lassen. »Ja«, beeile ich mich zu sagen. »Purser, um genau zu sein.«

Malte nickt verstehend, sodass ich mir die Erklärung ›Flugbegleiter mit Leitungsfunktion‹ spare.

»Dann ist dein Wunsch nach einem festen Heimatort doch umso verständlicher. Ich meine, du bist ständig unterwegs, siehst so viel von der Welt, da ist es doch nur logisch, dass du zwischendurch das Gefühl brauchst, anzukommen und dich erden zu können.«

Maltes Worte reißen schmerzlich in meiner Brust und lassen mich im selben Moment lächeln. Weil sie so wahr sind. Für mich. »Das ist genau das«, gestehe ich leise, »was ich Achim versucht habe klarzumachen. Er fand es immer faszinierend, dass ich so viel von der Welt sehe. Ist es ja auch. Die Ruhezeiten zwischen den Flügen an einem Traumstrand zu verbringen, ist toll. Versteh mich nicht falsch, ich liebe meinen Job. Die Abwechslung, den Menschenkontakt, und ja, auch die vielen Eindrücke, die ich an so vielen Orten sammeln kann. Aber es ist eben nicht so, dass ich ständig auf Reisen gehe. Ich gehe arbeiten. Das ist ein gewaltiger Unterschied – und ich glaube, Achim hat das nie so richtig verstanden. Was kein Vorwurf sein soll, es ist einfach nur ...«

»... anstrengend und ernüchternd, wenn man sich in einer Beziehung für den Wunsch, nach Hause zu kommen und sich dort sicher und aufgefangen zu fühlen, erklären muss?«, beendet Malte meinen Satz, nachdem ich es nicht tue, und liefert mir mit seiner implizierten Frage genau die Antwort, die ich Achim all die Jahre nicht begreiflich machen konnte. Es ist schön und schmerzlich in einem, dass Malte mich auf Anhieb zu verstehen scheint. Plötzlich überflutet von dieser einnehmenden Mischung aus Erleichterung und Freude, aus Schmerz und Enttäuschung kann ich nur schweigend nicken.

Auch Malte ist still neben mir. Wir schweigen gemeinsam und schlendern einträchtig weiter zwischen den Fachwerkhäusern der Altstadt hindurch auf das Rheinufer zu. Es tut gut, gerade nicht allein zu sein. Reden, aber auch nichts sagen zu können. Malte ist einfach da und lässt mich hier sein. Zwei Fremde gemeinsam. Mit einem Mal kommt es mir gar nicht mehr skurril, sondern einfach richtig vor. Auch, dass Maltes Hand immer noch an meinem Innenarm liegt. Es wird mir erst wieder so richtig bewusst, als er sie zurückzieht.

»Magst du schon mal vollends vorausgehen und uns eine Bank oder so was suchen?«

»Ähm ... Ja, klar.« Fragend sehe ich ihn von der Seite an und Malte begegnet mir mit einem Lächeln.

»Ich glaube, ich weiß, was wir jetzt dringend brauchen«, verkündet er und schiebt beide Hände in die Taschen seines Parkas, während er sich halb von mir abwendet. »Ich komm gleich nach.«

Ich habe keine Ahnung, was er vorhat, aber trotz Verwirrung und Neugier auch nicht das dringende Bedürfnis, danach zu fragen. Malte wird gleich wieder da sein. Dieses Wissen reicht mir gerade und so trennen sich für kurz unsere Wege und ich schlendere schon mal weiter dem Rheinufer entgegen.

Malte

Damir sitzt auf einer Bank nahe dem Rheinufer, genauso wie wir es besprochen haben. Nichts an seinem Anblick ist überraschend, dennoch bleibe ich stehen und muss ihn für einen langen Moment einfach mustern. Wenn ich so die Bilder der Männer, für die ich jemals geschwärmt habe, in meinen Erinnerungen abrufe, passt Damir eigentlich nicht in mein Beuteschema. So platt es sich anhören mag, er ist einfach ... zu hübsch. Natürlich stehe ich auf Männer, die mich von der ersten Sekunde an auf irgendeine Art optisch anziehen, aber ich bin dabei stets wie automatisch auf der Suche nach Ecken und Kanten. Symmetrisch makellose Gesichter ziehen mich oft nicht an, weil sie mir schlicht zu glatt erscheinen. Bei Damir ist das anders – und das liegt sicherlich nicht an seinem Fünf-Tage-Bart. Denn auch der ändert nichts an der Ebenmäßigkeit seines Gesichts. Es ist vielmehr das, was bei ihm von innen zu kommen scheint, das mich interessiert und ... anzieht. Ich will nicht nur einen Abend lang für ihn da sein, weil er traurig ist und ich eben so was wie ein netter Typ bin, sondern möchte gern wissen, was da unter dieser Verletztheit, zwischen der immer wieder ein kleines Lächeln hervorbricht, noch schlummert.

44

Kurzum: Ich würde Damir gern kennenlernen, weiß jedoch, dass das Blödsinn ist, eben weil wir nur hier sind, weil es ihm mies geht. Er ist gerade mal wenige Stunden von seinem Ex getrennt, sodass das hier nichts weiter ist als ... mein Versuch, ihn aufzumuntern ... oder was auch immer.

Rational weiß ich das alles und doch stehe ich hier, schräg hinter ihm, und starre ihn an. Wie er da in seinem Rollkragenwollpullover und Mantel auf der Bank sitzt und auf den nächtlichen Rhein schaut. Anscheinend vollkommen in Gedanken versunken. Was den Wunsch in mir aufsteigen lässt, mich zu ihm zu setzen und einen Arm um ihn zu legen. Ihn vielleicht sogar ein kleines bisschen an mich zu ziehen. Um ihn aufzumuntern. Aber eben nicht nur deswegen.

Ich stehe da und starre ihn so lange an, bis ich die eisige Kälte an meinen Händen, die meine Finger schon taub werden lässt, nicht mehr länger ignorieren kann. Mit einem innerlichen Ruck reiße ich mich von Damirs Anblick los und überbrücke die letzten Schritte bis zu ihm.

»Voilà!« Mit einer möglicherweise etwas übertriebenen Geste halte ich ihm die Familienpackung Eis regelrecht vor die Nase. Er blinzelt sichtlich überrascht und vielleicht auch ein wenig irritiert, was mich dazu veranlasst, erklärend hinzuzusetzen: »Ich dachte, ich besorge uns das wohl prominenteste und beste Mittel gegen Liebeskummer.«

»Eis?«, benennt er schier ungläubig das Offensichtliche. »Im Januar? Bei Schnee?« Er klingt zwar skeptisch, mir entgeht jedoch nicht das amüsierte Zucken in seinen Mundwinkeln.

»Eis kann man immer essen«, behaupte ich demnach entsprechend leichtfertig und lasse mich neben ihn auf die Bank fallen, deren Sitzfläche er bereits vollständig von letzten Schneeresten befreit hat. »Ich hoffe, du magst zumindest eine der Sorten.« Dabei deutlich auf die Familienpackung, die einen Mix aus Erdbeer-, Schokoladen- und Vanilleeis verspricht.

Nun schleicht sich wirklich ein kleines Lächeln auf seine Lippen. »Ich liebe Erdbeere.«

»Und ich Schokolade ... und eigentlich alle anderen Sorten auch.«

Seine Geste wird zu einem wissenden Grinsen, in dem etwas Herausforderndes liegt, und das mein Herz einige Takte schneller klopfen lässt.

»Und wie sollen wir ...?«

Ehe er seine Frage vervollständigen kann, ziehe ich zwei kleine, in Plastikfolie verschweißte Holzlöffel aus der Tasche meines Parkas. Zugegeben, mit denen das Eis zu löffeln, dürfte ziemlich zeitintensiv werden, aber immerhin haben wir so länger was davon. Und ich von Damir. Doch den Gedanken wische ich fort, ehe er sich festsetzen kann.

Noch immer mit diesem verflucht liebenswürdigen kleinen Lächeln in den Mundwinkeln nimmt er mir einen der beiden Löffel ab, die ich hastig und wie zur Ablenkung aus ihrer Plastikverpackung gepfriemelt habe. Im Gegenzug hält er mir die geöffnete Eispackung hin.

Während ich den ersten Minilöffel Schokoladeneis koste, bedient Damir sich an der Erdbeerseite. Wie ich gesagt habe: Eis geht zu jeder Jahreszeit. Süß-herb und wunderbar samtig schmilzt es auf meiner Zunge, füllt meinen gesamten Mundraum mit dem herrlichen Geschmack.

»Und? Wird es schon besser?«, frage ich und spiele damit natürlich auf seinen Kummer an.

Damir versteht mich offensichtlich, sein Schmunzeln wird ein wenig schief, doch er nickt sofort. »Auf jeden Fall! Lass mich die halbe Packung essen und mir wird so schlecht sein, dass ich meinen Ex glatt vergesse.«

Ich muss einfach in sein leises Lachen einstimmen. »Das war vielleicht nicht ganz mein Plan, aber okay., hilft dann in gewisser Weise ja auch.«

»Was ist denn dein Plan?«, hakt Damir zwischen zwei weiteren Löffelchen Eis – einmal Vanille und einmal Erdbeere – nach. »Machen wir heute Abend all jene Sachen, die man so tut, wenn man frisch getrennt ist?«

»Vielleicht nicht alle ...« Ich lasse meine Entgegnung vage und schiebe mir rasch gleich zwei Löffel Schokoeis in den Mund, um nicht unbedacht weiter zu plappern. Denn das, was mir gerade durch den Kopf schießt, hat er vermutlich nicht im Sinn und selbst wenn, sollte ich mich aus diversen Gründen gar nicht erst darauf einlassen.

»Gut.« Von der Seite grinst er mich vielsagend an und bringt damit für einen Schlag mein Herz außer Takt. »Ich trinke nämlich keinen Alkohol.«

Dann doch eher erleichtert statt enttäuscht, dass wir gerade nur *darüber* reden, stoße ich den Atem aus. »Okay.« Ich erwidere sein Grinsen. »Also kein Frust-Vollsuff. Schätze mal, für einen Clubbesuch sind wir beide ohnehin nicht passend angezogen.«

»Mal abgesehen davon, dass es sowieso stilechter wäre, sich mit zwei Flaschen Wodka auf dieser Bank zu besaufen, kämen wir in die meisten Schwulenclubs auch einfach oben ohne rein.«

Ich kann nicht anders, muss mir das bildlich vorstellen: ihn. Ohne Pullover und Shirt. Nur in Jeans. Ich habe im Grunde keine Ahnung, wie er oberkörperfrei aussieht, aber dennoch – oder genau deshalb – zaubert mir mein Kopfkino ein durchaus ansehnliches Bild vor mein inneres Auge. Eines, das ich mit einem raschen Blinzeln fortwische.

»Auch wieder wahr«, entgegne ich nur und teste dann doch auch mal ein Löffelchen vom Erdbeereis.

Damir hingegen hält inne, von der Seite trifft mich sein fragender Blick. »Wenn du noch was vorhast heute Abend, ich will dich echt nicht abhalten.«

»Nein!« Das Wort gleitet möglicherweise ein wenig zu energisch über meine Lippen. Was mir wieder einmal bewusst macht, wie sehr ich es mag, meine Zeit mit Damir zu verbringen. Das ist aus so vielen Gründen unpassend und vorschnell, aber ich kann mich auch nicht des warmen Gefühls erwehren, das sich zunehmend in meinem Inneren sammelt. Trotz Speiseeis und Winterkälte.

»Ich hatte ohnehin nichts vor«, setze ich hinzu und ertappe mich dabei, insgeheim zu hoffen, dass der gemeinsame Abend nicht nach dieser Eispackung vorbei sein wird. Mir ist durchaus klar, unter welcher Voraussetzung wir hier sind und worüber wir in der letzten Stunde geredet haben. Der springende Punkt ist wohl, dass Damirs Erzählungen von sich und seinem Ex haben durchblicken lassen, dass er in dieser gescheiterten Beziehung genau das vermisst hat, was mir ebenfalls wichtig ist. Auf seltsame Weise kommt es mir vor, als hätte er mit seinen resigniert traurigen Worten eine Hoffnung auf das geschürt, was ich selbst in einer Partnerschaft suche.

»Friseure dürften jetzt alle schon zu haben«, sinniert Damir plötzlich und reißt mich damit aus meinen Gedanken. Was vermutlich auch besser so ist, denn völlig egal, ob wir rein theoretisch in einer Beziehung etwas Ähnliches suchen, er ist aus seiner gerade erst raus und damit so was von kein *boyfriend material*.

»Wie kommst du jetzt auf Friseure?«

»Na, weil zumindest Frauen nach einer Trennung doch angeblich immer eine Radikalveränderung brauchen.«

Bei seinen Worten fällt dann auch bei mir der Groschen. »Das wäre aber schon ein hartes Klischee.«

Über die Eispackung hinweg, die Damir noch immer zwischen uns hält, treffen sich unsere Blicke und machen mir wieder einmal deutlich, wie nah beieinander wir eigentlich sitzen. So, dass sich unsere Oberschenkel und Knie gerade *nicht* berühren, sich unsere Arme durch jede Menge Stoff hindurch jedoch immer wieder streifen.

»Sagt der, der eine Riesenpackung Eis eingeschleppt hat.«

Lachend versenke ich das Holzlöffelchen erneut in der cremigen Leckerei, die dank der Außentemperaturen auch jetzt nicht zu schmelzen droht. »Okay, schuldig. Aber im Ernst, willst du wirklich?«

»Zum Friseur? Nein. Ich war kürzlich erst und ohne eitel klingen zu wollen, ich bin penibel beim Haarschnitt, da darf nicht jeder ran.«

Ich verkneife es mir, ihm zu sagen, dass seine Frisur, so wie sie jetzt ist, ihm auch verdammt gut steht. Die etwas kürzeren Seiten betonen sein symmetrisch markantes Gesicht, ohne es zu kantig wirken zu lassen. Die Länge am Oberkopf lädt dazu ein, hindurch zu streichen. Etwas, das er vermutlich nicht leiden kann. Zumindest wirkt es auf mich so, als habe er seine Frisur extra mit Wachs hergerichtet.

Während ich noch darüber sinniere, steckt Damir sich das kleine Löffelchen in den Mund und streckt die nun freigewordene Hand nach mir aus. Vorsichtig, als wollte er mit der Geste noch stumm um Erlaubnis fragen, zupft er mit den Fingern an einer Strähne meiner Locken, die sich unter der Mütze hervorgeschoben hat.

»Ich mag ja deine Haare«, nuschelt er an dem Löffel vorbei. »Die Locken stehen dir.«

Für einen Moment perplex, muss ich erst mal schlucken, ehe ich ein schlichtes »danke« hervorbringe. Damirs Lächeln, das flüchtig bleibt, und wie er seine Hand rasch, aber nicht eilig sogleich wieder zurückzieht, machen deutlich, dass seine Worte nicht mehr als eine schlichte Feststellung waren. Ohne tiefere Bedeutung.

Im nächsten Augenblick zieht er schon wieder den Löffel zwischen seinen Lippen hervor und entscheidet sich dieses Mal wieder für das Erdbeereis.

»Also kein spontaner Friseurbesuch«, nehme ich den Gesprächsfaden von eben wieder auf, »und kein Besäufnis. Lass uns mal überlegen, was fällt uns noch so als Trennungsschmerz-Bewältigung ein?«

»Klischeehaft oder nicht?« Noch während er nachhakt, fangen wir beide wieder an, schief zu grinsen.

»Shoppen?«, schlage ich daher prompt, wenn auch nicht ganz ernst gemeint vor. Die allermeisten Klamottenläden haben mit Sicherheit ebenfalls längst zu. Aber diese kleinen Albernheiten zwischen uns scheinen Damir tatsächlich ein wenig von seinem Kummer abzulenken, und ich ... genieße diese Unbefangenheit zwischen uns viel zu sehr.

Rasch wende ich meine Aufmerksamkeit wieder der Eispackung zu. Aus dem Augenwinkel bekomme ich dennoch mit, wie Damir zu einer Entgegnung ansetzt, diese aber von einem Gähnen verschluckt wird, welches er zu unterdrücken versucht.

»Prinzipiell wäre ich sofort dabei, aber mal abgesehen von der Uhrzeit, ich merke gerade richtig, wie platt ich eigentlich bin.« Ein erneutes Gähnen unterbricht ihn. »Sorry, bin heute Morgen erst von einem Langstreckenumlauf zurückgekommen und der Tag war ... na ja, wie er eben war.«

Seine Erschöpfung kann ich ihm aufgrund der emotionalen Talfahrt, die ihn heute schon durchgerüttelt hat, keinesfalls verübeln. Dennoch ist es ein wenig schade, dass der Abend dann wohl bald enden wird.

»Klar«, entgegne ich tapfer, »verstehe ich. Willst du noch?« Ich deute auf die Eispackung in seinen Händen.

»Nee, sonst wird mir echt noch schlecht. Aber die Geste war lieb von dir. Danke. Nicht nur fürs Eis.«

Die Art, wie er mich bei seinen Worten anlächelt, beschert mir schon wieder ein viel zu schnelles Pochen in der Brust. »Gern. Wirklich.« Kurz zögere ich, denn eigentlich war die unterschwellige Bedeutung seiner Aussage klar. Dennoch hake ich nach: »Also möchtest du noch irgendwas unternehmen oder nach Hause?«

»Ich gehöre echt ins Bett und ich habe die Hoffnung, dass ich werde schlafen können.«

Das ›auch ohne meinen Ex neben mir‹ schwingt für meine Ohren deutlich in seiner Betonung mit. Die Enttäuschung, die vage in meinem Inneren ziept, schlucke ich mit dem letzten Löffel Schokoladeneis hinunter und nehme Damir die Packung aus der Hand. Ein ordentlicher Rest ist noch drin geblieben, aber sie mitzunehmen, ergibt wohl wenig Sinn.

»Na dann begleite ich dich noch, wenn du magst«, schlage ich vor und hoffe, dass er einwilligen wird. Nahezu zeitgleich erheben wir uns von der Bank.

»Sehr gern.«

Mein Lächeln über seine Zustimmung verberge ich, indem ich mich von ihm abwende und mich suchend nach einem Mülleimer umsehe.

Auf dem Rückweg nehmen wir einen etwas anderen Fußweg, der zwar nicht durch die schöne Mainzer Altstadt, dafür jedoch noch ein Stück weit am Rhein entlang führt und damit einige Minuten länger dauert. Damir hat den Weg ausgewählt, nicht ich. Was von seiner Seite aus vermutlich rein gar nichts zu bedeuten hat, außer dass er eben ausgedehnte Abendspaziergänge mag. Und sie mit seinem Ex in den letzten Monaten nicht mehr genießen konnte. Bei mir hingegen ... *Gottverdammt, Malte, das ist echt nicht normal!* Oder zumindest nicht zielführend – einen Kerl anzuhimmeln, der den Inbegriff von ›frisch getrennt‹ verkörpert. Schon gar nicht vor dem Hintergrund, was ich selbst mit meinem Ex durch habe. Ich sollte es wirklich besser wissen.

Die letzten zwanzig Minuten, in denen wir nebeneinander her geschlendert sind, haben die Wohlfühlatmosphäre, die zwischen Damir und mir herrscht, jedoch nur noch weiter vertieft. Obwohl wir die meiste Zeit des Weges schweigend zurückgelegt haben.

»Was ist eigentlich mit dir?«, bricht Damir schließlich die Stille. Mittlerweile sind wir nur noch wenige Meter von seinem Haus entfernt. »Bist du Single oder …?«

»Ja.«

»Und? Glücklich?«

Mal abgesehen davon, dass diese Nachfrage ohnehin nicht so leicht zu beantworten ist … »Soll ich jetzt Ja sagen, um dir keine Angst zu machen?«

Von der Seite erwidert Damir mein schiefes Grinsen. Noch immer knirschen unsere Schritte in völligem Einklang auf dem mit einer dünnen Schneeschicht überzogenen Bürgersteig. Schon als wir losgelaufen sind, hat es wieder zu schneien begonnen. Große, dicke Flocken, die dank der Kälte liegen bleiben werden. Wenigstens über Nacht, wenn nicht so viele Füße auf ihnen herumtrampeln. Die Spuren jedenfalls, die wir vor über zwei Stunden hier in entgegengesetzter Richtung hinterlassen haben, sind bereits mit dem Watteweiß überdeckt.

»Nein. Was du sagst, ändert ja nichts an der Tatsache, dass ich seit heute Morgen ganz offensichtlich Single bin.« Er spricht das mit einer überraschenden Ruhe in der Stimme aus.

»Sagen wir so, ich bin recht zufriedener Single. Meine letzte Beziehung ist auch ziemlich übel in die Brüche gegangen.« Obwohl es Monate her ist, wecken die Erinnerungen ein drückendes Gefühl in meiner Magengegend. Das leise Quietschen des Gartentörchens, als Damir dieses öffnet, hält mich jedoch davon ab, zu sehr in Gedanken abzudriften. »Ohne meinen Ex bin ich eindeutig besser dran, und ich bin auch nicht krampfhaft auf der Suche nach etwas Neuem. Aber es gibt natürlich Sachen, die mir ohne Partner fehlen.« In den letzten Stunden auf erschreckende Weise noch mehr als sonst. Schlicht weil die Gespräche mit Damir mir noch einmal vor Augen geführt haben, was mir wichtig ist. Dasselbe wie ihm. Dinge, von denen ich mal dachte, sie seien fast schon eine selbstverständliche Grundvoraussetzung einer Beziehung. Die Erfahrungen der letzten Jahre – mit meinem Ex und in der Datingwelt – haben mich allerdings eines Besseren belehrt.

Mit Damir jemanden gegenüber zu haben, dem das Gefühl von Heimeligkeit in einer Beziehung anscheinend ebenso wichtig ist wie mir, ist überraschend und schön und daher fange ich an, noch einmal aufzuzählen: »Gemeinsame Unternehmungen und Interessen, gegenseitiges Verständnis, das Gefühl, beim anderen zu Hause zu sein, Nähe und Geborgenheit und ...« Ich stocke, ehe das, was mir gerade in den Sinn kam, in einem Wort meinem Mund entschlüpfen kann. Aber offensichtlich hat Damir gerade an dasselbe gedacht.

»... und Sex?«

Ich muss leise lachen und er stimmt in den Laut ein. Das, in Verbindung mit meinen Gedanken, schickt ein Prickeln unter meinen Klamotten über meinen Nacken hinweg, welches im Angesicht der Kälte um uns herum nur noch heißer erscheint. »Ja, das auch«, gebe ich zu und schiebe noch hinterher: »Und Grindr ist nicht so mein Ding.«

Aus dem Augenwinkel fange ich Damirs Blick ein, wobei das Schmunzeln langsam von seinen Lippen schwindet. Er sieht wieder nach vorn, direkt auf die Haustür, was mir erst jetzt so richtig bewusst macht, dass ich ihm wie selbstverständlich in seinen Vorgarten gefolgt bin. »Ich kann mir gar nicht vorstellen«, sagt er leise und nestelt dabei wie in Gedanken versunken mit einer Hand in seiner Jackentasche herum, »wie es ist, mit einem anderen als Achim Sex zu haben.«

Seine Worte treten etwas in mir los, das ich in diesem Moment nicht fähig bin, einzufangen. Eine seltsame Mischung aus dem Schmerz der Erinnerung, einem Nachhall des Wohlgefühls der letzten Stunden und einem irrationalen Drang, nach vorne zu preschen.

»Vielleicht solltest du es einfach ausprobieren.« Nein, rational ist dieser Vorschlag ganz sicher nicht. Und sinnvoll auch nicht. Weder für Damir noch für mich. Aus verschiedenen Gründen. Ich bin mir allen davon bewusst und doch herrscht aufgrund seiner Aussage mit einem Mal ein solches Gefühlschaos in mir, dass ich mich von diesem, statt von meinem Verstand leiten lasse. Zur Hölle, Damir hat vollkommen unbeabsichtigt diesen einen wunden Punkt in mir getroffen.

Ich hingegen habe ihn ganz offensichtlich in erster Linie überrascht. Aus geweiteten Augen starrt er mich regelrecht an. Auch seine Lippen sind einen Spalt weit geöffnet, sodass mein Blick unweigerlich dorthin rutscht und an diesen hängenbleibt. Mehr noch, als wieder dieses winzige, schiefe Schmunzeln an ihnen zu ziepen beginnt.

»Gehört gewissermaßen auch zu den klischeehaften Dingen, die man tut, wenn man den Ex vergessen will, was?«

Ich nicke nur. Mein Blick hängt noch immer an Damirs Lippen, die trotz der Kälte nicht spröde, sondern einladend wirken. Gleitet dann hoch, um ihm in die Augen zu sehen, was das Chaos in mir jedoch keinen Deut besser macht. Da ist ein Funkeln in ihnen, das sich nicht durch das einige Schritte entfernte matte Licht der Straßenlaternen erklären lässt. Ein Funkeln, das die Hitze in meinem Nacken noch intensiver werden lässt. Zeitgleich hallen seine letzten Worte in meinem Kopf nach: *»Ich konnte ihn einfach nicht vergessen.«*

Eine Berührung an meinem Arm, gedämpft durch den Stoff von Jacke und Pullover, durchfährt mich regelrecht. Das waren nicht Damirs Worte. Er hat eher das Gegenteil ausgesagt. Es waren …

»Vernünftig ist es vermutlich nicht gerade, aber … Wie sieht's aus, Malte, kommst du noch mit rein?«

Nein, schreie ich mir in Gedanken regelrecht selbst zu, *nein, vernünftig wäre es nicht.* Aber die Art, wie Damir mich ansieht – neckend, unschlüssig und hoffnungsvoll in einem – befeuert den Cocktail aus Erinnerungen und Visionen in meinem Hirn. Legt mein Denken regelrecht lahm. Demnach versuche ich erst gar nicht, mich ernsthaft gegen den Reflex zu wehren, mich nach vorne zu neigen und meine Lippen auf Damirs zu pressen. Ich tue es einfach.

Damir

Maltes Lippen sind weich an meinen und gar nicht so kühl, wie es die winterlichen Temperaturen vermuten lassen würden. Seine Mundhöhle allerdings birgt eine Wärme, die mich angenehm feucht empfängt, als ich mit meiner Zunge eindringe. Ich schmecke noch einen Nachhall des Eises, vor allem die leicht herbe Süße der Schokolade, werde jedoch abgelenkt durch das samtige Gefühl, wie er mit seiner Zunge die meine umspielt. Seine Küsse sind sanft, fast zärtlich und dennoch ein wenig gierig. Ebenso wie in meinen ein gewisses Drängen liegt.

Ich will Malte rückwärts ziehen, hin zu den wenigen Treppenstufen, die zur Haustür nach oben führen, komme jedoch schon beim ersten Schritt leicht ins Stolpern. Sofort sind Maltes Hände um meine Oberarme, er hält mich, durch dicken Jackenstoff hindurch fest und sicher. Mein Herzschlag sprintet regelrecht unter der Art, wie er seine Finger in meine Jackenärmel an meinen Oberarmen gräbt.

Einander noch immer küssend arbeiten wir uns Schritt für Schritt die wenigen Stufen nach oben, bis ich direkt vor der Haustür und Malte eine Etage unter mir steht, ich mich leicht hinab neigen muss, damit sich unsere Lippen nicht voneinander lösen. Die seinen sind viel zu weich, er schmeckt viel zu gut. Ich weiß, ich sollte in meiner Jackentasche nach dem Schlüssel suchen, stattdessen findet sich eine meiner Hände an Maltes Kopf wieder. In einer hastigen, beinahe ruppigen Bewegung ziehe ich ihm die Mütze vom Kopf, um eine Hand in seinen Locken vergraben zu können. Diesen Locken, die weich sind wie seine Küsse, und die so gar nichts mit Achims Stoppeln ... Fuck!

Die Erinnerung daran, wie sich Achim unter meinen Fingern angefühlt hat, überrollt mich schlagartig und führt mir vor Augen, was ich hier gerade tue. Nicht, dass ich Malte – überhaupt einen anderen Mann – nicht küssen dürfte, nicht mit ihm schlafen ...

Ich löse mich so abrupt von Malte und trete einen halben Schritt zurück, dass ich mit dem Rücken gegen die Haustür pralle. Ich starre ihn an, er schaut zurück, mit ebenso geweiteten Augen und raschem Atem, der ihm in Wölkchen vor dem Mund steht. Er hat wirklich sich höllisch gut anfühlende Lippen, aber ... ich kann das nicht! Will es nicht.

Malte regt sich, als wollte er mir nachkommen, doch allein mein Blick lässt ihn stoppen. Der seine wird fragend. Eine verwirrte Mischung aus Enttäuschung und Hoffnung. Letztere ist es, die es mir vollends klar vor Augen führt: Ich will nicht so ein Typ sein, der sich seinen Ex aus dem Kopf zu vögeln versucht, nur Stunden nach dem Ende. Ich will die Erinnerungen an Achim nicht auf diese Art auszuradieren versuchen und ich will auch nicht, dass Malte derjenige ist, der mit mir gemeinsam daran scheitert. Und das würden wir.

Ganz sicher. Es ist viel zu früh. Ich will das hier nicht, ich will nur … allein sein.

Unter der Erkenntnis sacke ich vollends mit dem Rücken gegen die Tür. Der Knauf bohrt sich selbst durch meine Winterjacke hindurch in meinen Rücken.

»Sorry«, bringe ich lahm über die Lippen. »Ich glaube, das … ist zu schnell. Zu kurz nachdem …«

»Klar.« Malte stößt das eine Wort schnell, irgendwie *zu* schnell, hervor. Aber mir fehlt gerade auch die emotionale Kapazität, um seine Mimik vollständig zu entschlüsseln. Er wirkt gefasst, als er die Mütze entgegennimmt, die ich ihm aus Reflex entgegen strecke, und einen Schritt zurück und damit eine Stufe nach unten tritt. Vermutlich ist es für ihn auch keine große Sache. »Verstehe ich total«, sagt er da auch schon und ich nicke ihm dankbar zu.

Dennoch brauche ich noch ein paar Sekunden, in denen wir uns nur schweigend ansehen, bis ich es schaffe, mich von der Tür zu lösen und endlich eine Hand in meine Jackentasche zu schieben.

»Tut mir leid, dass ich dich bedrängt habe.«

Noch einmal ruckt mein Kopf zu ihm. »Was? Nein! Nein, hast du nicht. Gar nicht. Ich wollte das genauso. Ich dachte, es wäre … aber es ist …« Himmel, was stammele ich mir denn da zusammen?

Um Maltes Lippen spielt ein schmales Lächeln. »Es *ist* keine gute Idee, schon klar. Wirklich.«

»Ja, einfach weil …« Gott, er weiß warum. Was aktuell bei mir los ist. Abrupt wende ich mich ab, fummle den Schlüssel ins Schloss. Ich bin ihm überhaupt keine Erklärung schuldig. Wenn ich gerade einfach nur allein

sein will, dann ... »Mach's gut, ja? Danke für das Eis.«
Bereits im Hausflur stehend fällt mein Blick noch mal
auf Malte, am Fuß der Treppe. Gerade ist seine Miene
unleserlich für mich. »Dovidenja.«
Er sagt nichts – und ich warte nicht länger, sondern
schlage die Tür hinter mir zu.
Stille umfängt mich.
Einsame, kalte Stille. Weil niemand da ist und niemand den Ofen angeheizt hat. Allein sein, das wollte
ich doch.
Der Schlüssel rutscht aus meinen Fingern und fällt
klirrend zu Boden.
Danke für das Eis – fuck, habe ich Malte gerade wirklich *so* abgefertigt?
In meiner Brust donnert noch immer mein Herz, in
einer seltsamen Mischung aus ... allem. So bitterlich
schön die letzten Stunden mit Malte waren, so wenig bekomme ich das Chaos in meinem Inneren gerade zu greifen. Über alledem schnürt mir das plötzlich aufwallende
schlechte Gewissen den Brustkorb ab. Ich will mich einfach nur noch ins Bett verkriechen und nichts und nie-
manden sehen – außer meinen Kater vielleicht. Dennoch
drehe ich mich um und starre die verschlossene Haustür
an. Ich kann Malte echt nicht so stehen lassen.
In einer müden Geste öffne ich die Tür noch einmal.
Nur um in den erschreckend leeren Vorgarten zu blicken. Plattgetretener Schnee unter einer nur dünnen
neuen Puderschicht und kein Malte. Er ist bereits gegangen und auch die leuchtenden Rentiere und Wichtel
können gerade nichts an dem für mich trostlosen Anblick ändern. Ich spüre meinen Herzschlag dumpfer

werden. Langsamer. Und ziehe die Tür wieder hinter mir zu. Unter der Bettdecke verkriechen erscheint mir der einzig brauchbare Gedanke zu sein.

Vor allem, weil in diesem Moment auch Eddi aus dem Wohnzimmer getappt kommt. Den kleinen, feuchten Flecken auf seinem silbrig weißen Fell ist zu entnehmen, dass er noch mal draußen war und eben erst wieder durch die Katzenklappe hereingeschlüpft ist. Vielleicht hat er mich nach Hause kommen hören. Der Gedanke ist irgendwie tröstlich.

»Na komm«, murmele ich meinem Kater zu, »gehen wir ins Bett.« Heute wird er definitiv bei mir unter der Decke schlafen dürfen – was Achim nie so besonders mochte.

Auf dem Weg nach oben vermeide ich den Blick in Richtung Wohnzimmer, muss aber dennoch an den halb zertrümmerten Einbauschrank denken, der mir einen überraschend schönen Abend beschert hat. Mit einem Ende, das ich noch immer nicht recht einordnen kann. Ich weiß nur, dass ich Malte unheimlich dankbar bin. Dass ich mich wohl in seiner Nähe gefühlt habe, und dennoch gerade froh bin, dass er nicht mehr hier ist. Achim hängt noch viel zu sehr in jeder meiner Nervenfasern und Malte … ist zu wertvoll, um ihn nur für eine Nacht als Ersatz zu sehen.

Vielleicht hätte ich ihm *das* sagen sollen …

Zu meiner eigenen Überraschung falle ich in der Nacht schnell in einen tiefen und vor allem traumlosen Schlaf. Vermutlich ist es der Schlaf der emotional völlig Erschöpften oder so. Aufwachen tue ich auch nur, weil Eddi auf der Bettdecke und mitten auf meinem Bauch thront und mir lautstark seine Forderung nach Frühstück ins Gesicht kräht.

»Morgen«, murre ich meinem Kater entgegen und ziehe eine Hand unter der Decke hervor, um mir über die Augen zu reiben. »Ja, ich hab gut geschlafen, danke der Nachfrage.«

Eddi stößt nur ein letztes drängelndes Maunzen aus, springt dann leichtfüßig von mir und vom Bett hinunter und marschiert mit steil hochgerecktem Schwanz zur wie immer nur angelehnten Schlafzimmertür und raus auf den Flur. Ich höre keinen Mucks mehr von ihm, bin mir aber sicher, dass er bereits in die Küche stolziert und mich dort gleich mit vorwurfsvollem Blick empfangen wird. Alles wie immer. Nur das Bett neben mir ist leer und das Laken kalt. Die zweite Bettdecke nicht mal mehr bezogen. Achim war wirklich gründlich bei seinem Auszug.

Der Gedanke sticht – aus vielerlei Gründen. Aber zumindest bleibt mir der reißende Schmerz im Inneren erspart, der mich wohl überrollen würde, wäre die Trennung völlig aus dem Nichts gekommen. Ich habe nicht mit dieser Art Schlussstrich gerechnet. Kein bisschen. Wusste aber doch tief in mir drinnen, dass unsere Beziehung aufs Ende zusteuerte. Wenigstens gerade jetzt macht es das irgendwie leichter. Und ganz vielleicht trägt auch der vergangene Abend mit Malte dazu bei, dass ich mich nicht mehr ganz so beschissen fühle. Auf die eine Art. Auf eine andere jedoch beginnt wieder das schlechte Gewissen an mir zu nagen. Mein Abgang gestern war echt nicht der Feinste und das wirklich Blöde daran ist, dass ich mich nicht mal bei Malte entschuldigen kann, weil ich schlichtweg keine Nummer oder irgendetwas von ihm habe. Vielleicht könnte ich ihn bei Instagram oder so finden, aber wer weiß, ob er überhaupt ein Konto hat und wie er da heißt. Grindr ist ja nach eigenen Angaben nicht sein Ding. Mal abgesehen davon, dass ich selbst dort ›aus Gründen‹ – die sich nun ja erledigt haben – nicht mehr angemeldet bin, wäre es auch irgendwie merkwürdig, einen Typen dort anzuschreiben, mit dem man noch am Abend zuvor *keinen* Sex wollte. Nicht per se nicht, aber zumindest aktuell nicht.

Gut möglich, dass ich mir aber auch einfach einen zu großen Kopf mache. Malte weiß, dass ich frisch getrennt bin, und hat letztlich nur einen Abend mit mir verbracht, um mich aufzumuntern. Was ihm auch gelungen ist und was ich ihm hoch anrechne. Wenigstens dafür würde ich mich echt gern noch mal bedanken. Tja, bleibt mir wohl nur zu hoffen, dass er irgendwann noch mal mit einem Paket vor meiner Haustür stehen wird. Was unwahrscheinlich ist, weil ich echt selten etwas bestelle. Das war immer viel mehr Achims Ding und er dank Homeoffice öfter zu Hause als ich.

Ehe mir noch mehr Sachen einfallen, die ohne ihn ganz anders sein werden als bislang, schlage ich die Bettdecke beiseite und suche am Boden nach meinem Paar Socken von gestern. Nachher werde ich frische anziehen, aber erst mal tun es die. Wenn ich etwas hasse, dann sind es kalte Füße direkt am Morgen. Von der gepolsterten Bank vor dem Bett nehme ich im Vorbeigehen noch meinen Pullover von gestern und schlüpfe auf dem Weg ins Bad hinein. Kurz bilde ich mir beim Überziehen ein, er würde nach Schokoladeneis riechen, was absoluter Blödsinn ist. Alles, was daran haftet, ist mein eigener Geruch und der meines Parfüms.

Nachdem ich mich im Bad kurz erleichtert habe, tappe ich auf Socken, sonst nur mit Boxerbriefs und Pulli am Leib, nach unten. Wie erwartet tigert Eddi bereits in der Küche auf und ab und beobachtet mich, während ich ihm sein Trockenfutter in den Napf schütte, mit einem Blick, der eindeutig sagt, ich solle mich mal beeilen.

Kurz streichle ich ihm über das weiche Fell am Rücken, während er bereits zu fressen beginnt. Das leise Knacken, wenn seine spitzen Zähnchen die Brekkies zerteilen, hat immer etwas Entspannendes für mich. Wenn auch nicht so sehr wie sein Schnurren.

Die Kaffeemaschine will den Satzbehälter geleert bekommen. Als ich den Schrank unter der Spüle aufziehe, fällt mein Blick auf Achims Post-it im Mülleimer, daneben die nur halb zerbrochene Tasse. Rasch kippe ich den Kaffeesatz darüber und schiebe die Tür mit dem Fuß wieder zu.

Kaum mahlt der Vollautomat mit einem Brummen die Kaffeebohnen, ist Eddi auch schon fertig mit seinem Frühstück und stolziert aus der Küche. Sein Weg dürfte wie jeden Morgen zum Kratzbaum im Wohnzimmer führen, auf dem er sich genüsslich putzt, ehe er für ein paar Stunden durch die Katzenklappe verschwindet. Normalerweise nutze ich diese friedlichen Minuten am Morgen, wenn ich die Zeit habe, und setze mich mit meinem Kaffee zu ihm ins Wohnzimmer und sehe ihm zu. Ehe ich mich zum Joggen fertig mache, auf dem Rückweg Brötchen mitbringe und Achim dann eine erste kleine Pause bei der Arbeit einlegt und wir gemeinsam frühstücken. Dieses eine Ritual haben wir beibehalten, auch als es längst schon gekriselt hat. Die Gespräche, die wir dabei geführt haben, sind allerdings immer oberflächlicher geworden. Nein, wenn ich ehrlich bin, kam die Trennung wirklich nicht besonders überraschend und inzwischen bin ich mehr auf uns beide sauer, dass wir nichts unternommen haben, das Unausweichliche aufzuhalten, als traurig darüber, dass es schlussendlich so gekommen ist. Nur die Art, *wie* Achim ausgezogen ist, die reißt immer noch in mir. Mehr als ein Post-it hätte ich ihm echt wert sein sollen.

Energisch stoße ich mich von der Küchenzeile ab, an der ich rücklings gelehnt habe und kippe endlich einen Schluck Milch in den längst fertig durchgelaufenen Kaffee. Als ich eine Minute später mit der Tasse in der Hand ins Wohnzimmer trete, ist Eddi bereits zu seinem morgendlichen Streifzug aufgebrochen. Im Raum erwartet mich lediglich der ruinierte Einbauschrank. Um den werde ich mich wohl oder übel vollends kümmern müssen. Und noch um etwas anderes.

Vom Sideboard fische ich mein Handy, das dort wohl schon seit dem vergangenen Abend lag und dringend mal aufgeladen werden sollte. Keine neuen Nachrichten – von wem auch? Klar habe ich zu meinen Freunden aus Hamburg und meiner Familie in Šibenik noch Kontakt, aber eben doch eher sporadisch. Hier in Mainz habe ich primär Achims Freundeskreis. Hatte!

Ich sollte meiner Familie erzählen, dass er und ich kein Paar mehr sind, aber dieses Gespräch schiebe ich bewusst noch auf. Vor allem meine Mutter mag Achim echt gern, für sie war er der perfekte Mann an meiner Seite. Für mich auch. Damals. Oder es ist doch so, wie ich es Malte gestern gesagt habe, und ich wusste eigentlich schon immer, dass er und ich *nicht* das perfekte Paar sind, und habe es dennoch so laufen lassen, als wir beide der Kompromisse überdrüssig geworden sind. O Mann ...

Um nicht schon am frühen Morgen noch weiter in Grübeleien abzudriften, öffne ich rasch meine Paypal-App und schicke Achim das Geld für den *Hammer extra stabil*, der noch immer neben dem Sofa vor der Terrassentür liegt. Kurz muss ich wieder daran denken, wie Malte dort draußen stand und sorgenvoll zu mir hereingesehen hat. Shit, Mann, ich würde ihm echt gern noch ein paar Sachen zu gestern sagen.

Mit einem Seufzen auf den Lippen wische ich den Gedanken fort und klicke mich stattdessen in Whats-App. Ganz oben ist noch ›Schatz‹ angepinnt, was mich bitter den Mund verziehen lässt. Rasch ändere ich den Eintrag im Telefonbuch zu ›Achim‹. Ich sollte das Klingelschild austauschen ... Das wiederum bringt mich gedanklich wieder zu dem, worüber ich dringend mit Achim reden muss. Scheißegal, dass er meint, wir hätten nichts mehr zu klären und scheißegal, dass ich gerade ebenfalls nicht mit ihm kommunizieren will.

Mit der einen Hand halte ich weiter die Kaffeetasse umklammert, mit der anderen das Handy und tippe mit dem Daumen eine Nachricht.

Hi. Hab dir gerade Geld per Paypal gesendet. War das letzte Mal, dass ich deinen Prime-Account genutzt habe, ich werde das Passwort löschen. Und sämtliche anderen auch. Ich wünschte, ich könnte mein Inneres ebenso auf Betriebseinstellungen zurücksetzen und damit den dumpfen Schmerz aus dem System verbannen. **Können wir in den nächsten Tagen telefonieren? Wir müssen über das Haus sprechen ...** Ich spare es mir, ›liebe Grüße‹ oder sonst irgendetwas unter die Nachricht zu setzen und schicke sie einfach so ab. Gerade habe auch ich Achim nichts weiter zu sagen.

Malte

Behutsam schließt Miguel die Tür zum Kinderzimmer hinter sich und bedeutet mir mit einem nach oben gereckten Daumen, dass seine kleine Prinzessin eingeschlafen ist, was ich mit einem Grinsen beantworte. Ich habe allerdings das Gefühl, dass die Geste etwas halbherzig rüberkommt. Ehrlicherweise ist sie das auch. Meine Stimmung am heutigen Tag ist so mittel. Wie eigentlich die ganze Woche schon.

»Sorry, dass es länger gedauert hat.« Miguel stellt das Babyphone auf dem Couchtisch ab und nimmt stattdessen die beiden leeren Radlerflaschen auf. »Momentan ist das Einschlafen etwas schwierig. Aber dafür schläft sie meist bis fünf oder sogar sechs durch. Noch eins?«

Ich nicke flüchtig. Hätte mich eigentlich auch selbst bedienen können, aber sehe stattdessen nur meinem besten Kumpel hinterher, wie er Richtung Treppenabgang zum Keller schlendert.

Sowohl Miguel als auch seine Frau arbeiten im Krankenhaus – sie auf der Intensivstation, er in der Psychosomatik. Vermutlich ist Durchschlafen bis fünf also tatsächlich Erholung pur für sie. Auch ich bin frühes Aufstehen durch meinen Job gewohnt, zumal ich oft noch vorher laufen gehe. Heute allerdings war ich zu faul, ebenso wie gestern. Etwas, das sich bemerkbar macht. Die Pizza, die mein bester Kumpel und ich vorhin bestellt haben, liegt mir im Magen. Oder aber, es liegt gar nicht an der Pizza …

»Kann ich kurz dein Handy nehmen?«, rufe ich in Richtung Kellertreppe, halblaut nur, damit Amelie nicht gleich wieder aufwacht, aber meines Wissens ist sie nicht besonders empfindlich, was Stimmen anbelangt.

Die Frage nach dem Warum wäre durchaus angebracht, aber von Miguel kommt nur ein: »Klar, mach«, ehe er vollends die Treppe nach unten verschwindet.

Also nehme ich sein Smartphone vom Couchtisch. Das Entsperrmuster kenne ich, es ist aber auch supersimpel. Ich muss ein paarmal hin und her wischen, um seine Instagram-App zu finden. Ich selbst habe mich irgendwann im Laufe des letzten Jahres von sämtlichen Social Media Seiten abgemeldet, weil ich die Accounts ohnehin fast nie genutzt habe. In den letzten Tagen habe ich es ein wenig bereut. Wobei meine Bemühungen vermutlich ohnehin erfolglos sein werden, denn … Ha! Oder auch nicht.

Rasch klicke ich eines der Profile an, das mir vorgeschlagen wird, wenn ich ›Damir‹ in die Suchleiste eintippe, und bei dem mir das Profilbild ins Auge springt: ein im Kleinformat gutaussehend erscheinender Kerl in Flugbegleiteruniform. Tatsächlich, das ist er! Dem Algorithmus sei dank, dass ausgerechnet dieses Profil so weit oben vorgeschlagen wurde.

Hastig scrolle ich durch den Feed, der vornehmlich aus recht beeindruckenden Landschaftsbildern aus der halben Welt besteht. Zwischendrin ist Damir immer wieder

auf einem der Fotos mit drauf. Mal in seiner Arbeitskleidung – die ihm verdammt gut steht –, mal in Freizeitkla-
motten und … Oha! Ohne darüber nachzudenken, tippe
ich das Foto an, das ihn nur in Badehose an einem Traumstrand zeigt. Aber wen interessiert gerade der Strand?

Damir sitzt im Sand, direkt am Ufer, die seichten
Wellen umspielen seine Beine und verdecken eine recht
knappe Badehose gerade so weit, dass die Fantasie angeheizt wird. *Meine* Fantasie. Die Hände lässig hinter sich
im Sand aufgestützt, kommt sein schlanker, aber fein
bemuskelter Oberkörper bestens zur Geltung, und … ist
das etwa ein Nippelpiercing? Rhetorische Frage – ist es.
Ich stehe nicht so besonders auf Körperschmuck, weder
bei mir noch bei anderen. Ihm steht der kleine Stab, der
sich durch seine rechte Brustwarze schiebt, allerdings.
Falsch, es sieht verdammt sexy aus, besonders weil der
Nippel dadurch leicht hervorsteht, als sei er steif. Der
andere auch. Vermutlich einfach nur aufgrund kalten
Wassers oder Wind auf feuchter Haut. Aber in mir
springt unweigerlich das Kopfkino an, noch dazu, weil
Damir einen irgendwie verträumten Gesichtsausdruck
hat, wie er da halb an der Kamera vorbei in die Ferne
schaut. Ich stelle mir vor, er würde mit einem kleinen
Seufzen den Kopf in den Nacken fallen lassen, seine fein
geschwungenen, von seinem Fünf-Tage-Bart umrahm-
ten Lippen würden sich öffnen, während die meinen an
seinem Nippel …

»Nicht übel.«

Ich fahre regelrecht in mich zusammen, sodass mir
beinahe das Smartphone aus der Hand fällt. Miguels
Smartphone. Der steht hinter mir und ich muss mich

nicht umdrehen, um zu wissen, dass er von oben auf mich herab grinst.

Hastig klicke ich das Bild fort und will bereits die komplette App schließen – ohne die Suchchronik zu löschen, aber nun hat Miguel ja ohnehin gesehen, was oder wen ich gesucht habe –, aber er kommt mir zuvor.

»Lass doch mal. Wer ist das?«

»Das ist niemand«, würge ich rasch hervor, wobei meine Stimme viel zu krächzend klingt, um meine Worte glaubwürdig erscheinen zu lassen.

»Ah, ah …«

Von rechts schwebt eine Radlerflasche neben meinem Kopf heran, die ich reflexartig ergreife.

»Ein sehr attraktiver Niemand«, befindet Miguel und ich spüre regelrecht, wie er über meine Schulter hinweg Damirs Profil eingehend mustert, was mir ein unwohles Gefühl gibt. Weniger, weil er mich dabei ertappt hat, sondern weil wir hier beide gewissermaßen nach Damir geiern, ohne dass er es weiß oder etwas dagegen tun kann.

»Genug gesehen?«, raunze ich meinen Kumpel daher etwas ruppiger als eigentlich gewollt an.

»Ich schon, ich schaue nur«, meint er und kommt um das Sofa herum. »Aber du so, als einsamer Single? Wäre er nicht was für dich?«

Ich schnaufe. »Nein.«

Miguels Brauen wandern nach oben, während er sich mit seinem Radler wieder neben mich aufs Sofa fallen lässt.

»Und ich bin nicht einsam.« Der Teil meiner Aussage stimmt. In der Hinsicht habe ich Damir nur die Wahrheit erzählt: Ich bin nicht zwingend auf der Suche nach jemandem, auch wenn es natürlich schön wäre, *jemanden* – nicht Damir! – zu haben.

Miguel sieht flüchtig zum Babyphone, aber Amelie schlummert offensichtlich selig, ehe er mich wieder fragend mustert. »Warum nicht?«

»Was – warum nicht?« Natürlich weiß ich, worauf sich seine Nachfrage bezieht. Ich schinde nur Zeit. Wobei ich gar nicht so genau weiß, weshalb, denn wenn ich ehrlich bin, habe ich meinem Kumpel genau deshalb vorhin geschrieben, ob er heute Abend Zeit hat: weil ich diese Geschichte mit Damir loswerden muss.

»Warum ist er nichts für dich? Und sag jetzt nicht so was wie: ›Der ist zu schön‹, oder so.«

Das lag mir tatsächlich nicht auf der Zunge. Damir und ich sind völlig unterschiedliche Typen – er potenzielles Model und ich eher so ökologisch angehauchter Dauerstudent –, aber das bedeutet ja nicht, dass wir nicht optisch Gefallen am anderen finden könnten. Damir gefällt mir verdammt gut. Eben nicht *nur* optisch.

»Antwortest du auch oder starrst du ihn nur weiter an?«

Hastig lege ich Miguels Handy weg. »Ich hab den Strand angeschaut.«

»Mhm, klar.« Miguel stößt seine Flasche gegen meine und wir trinken beide erst mal. Ich einen kleinen Schluck, er mehrere.

»Er ist frisch getrennt.«

Mein Kumpel setzt sein Radler ab. »Besser als noch vergeben«, entgegnet er trocken.

Ich verdrehe die Augen. »Stimmt. Trotzdem Mist. Brauche ich nicht noch mal.«

Miguel runzelt kurz die Stirn, als müsste er überlegen, was oder wen ich meine. Aber das Drama mit Steffen kann er eigentlich nicht vergessen haben. Zu oft habe ich nach der mehr als unschönen Trennung bei ihm und Sarah auf der Couch gesessen und erst geheult und dann meinen Frust abgelassen.

»Wegen Steffen?«, schlussfolgert er richtig.

Ich nicke nur und ertränke die aufwallende Bitterkeit in einem weiteren Schluck Biergemisch.

»Steffen war ein Arschloch, das wochenlang zweigleisig gefahren ist ...«

Monatelang – aber diese Korrektur spare ich mir.

»... aber das bedeutet ja nicht, dass jeder Kerl wieder mit dem Ex ins Bett geht. Oder würdest du noch mal mit Steffen vögeln?«

»Gott!« Ich schnaufe in den Flaschenhals hinein. »Niemals!« Darauf würde ich alles verwetten, was ich habe. Mit meinem Ex bin ich so was von durch.

»Siehst du.«

»Das mit Steffen und mir ist aber auch neun Monate her. Damir hingegen ...«

»Ah, heißt so der hübsche Kerl?«

»Soll ich dir von ihm erzählen? Dann lass mich ausreden.«

Miguel grinst nur in seine Flasche hinein und schert sich nicht um meinen vielsagenden Blick. Manchmal liebe und hasse ich meinen besten Kumpel gleichermaßen. Vor allem, weil er ganz genau weiß, dass ich zum Reden immer zu ihm – oder zu ihm und Sarah – kommen würde. Wir drei sind einander wichtig und immer füreinander da. Dennoch könnte man beinahe den Eindruck gewinnen, er würde sich deshalb gern meine Männergeschichten anhören, weil er selbst keine mehr hat, seit er mit Sarah zusammen ist. Also, generell Flirtgeschichten, er ist da geschlechtlich ja nicht festgelegt. Nur ist er bei mir für solche Storys eigentlich an der falschen Adresse. Vor Damir war da lange nichts mehr und überhaupt ... *vor Damir* ... es gibt kein *vor* oder *nach* oder *während* Damir. Aus Gründen.

»Also ja, er heißt Damir, und nein, er ist nichts für mich, allein schon, weil er sehr frisch getrennt ist. Seit nicht mal einer Woche jetzt.«

»Oh. Ja. Das ist kurz. Wie lange kennt ihr euch? Du hast noch nie was von ihm erzählt.«

»Seit nicht mal einer Woche.«

»Hää?«

»Sehr eloquent.« Ich zwinkere Miguel neckend zu, was nun ihn zu einem Augenverdrehen bringt. »Die Kurzfassung ist: Ich bin am zweiten Januar für einen Kollegen eingesprungen und hab spät abends noch Pakete ausgefahren. An der letzten Tür hat mir ein superhübscher, total verheulter Kerl aufgemacht: Damir. Über Umwege ...«, *ich bin quasi in seinen Garten eingebrochen*, »... sind wir ins Gespräch gekommen, haben uns dann später für einen Spaziergang zum Rhein getroffen, haben gequatscht und ich ihn dann wieder nach Hause gebracht.« Ich zögere einen Moment, sage dann jedoch nur: »Das war's.« Alle weiteren Worte spüle ich mit zwei großen Schlucken Radler hinunter.

Die Art jedoch, wie mein Kumpel mich durchdringend mustert, lässt vermuten, dass er ahnt, dass da noch mehr war.

Seufzend setze ich die Flasche ab. »Okay, vielleicht haben wir uns noch geküsst, ehe ich gegangen bin.«

Miguel grinst nur.

»Ändert aber nichts«, schiebe ich hinterher. »Er ist an dem Morgen erst von seinem Ex sitzen gelassen worden und er hat den Kuss irgendwann abgebrochen mit den Worten, es sei alles zu früh.«

Die Erinnerung sticht in meinem Kopf und meiner Brust gleichermaßen. Wegen Damir und weil genau das meine wunde Stelle ist.

Miguel wird nachdenklich. »Aber ist das nicht eigentlich ein gutes Zeichen?«

»Was genau?«

»Na, dass er *nicht* einfach mit dir Sex hatte, um sich seinen Ex rauszuvögeln.«

Ich öffne bereits den Mund. Schließe ihn wieder. Auf eine gewisse Weise rechne ich Damir seine Ehrlichkeit tatsächlich an. Die Vorstellung, mit ihm geschlafen zu haben, nur um am nächsten Morgen gesagt zu bekommen, dass es nur ein One-Night-Stand war und sein Ex noch so präsent wie zuvor für ihn ist, wäre um Längen bitterer gewesen.

»Ich bin so ein Vollhorst«, grummele ich vor mich hin. »Ich hätte das gar nicht initiieren sollen. Nicht unter diesen Umständen. Im Grunde ... kann ich froh sein, dass er einen Rückzieher gemacht hat.«

Mein Kumpel gibt einen nachdenklichen Laut von sich. »Trotzdem wärst du gern mit ihm ins Bett, oder noch me–«

»Nein. Doch, schon. Aber nicht unter diesen Umständen. Es war von Vorneherein *meine* blöde Idee. Ich ärgere mich über mich selbst.« In der Theorie ist Alkohol natürlich keine Lösung – und das Radler ohnehin zu schwach. Praktisch allerdings nehme ich noch ein paar große Schlucke, bis die Flasche leer ist.

Miguel indessen mustert mich eingehend. »Ist das alles? Dass du dich über dich selbst ärgerst?«

Ich ahne, worauf er hinauswill, schweige jedoch beharrlich. Denn sonst müsste ich mir eingestehen, es wieder mal geschafft zu haben, mich in einen Kerl mit ›Ex-Problem‹ verguckt zu haben.

»Habt ihr Kontakt?«, lenkt Miguel seine Fragen in eine etwas andere Richtung.

»Nein. Wir haben keine Nummern getauscht oder so.«

»Ah, deswegen die Instagram-Suche.«

Und deswegen auch mit seinem Handy. Mir extra ein Profil anzulegen, nur um Damirs zu suchen, wäre echt übertrieben gewesen. Ich will ihn ja nicht stalken, nur … noch mal anschmachten? Wenn's wenigstens nur das Äußerliche wäre …

»Wir haben echt viel geredet«, purzeln da mit einem Mal die Worte aus mir heraus. »Er hat von seinem Ex erzählt …«

Miguel verzieht den Mund – verständlich. Aber der Abend mit Damir war eben kein Date, bei dem solche Gespräche ein Abturner gewesen wären. Es war … eine Trost-Aktion. Die gefühlsmäßig bei mir etwas ausgelöst hat.

»… was er in der Beziehung vermisst hat. Was er sich von einer Beziehung wünscht, und das … Mann, das ist genau das, was ich auch suche. Also, suchen würde, wenn ich suchen würde. Wir waren nur ein paar Stunden gemeinsam unterwegs, aber das hat ausgereicht um … mir das Gefühl zu geben, dass wir in unseren Vorstellungen und Wünschen echt gut zusammenpassen würden und deswegen …« Himmel, was rede ich denn da schon wieder?»Nichts deswegen«, ermahne ich mehr mich selbst, als dass ich es in Miguels Richtung sage. »Wir kennen uns gar nicht weiter und daran wird sich auch nichts ändern. Er ist frisch getrennt und ich hab echt keine Lust auf einen Kerl, der noch an seinem Ex hängt. Der Abend war schön, ich war für Damir da, ich hoffe, es geht ihm bald besser, aber alles andere ... geht mich nichts an. Ende der Geschichte.«

Ich finde, ich klang ganz überzeugend.

Mein Kumpel sieht das anders, wenn ich seinen Blick richtig deute. Nach einigen Sekunden des Schweigens zuckt er mit den Schultern. »Musst du wissen. Ich kenne Damir nicht, kann es also null einschätzen. Ich verstehe total, dass du nicht noch mal so einen ›Ich-geh-zum-Ex-zurück-Mist‹ wie mit Steffen mitmachen willst, und er ist echt extrem frisch getrennt ...«

»Aber? Da kommt doch eins, oder?«

»Aber«, er zieht das Wort demonstrativ in die Länge, »man soll auch nicht alle Kerle über einen Kamm scheren.«

Ich brummele eine Zustimmung, schlucke aber jegliche weiteren Worte hinunter. Miguels haben schon wieder viel zu viele hoffnungsvolle Gedanken in mir angestachelt. Vielleicht in ein paar Wochen, wenn Damir über seinen Ex hinweg ist ... Aber nein, zur Hölle! Steffen ist auch erst nach Monaten eingefallen, dass er doch wieder anfangen könnte, mit seinem Ex zu vögeln. Ich brauch das kein zweites Mal! Abgesehen davon haben Damir und ich keinen Kontakt und ich somit keine Ahnung, wie sich seine emotionale Lage weiterentwickelt. Vielleicht sind er und sein Ex ja auch schon wieder zusammen oder er findet bald einen Neuen oder ... oder, oder, oder! So viele Variablen, die genau diese Sicherheit, die ich bei einem Partner suche, ins Wanken bringen würden, auch wenn Damir in dieser Hinsicht angeblich genauso tickt wie ich. Ich weiß es nicht, kenne ihn viel zu wenig und werde das auch nicht zu ändern versuchen. Wie sollte ich auch? Einfach bei ihm klingeln, oder noch besser: Wieder an der Terrassentür klopfen? Das wäre aufdringlich.

Mein Blick wandert zu Miguels Handy, das noch immer neben mir auf dem Sofa liegt. Ich könnte höchstens ...

Durchs Babyphone erklingen Geraschel und Glucksen und keine fünf Sekunden später fängt Amelie an zu weinen.

»Ich muss kurz«, erklärt Miguel da auch schon und erhebt sich.

»Klar.«

Ich sehe meinem Kumpel nach, wie er im Kinderzimmer verschwindet, lausche seinem beruhigenden Murmeln, das mit Amelies nur langsam verebbendem Weinen durchs Babyphone dringt. Er und Sarah sind mit ihrer Amelie schon eine tolle, kleine Familie. Nicht unbedingt das, was ich mir wünsche. Kinder stehen nicht zwingend auf meiner Agenda, auch wenn ich mir vorstellen könnte, welche zu haben. Aber die Geborgenheit einer festen Beziehung ... Scheiße, Mann, der Abend mit Damir hat wirklich wieder diesen Wunsch in mir geweckt.

Mit einem weiteren nur halb unterdrückten Seufzen in der Kehle greife ich nach Miguels Smartphone und entsperre das Display. Damirs Profil ist noch geöffnet und ich scrolle wieder ganz nach oben. Knapp tausendachthundert Follower. Keine Riesenzahl, aber dafür, dass Damir augenscheinlich auch nur alle paar Wochen mal ein Foto postet, doch ganz ordentlich. Kein Wunder, bei einem so leckeren Kerl wie ihm. Avancen bekommt er nach der Trennung sicherlich genügend.

Erst jetzt fällt mir auf, dass er augenscheinlich auch etwas in seiner Story gepostet hat, und ich öffne diese durch einen Klick auf sein Profilbild. Er hat lediglich ein Foto in seiner Story geteilt, vor rund sieben Stunden. Es zeigt einen Ausschnitt eines von winterlich kahlen Hecken und Pinienbäumen umgebenen Grundstücks. In der Ferne kann man einen Streifen Meer erkennen. Über dem Bild liegt ein Schriftzug: **Spontaner Besuch in der Heimat.** <3 <3 <3

Augenblicklich schießt mir die Frage in den Kopf, wer sich wohl um Damirs Kater kümmert, wenn er seine Familie besucht? Jemand von den Nachbarn? Freunde? Oder er ist eben doch wieder mit diesem Achim zusammen.

Durch ein äußerst energisches Wischen übers Display schließe ich die App und lege das Handy auf den Couchtisch neben das Babyphone, durch das inzwischen nur noch ganz leise Geräusche dringen.

Definitiv brauche ich all diesen Mist nicht! Ich werde *nicht* versuchen, einen Weg zu finden, mich bei Damir zu melden. Ich hoffe einfach nur, es geht ihm besser. *Ohne* seinen Ex.

Damir

Mit dem Unterarm, um mir nicht noch etwas des Tapetenkleisters an meinen Fingern in die Haare zu schmieren, streiche ich mir über die Stirn und einige verschwitzte Strähnen zurück. Tapezieren kann echt anstrengend sein, wenn man es nicht gewohnt ist. Dafür, dass ich aber kaum Übung habe, ist das Ergebnis in meinen Augen ganz gelungen. Ich trete zwei Schritte von der Wandnische zurück und betrachte durchaus zufrieden mein Werk.

Den ungeliebten Einbauschrank habe ich noch vor meinem spontanen Abstecher nach Kroatien vollends entfernt. Allein schon, weil ich meinen Kater nicht mit dem demolierten Möbelstück zurücklassen und auch potenziellen Fragen der Nachbarin entgehen wollte. Dass Achim und ich uns getrennt haben, habe ich ihr im Zuge meiner Bitte, für ein paar Tage nach Eddi zu schauen, erzählt. Aber die Einbauschranksache geht sie nun wirklich nichts an.

Ich bin noch nicht ganz entschlossen, wie ich die Wandnische nutzen werde, ein Schrank kommt aber definitiv keiner mehr hinein! Ich brauche Veränderung im Haus. *Meinem* Haus.

Auf dem Couchtisch liegen die Unterlagen, die Achim bei seinem Notar hat aufsetzen lassen und die er mir gestern, als ich noch auf dem Rückflug aus Šibenik – beziehungsweise Zadar, denn von dort ging mein Flug – war, in den Briefkasten geworfen hat. Eine schiere Erleichterung durchflutet mich, als ich zum wiederholten Mal zu den Schriftstücken hinüber sehe. Auch wenn es für mich finanziell eine deutliche Mehrbelastung sein wird, die ich so definitiv nicht geplant habe, bin ich froh, dass Achim meinem Vorschlag, ihm seinen Anteil am Haus auszuzahlen, zugestimmt hat.

Insgesamt ist unser Telefonat, das wir kurz vor meiner Reise zu meinen Eltern geführt haben, unspektakulärer und friedlicher verlaufen, als ich angenommen habe. Nicht, dass ich erwartet hätte, wir würden uns anschreien. Ich habe Achim in den letzten Jahren kein einziges Mal laut werden hören. Wir haben uns nur selten *richtig* gestritten – was vermutlich einer unserer Fehler war. In Bezug auf die Hausübernahme ist seine Unaufgeregtheit aber durchaus etwas wert.

Viel eher hätte ich von mir selbst erwartet, dass ich am Telefon mit meinem Ex emotional werde. Ihn vielleicht sogar mit Tränen in den Augen bitte, uns noch eine Chance zu geben. Aber ich habe es nicht getan. Es tat weh, ihn am Telefon zu haben. Seine Stimme im Ohr und er doch unerreichbar. Gleichzeitig hat mir dieses abschließende Telefonat zumindest ein kleines Stück dabei geholfen, zu akzeptieren, dass wir ab sofort getrennte Wege gehen werden. Dass wir beide Fehler gemacht haben, die jedoch nicht mehr rückgängig zu machen sind, und dass seine Auszugsaktion richtiger Mist war, mit dem ich jedoch klarkommen werde. Und sei es, indem ich das Haus vollends ›Achim-frei‹ machen werde.

Ein bisschen wurmt es mich ja, dass sein Plan, mich zum Beginn meines Urlaubs zu verlassen, damit ich Zeit habe, die Trennung zu verdauen, damit exakt aufgeht. Verflucht ja, er hat wirklich schon seit Wochen geplant, sich zu trennen. Das tut noch immer weh, aber gleichzeitig bin ich auch froh, dass der Cut, den wir gerade ziehen, ein so eindeutiger ist. Für Achim und mich gibt es kein Zurück mehr – und das ist, so schmerzhaft es ist, gut so.

Eddi, der durch die Katzenklappe ins Wohnzimmer getappt kommt und schnurrend um meine Beine streicht, zieht sowohl meinen Blick als auch die Aufmerksamkeit meiner Gedanken auf sich.

»Na, was meinst du zu meinen Tapezierkünsten?« Ich knie mich zu meinem Kater auf den Boden, streiche ihm jedoch ebenfalls nur mit dem Unterarm über den von der Winterluft kühlen Pelz.

Er maunzt nur einmal, reibt noch einmal sein Köpfchen an mir und schreitet dann raus in den Flur und todsicher Richtung Küche. Abendessenszeit. Auch für mich.

Erst jetzt merke ich so richtig, dass mein Magen knurrt. Aber erst mal muss ich den ganzen Kleister loswerden.

Am Waschbecken in der Gästetoilette wasche ich mir zumindest so weit die Hände, dass ich den Katzennapf gefahrlos anfassen kann. Sobald Eddi sein abendliches Nassfutter hat, verziehe ich mich nach oben ins Badezimmer. Die Waschmaschine neben der Dusche verkündet mir schweigend, aber mit blinkendem Licht, dass sie fertig durchgelaufen ist. Also packe ich die Wäsche noch schnell in den Trockner um. Nicht alles davon allerdings. Der Wollpullover, den ich an dem

Abend mit Malte anhatte, verträgt das definitiv nicht. Da ich zu faul bin, nur wegen dieses Teils den Wäscheständer aufzubauen, hänge ich den Pulli über den Badewannenrand. Gedankenverloren streiche ich über die noch feuchte und daher etwas kratzige Wolle und bilde mir ein, Schokoladeneis am Gaumen zu schmecken. Das und ... Maltes weiche Lippen auf meinen.

Es ist das erste Mal seit Tagen, dass Malte sich so präsent in meine Gedanken schleicht. In der Zeit bei meinen Eltern war ich zu sehr damit beschäftigt, Achim zu vermissen, all den Mist zu verdauen. Aber jetzt ... bin ich eigentlich immer noch nicht so weit, über einen anderen Mann nachzudenken und außerdem ... ist Malte nicht in *dem* Sinne ein anderer Mann. Er ist der Mensch, der für mich da war, als es mir dreckig ging. Der Mann, der mich aufgemuntert, mir zugehört hat und bei dem ich mich geborgen gefühlt habe, obwohl wir uns kaum kennen. Fuck, okay, vielleicht drängen da doch Gefühlsregungen nach oben, die gerade nicht hierher passen.

Rasch wische ich die Gedanken mit einem leichten Kopfschütteln fort, schäle mich aus meinen eingesauten Klamotten und stecke die gleich in die eben erst geleerte Waschmaschine. Morgen habe ich vor, ein paar Möbel umzustellen, manche abzubauen. Da brauche ich nicht zwangsweise Klamotten, die richtig dreckig werden dürfen.

Ich stelle rasch ein Kurzprogramm, von dem ich hoffe, dass es ausreichen wird, an der Maschine ein, ehe ich mich unter die Dusche verziehe. Der Tapetenkleister ist echt hartnäckig und hat doch irgendwie einen Weg in meine Haare gefunden. Wenigstens nur an zwei Stellen. Aber ich brauche zwei Waschdurchgänge, um ihn richtig heraus zu bekommen, und auch danach bleibe ich noch unter dem Wasserstrahl stehen. Totale Verschwendung, aber ich genieße es gerade zu sehr. Mit geschlossenen Augen lasse ich mir das warme Wasser über den Kopf und meinen leicht verspannten Nacken und meine Schultern rinnen. Kann regelrecht nachfühlen, wie die feuchte Wärme meine Muskeln lockert. Wie sich meine Haut langsam rötet, mein gesamter Körper, der das ungewohnte Arbeiten nicht allzu prickelnd fand, geschmeidiger und besser durchblutet wird. Was auch zur Folge hat, das sich ein ganz feines Kribbeln in meinem Unterleib einstellt.

Lächelnd taste ich, ohne die Augen zu öffnen, nach dem Duschregler und drehe den Wasserstrahl etwas schwächer. Umschließe dann mit einer Hand locker meinen Schwanz. Es ist das erste Mal, schießt es mir durch den Kopf, dass ich mich selbst anfasse, seit Achim gegangen ist. Gewissermaßen ist es also so was wie der erste Sex ohne ihn. Eben nur mit mir allein. Was sich erleichternd okay anfühlt.

Mit einem tiefen Ausatmen umfasse ich mich fester, beginne mich in trägem Tempo zu massieren, bis ich hart bin. Ganz kurz drohen meine Gedanken dabei abzudriften. Hin zu dem Kerl, der mein erstes Mal mit einem anderen Mann seit der Trennung hätte werden können. Hin zu Malte und unseren Küssen im Schneegestöber vor der Haustür. Aber ich dränge die Gedanken vehement zurück. Der Moment hier gehört nur mir und ich will ihn ohne jegliches Kopfkino genießen. Einfach nur meine Hand um meinen Schwanz spüren und mir selbst Lust verschaffen. Und genau das tue ich.

Ich streichle mich mal sanfter, wichse mich dann wieder härter, zögere den Moment hinaus, bis ich schließlich mit einem rauen Seufzen komme.

Rund eine halbe Stunde später sitze ich mit einem schnell zubereiteten One-Pot-Nudelgericht auf dem Sofa. Leider doch nicht ganz so befriedigt, wie ich es eigentlich nach der Aktion unter der Dusche sein sollte, sondern mit einer diffusen Leere im Bauchraum. Eine Leere, die auch die Nudeln mit buntem Gemüse nicht werden füllen können. Achim fehlt noch. Oder vielleicht fehlt auch nur *jemand*. Ich kann es gerade nicht so genau sagen und will auch eigentlich nicht drüber nachdenken. Es wäre merkwürdig, wenn ich eine sechsjährige Beziehung innerhalb einiger Tage abhaken könnte. Also ist es wohl okay, dass ich mich weder richtig beschissen noch gut fühle. So mittel eben.

Die Stille im Haus wird gefüllt durch Eddis zufriedenes Schnurren. Er liegt neben mir auf dem Sofa und ich kraule ihn mit einer Hand, während ich mit der anderen meine One-Pot-Nudeln löffle.

Noch während der würzige Geschmack des Cayennepfeffers, den ich in die Soße gekippt habe, auf meiner Zunge kribbelt, überlege ich, ob ich mir zum Nachtisch die Eispackung, die ich am Morgen vom Einkaufen mitgenommen habe, aufmachen soll. Es ist *keine* Familienpackung, sondern nur ein simples Erdbeereis von meiner Lieblingsmarke. Trotzdem musste ich, als ich vor dem Tiefkühlregal stand, kurz an Malte denken. So wie jetzt. Und vorhin schon. Ich esse weiter Nudeln und lasse dabei gedanklich den Abend mit ihm noch mal Revue passieren. Das gemeinsame Schlendern durch die Mainzer Altstadt, die Gespräche, bei denen ich immer das Gefühl hatte, dass er mir wirklich zuhört, die Gemeinsamkeiten, die wir herausgefunden haben, seine Art, mich aufmerksam anzusehen, die Eis-Aktion, der schweigsame Weg zurück durch den einsetzenden Schneefall und dann der Kuss. Die Küsse, die wirklich schön waren, wenn auch ›aus Gründen‹ verwirrend und dann ... mein echt dämlicher, überstürzter Abgang.

Dank meines Seufzens verschlucke ich mich beinahe an einer Nudel und stelle hustend den Teller neben mir auf der Sitzfläche ab. Ich würde Malte echt verdammt gern sagen, dass es mir leidtut, wie ich ihn vor der Tür habe stehen lassen. Nicht per se, *dass* ich das getan habe. Nicht mit ihm zu schlafen, war die bessere Entscheidung, obwohl ich zugeben muss, dass ich mich schon frage, wie es gewesen wäre. Aber darum geht es nicht primär. Es geht darum, dass er ein toller Kerl ist und mein Abgang mies war.

Den Teller wieder auf meinem Schoß platziert, schiebe ich nachdenklich mit dem Löffel die verbliebenen Nudeln umher. Ich habe keine Nummer von Malte, kenne nicht mal seinen Nachnamen, geschweige denn, dass ich weiß, wo er wohnt. Irgendwo in Mainz. Wow. Dafür weiß ich, was er sich von einer Beziehung wünscht, dass er Schokoeis liebt und ich mich in seiner Nähe verstanden, sogar geborgen fühle. Und vielleicht – ganz eventuell – will ich dieses Gefühl noch mal haben und würde mich auch deshalb gern bei ihm melden.

Kann ich aber nicht.

Ich könnte höchstens ...

Das aufkeimende Lachen ersticke ich mit einem weiteren Löffel Nudeln und Paprikastückchen.

Das wäre schon eine bescheuerte Aktion!

Damir

Ich hatte es befürchtet!

Ich hatte geahnt, dass der Paketbote – entgegen der Mail, in der stand, dass die Bestellung zwischen 14:30 und 15:30 Uhr geliefert werden würde – um kurz nach zwei bereits hier gewesen sein würde, wenn ich zu dieser Zeit in den Baumarkt fahre. Aber verdammt, die Wandfarbe habe ich nun mal gebraucht, um weitermachen zu können. Ab morgen muss ich wieder arbeiten, da bleibt nicht mehr viel Zeit für die Renovierung.

Missmutig schiebe ich mein Handy zurück in meine Jackentasche und gehe um den Car-Sharing-Wagen herum, um die Malerutensilien aus dem Kofferraum zu holen. Ein Blick übers Gartentörchen zeigt, dass kein Paket vor der Haustür steht. Ich habe ja auch extra keine Abstellgenehmigung erteilt in der Hoffnung, der Bote, der klingeln würde, würde Malte sein.

Die Hoffnung ist total bescheuert – und wurde in den letzten Tagen schon diverse Male enttäuscht. Ich sollte wohl einsehen, dass seine normale Arbeitsstrecke dieses Wohngebiet nicht einschließt.

Mit Farbeimern und Malerrollen beladen, marschiere ich ums Haus herum, aber auch auf der Veranda steht kein Paket. Dann ist es wohl bei einem der

Nachbarn. So genau stand das nicht in der Benachrichtigungsmail.

Nachdem ich das Zeug aus dem Baumarkt ins Haus gebracht habe, versuche ich mein Glück zunächst bei Frau Hiller, die vor einigen Tagen auch nach Eddi gesehen hat.

»Damir, hallo. Sie kommen, um Ihr Paket abzuholen, nehme ich an?«

Ich zwinge mich zu einem Lächeln. »Ja, genau. Sorry für die Umstände, ich dachte, ich bin zurück, ehe der Paketbote kommt.«

»Ach, das macht doch nichts.« Sie reckt sich zu einer Kommode neben der Haustür und hält mir ein Päckchen entgegen. Dessen Inhalt interessiert mich herzlich wenig. Überhaupt habe ich in den letzten Tagen die unnötigsten Sachen bestellt, nur um etwas geliefert zu bekommen.

»Sagen Sie ... der Paketbote war nicht zufällig etwa so groß wie ich und in meinem Alter, mit dunklen Locken?«

Wenn Frau Hiller jetzt Ja sagt, beiße ich mir selbst in den Arsch. Doch sie schüttelt den Kopf – was mich wiederum auch nicht zufriedener stimmt.

»Nein. Einen Paketboten, auf den die Beschreibung passt, habe ich hier noch nie gesehen. Normalerweise fährt entweder eine Frau ...«

Ich höre ihr gar nicht mehr richtig zu. Wer hier Pakete ausfährt, ist mir vollkommen egal, wenn es nicht Malte ist.

Ich bedanke mich noch einmal bei meiner Nachbarin und stiefele dann wieder durch den Schnee, der seit knapp einer Woche nur noch Matsch ist, zurück zu meinem Haus. Ich sollte es echt einsehen und es aufgeben, sinnlosen Kram zu bestellen, nur um bei jedem Öffnen der Haustür in das Gesicht irgendeines Paketboten zu blicken.

Während ich mir Jacke und Schuhe ausziehe, starre ich weiter auf das Päckchen, das ich auf dem Sideboard abgestellt habe. Vielleicht sollte ich es rein wegen Karma mit einer letzten Bestellung versuchen und dabei auf den bewährten *Hammer extra stabil* setzen.

Ich will gerade meine Jacke an die Garderobe hängen, stocke jedoch in der Bewegung. Das ist es! Den Hammer hatte ich per Same-day-Lieferung bestellt. Vielleicht fährt Malte ja immer nur diese eiligen Bestellungen aus. Dann wäre es auch nicht verwunderlich, dass Frau Hiller ihn nicht kennt, und überhaupt könnte ich mir vorstellen, dass die Same-day-Boten – so nenne ich sie gedanklich einfach mal – ein größeres Stadtgebiet abdecken. Zumindest in meiner Vorstellung laufen am Tag nicht so viele kurzfristig auszuliefernde Sendungen auf wie normale. Ha!

Nachdem meine Jacke an den Garderobenhaken gewandert ist, krame ich hastig mein Handy daraus hervor und gehe rüber ins Wohnzimmer. Stelle dabei fest, dass ich mich ja gar nicht gemütlich auf dem Sofa niederlassen kann, denn das habe ich zur Sicherheit mit Folie abgedeckt. Ebenso Eddis Kratzbaum, was mein Kater mir höchst übelgenommen und sich seit dem frühen Morgen nicht mehr hat blicken lassen. Umso wichtiger, dass ich die Wand, die ich in einem Moccaton streichen will, heute noch fertig wird. Aber fünf Minuten muss sie noch warten …

Mit wenigen Klicks habe ich den *Hammer extra stabil* in meinen virtuellen Warenkorb gepackt und erstelle beim Kassenvorgang einen Prime-Account. Noch mal über Achims zu bestellen kommt wirklich nicht in Frage. Kurz stocke ich bei dem Gedanken, dass er und ich nie so bescheuerte Aktionen füreinander gemacht haben. Weil es auch schlicht nie notwendig war. Wir haben uns in einem Club kennengelernt, als ich – von Hamburg aus – beruflich in Frankfurt und mit Crewkollegen feiern war. Auf einen verflucht heißen – vermeintlichen – One-Night-Stand folgten mehrere Treffen, wenn ich wieder in der Stadt war, und schließlich waren wir zusammen. Ein herrlich unkomplizierter Beginn einer inzwischen gescheiterten Beziehung.

Schmerzlich verziehe ich den Mund. Den Gedanken loszulassen allerdings, fällt mir deutlich leichter als noch vor ein paar Tagen. Statt über meinen Ex zu grübeln, stelle ich mir lieber vor, wie Malte heute Abend an meiner Tür klingelt und mir mein Paket überreicht. Ob ihm wohl anhand von Form und Gewicht auffällt, dass ich noch einmal exakt dasselbe bestellt habe? Nur aus einem völlig anderen Grund …

Noch ein weiterer Klick, dann ist die Bestellung abgeschlossen. Gleich darauf trudelt per Mail die Bestellbestätigung ein, die ich öffne und mich so noch einmal vergewissere, dass das Paket auch wirklich heute noch kommen wird. Dabei klopft mein Herz einen viel zu wilden Takt. Scheint so, als wäre es aufgeregt irritiert von den bescheuerten Aktionen seines Besitzers.

Grinsend lege ich mein Smartphone auf dem Couchtisch ab und sprinte dann die Treppe nach oben, um mich umzuziehen, damit ich mich auf die Wandfarbe stürzen kann.

Entgegen meinem eigentlichen Plan benötige ich für die eine Wand doch länger als gedacht, da ich nach dem Trocknen ein zweites Mal streichen muss, um ein Farbergebnis zu bekommen, das mich zufriedenstellt. Nun allerdings mag ich meine moccafarbene Wand. Zumindest im Licht der Deckenspots sieht sie gut aus, und ich beschließe kurzerhand, das Sofa zu verrücken, weil ich mir vorstellen kann, dass dessen Bezug wunderbar zur Wandfarbe passen und das Möbelstück super daneben aussehen könnte. Ich muss allerdings feststellen, dass das Sofa schwerer ist, als ich dachte. Wenn ich allein daran herumzerre, mache ich wahrscheinlich nur Macken in den Boden. Während ich schon überlege, ob ich es bringen kann, nachher Malte zu fragen, ob er mir kurz helfen kann, werfe ich einen Blick auf die Uhrzeitanzeige auf meinem Smartphone. Draußen ist es längst dunkel und das Display zeigt 19:54 Uhr. Jede Wette, dass Malte ausgerechnet dann klingeln würde, wenn ich jetzt duschen gehe!

Heimlich hoffe ich ja darauf, dass mein Paket wieder das letzte sein wird, das er ausliefert – und dass er heute Abend noch nichts vorhat. Wenn es nach mir geht, lade ich ihn nach meiner Entschuldigung noch auf eine heiße Schokolade oder einen Glühwein ein. Dafür wäre es durchaus von Vorteil, nicht mehr in Malerklamotten zu stecken. Hundert pro klebt mir auch Farbe in den

Haaren. Aber das Risiko, Malte zu verpassen, ist mir viel zu hoch. Außerdem kennt er mich bereits in verheultem Zustand, da dürfte ihn Farbe kaum schocken.

Die nächsten Minuten verbringe ich damit, draußen im Unterstand Holz zu holen und den Ofen anzuschüren. Denn nun, da ich mit der körperlichen Arbeit fertig bin, empfinde ich es doch als kühl im Wohnzimmer. Auf der Terrasse halte ich Ausschau nach Eddi und rufe nach ihm, doch der Kater muckst sich nicht. Vielleicht hilft es, wenn ich seinen geliebten Kratzbaum wieder aus seiner Plastikumhüllung befreie und nachher mit der Futterdose in der Küche klappere. Ich jedenfalls könnte auch etwas zu essen vertragen.

Während ich mir ein Ciabattabrötchen mit Tomaten- und Mozzarellascheiben belege, kommt dann tatsächlich auch Eddi von seinem ausgiebigen Proteststreifzug zurück. Versöhnt schnurrend futtert er seine Abendportion und zieht sich danach auf seinen Kratzbaum zurück, um sich erst mal ausgiebig zu putzen. Ich verspeise indessen mein im Ofen erwärmtes Ciabatta wenig gemütlich im Stehen und schaue meinem Kater bei seiner Putzorgie zu. Ich rücke gerade eine Tomatenscheibe, die droht zwischen den Brötchenhälften hervorzurutschen, wieder mit einem Finger an ihren Platz, als die Türklingel schrillt.

Malte!

Mit einem Klappern landet der Teller so schwungvoll auf dem Couchtisch, dass das übrige halbe Ciabatta beinahe herunterrutscht. Wäre auch egal. Auf dem Weg durch den Flur und zur Tür wische ich mir hastig über den Mund und versichere mich, dass mir nicht noch ein

Faden geschmolzener Mozzarella am Kinn klebt. Durch die Milchglaseinsätze in der Tür versuche ich, Maltes Kontur zu erspähen.

Ich verharre vor der Tür, streiche mir noch mal durchs Haar, in dem ich eindeutig verhärtete Farbreste spüre, atme noch einmal durch – warum eigentlich all das? – und öffne die Tür.

Binnen eines Schlags sackt mir mein Herz regelrecht vor Enttäuschung in den Magen.

Draußen steht *nicht* Malte.

Ein Mann Anfang oder Mitte der vierzig schaut mir erwartungsvoll entgegen, ein längliches Paket in den Händen.

»Damir Pavić?«

Ich nicke wie mechanisch.

»Hier, bitte.«

Ebenfalls wie ferngesteuert strecke ich die Hände aus. Meine Arme sacken unter dem Gewicht des *Hammers extra stabil* nach unten.

»Vorsicht, schwer«, kommentiert der Paketbote das Offensichtliche.

Scheiß Hammer! Was soll ich mit einem zweiten Hammer?

»Würden Sie mir hier kurz unterzeichnen?«

Ich schüttle leicht den Kopf, was selbstverständlich nicht der Frage, sondern der plötzlichen Enttäuschung in meinem Inneren gilt. Rasch stelle ich das Paket beiseite. »Klar.«

»Danke, schönen Abend.«

Von wegen ... »Danke, ebenso.« Mann, dass nicht Malte vor meiner Tür stand, sollte mich gar nicht so enttäuschen. Diese ganzen Bestellaktionen waren von vorneherein dämlich. Malte wird meinen überstürzten Abgang schon längst verkraftet haben. Die Welt geht nicht unter, wenn ich mich nicht bei ihm entschuldige und wir uns nicht wiederse–

»Warten Sie mal kurz!« Ehe ich meinem Mund das bewusste Einverständnis geben kann, sind die Worte schon heraus.

Der Paketbote stoppt mitten im Vorgarten, dreht sich halb zu mir um. »Ja?«

»Fahren Sie immer hier aus?«

Irritiert runzelt er die Stirn. Er trägt wie Malte damals eine Mütze. Aber eine deutlich hässlichere und keine Locken kringeln sich darunter hervor.

»Ja. Warum?«

»Weil…« Ich sollte es einfach gut sein lassen. »…kürzlich ein Kollege von Ihnen da war. Etwa mein Alter, dunkle Locken…«

»Ah, der Malte. Ja, der ist für mich eingesprungen. Krank und so.«

Verdammt! Ich hätte mir so was echt denken können.

»War was nicht in Ordnung an dem Tag?«

Mir entkommt ein Lachen, das ziemlich kläglich klingen muss. Jedenfalls sieht mich der Paketbote sichtlich befremdet an.

»Nein«, bringe ich hervor, »alles bestens.« Nichts war an dem Tag bestens. Gar nichts. Der Tag war einer der beschissensten in meinem Leben. Bis Malte vor meiner Tür stand und wir den Abend gemeinsam…

»Alles gut. Wiedersehen.« Mit diesen Worten schlage ich die Haustür zu. Noch während der Knall in meinen Ohren nachhallt, flammt der Gedanke in mir auf, dass ich den Paketboten hätte bitten können, Malte etwas auszurichten.

Schöne Grüße von dem Kerl, der dich quasi rausgeworfen hat, nur um dann sinnbefreit Dutzende Pakete zu bestellen, um dich wiederzusehen, weil…

Schnaufend schiebe ich den noch verpackten Hammer mit dem Fuß ganz tief in die Nische zwischen Türrahmen und Sideboard.

Ich sollte es echt gut sein lassen!

Malte

Ich konnte es dann doch nicht lassen und habe mir – Tage, nachdem ich bei Miguel zu Besuch war – wieder einen Instagram-Account zugelegt. Mit kryptischem Namen und ohne Profilbild, weil ich nicht will, dass Damir erkennt, dass ich derjenige bin, der mehrmals wöchentlich – immerhin nicht täglich! – auf seinem Profil ist und seine Storys schaut, wenn es welche gibt. Ich will echt nicht den Eindruck erwecken, als würde ich ihn stalken. Ich will nur ... sehen, ob es ihm besser geht. Insofern man das an Instagram-Storys ablesen kann. Und ganz eventuell will ich auch herausfinden, ob er nicht vielleicht doch wieder mit seinem Ex zusammen ist.

Miguel hat – absolut zurecht – gefragt, warum ich Damir nicht einfach anschreibe und ihn frage, wie es ihm geht. Die Antwort darauf hat wenig bis nichts damit zu tun, dass er nicht wissen soll, wer sich hinter dem Account versteckt. Vielmehr habe ich das Gefühl, eine simple PN bei Instagram sei nicht angemessen. Es mag meiner eigenen Abneigung gegen Social Media geschuldet sein, aber irgendwie will ich Damir nicht einfach ein: **Hey, na, wie geht's dir?**, schicken. Ich wünsche mir wirklich, dass es ihm bessergeht, und will weder ihm noch mir das Gefühl geben, ich würde einfach nur der Höflichkeit halber nachhaken.

»Ah, also fragst du lieber gar nicht.« Die Worte meines besten Kumpels hallen noch Tage später in meinem Kopf nach. Mir ist klar, wie unlogisch meine Argumentation für ihn klingen muss und ja, ich weiß, ich stelle mich an.

Miguel hat vorgeschlagen, ich solle einfach bei Damir vorbeifahren, wenn mir eine Instagram-Nachricht zu unpersönlich ist. Aber *das* wiederum erscheint mir *too much*. Ich will ihn nicht bedrängen und ehrlicherweise auch mich selbst nicht in die blöde Situation bringen, vor seiner Tür zu stehen und zu merken, dass es ihm gar nicht recht ist, mich noch mal wiederzusehen.

Herrgott, ich stelle mich wirklich an. Und ich ahne, was das zu bedeuten hat: Es geht mir eben doch nicht nur darum, in Erfahrung zu bringen, wie es Damir geht.

Ehe ein Seufzen in meiner Kehle aufsteigen kann, schiebe ich mir eine weitere Gabel Schupfnudeln mit Sauerkraut in den Mund. Es ist das perfekte Essen für so trist graue Wintertage wie heute. Passend zu meiner seltsam tristen Stimmung. Vielleicht helfen dagegen Strandfotos. Oder sie machen es nur noch schlimmer.

Damirs Profil ist nicht das einzige, dem ich folge. Das wäre dann doch sehr auffällig gewesen und ich möchte schließlich nicht, dass er sich von einem Fremden ausspioniert fühlt – auch wenn er sein Profil auf öffentlich gestellt hat. Aber seine Storys sind die einzigen, die ich regelmäßig schaue. Dementsprechend werden sie mir als auch als Erstes angezeigt und ich sehe sofort, dass Damir etwas Neues hochgeladen hat.

Mit einer weiteren Portion Schupfnudeln im Mund klicke ich seine Story an. Ich brauche einen Moment, um in dem Zimmer auf dem Display sein Wohnzimmer zu erkennen. Es sieht ganz anders aus, als ich es in Erinnerung hatte. In erster Linie fehlt der halb zertrümmerte Einbauschrank. An dessen statt zieren schlichte, aber mit einigen Pflanzen und süßen Katzenfiguren aus Ton dekorierte Regalbretter die Wandnische. Das Sofa, das in meiner Erinnerung linksseitig der Terrassentür stand, thront nun rechts neben einer in schickem Mocca gestrichenen Wand. Eine Stehlampe und ein noch recht kleiner Kaffeebaum verleihen Gemütlichkeit. Die Sitzkissen vor dem Kamin waren vorher schon da, aber keine Ahnung, ob es damals schon die cremefarbenen waren oder ob die in Abstimmung zur Wand neu sind. Was eindeutig noch an Ort und Stelle steht, ist der große Kratzbaum. Von dem weißen Kater fehlt in der Story jede Spur. Oder ich habe ihn nur nicht entdeckt, weil die rund dreißig Sekunden lange Story gerade schon zum nächsten Bild springt. Ein Bild, das jedoch weitgehend von einem Sticker mit der Schrift **New Post** verdeckt wird.

Rasch schlucke ich den letzten Bissen Schupfnudeln hinunter und klicke auf das Bild. Gleich darauf lächelt mir Damir vom Display aus entgegen. Die Geste, so fein sie auch ist, lässt mein Herz hüpfen, obwohl sie sicherlich nicht für mich bestimmt ist. Ich erkenne auf den ersten Blick, dass Damir den Wollpullover trägt, den er auch an unserem gemeinsamen Abend anhatte, und ich bin spontan neidisch auf den Rollkragen, der sich an seine markante Kinnlinie schmiegt. Ich will mit den

Fingerspitzen über seinen Bart streichen, über seine Lippen und dann ...

Nun seufze ich doch und scrolle ein wenig nach unten, um die Bildunterschrift lesen zu können.

Manchmal bedeutet ein Ende auch,
sich auf etwas Neues freuen zu können ...
– pathetisch, aber wahr! :-)
#neuanfang #bessereinendemitschrecken
#gayman #gaymainz #singlegay
#wollpulloverliebe #renovierungüberlebt

Bei manchen der Hashtags muss ich schmunzeln. Einer jedoch zieht meine Aufmerksamkeit vollends auf sich: Damir ist Single. Kein Neustart mit dem Ex. Stattdessen versucht er ganz offensichtlich, mit diesem Kapitel abzuschließen.

Offiziell hat Steffen das auch versucht. Inoffiziell hat er mich über Monate hinweg mit seinem Ex betrogen.

Der Stich, den ich in meiner Brust fühle, ich nur zu erahnen. Viel präsenter ist Damirs zaghaftes Lächeln auf dem Foto. Er sieht nicht himmelhochjauchzend glücklich aus, aber eben doch so, als würde er langsam über die unschöne Trennung hinwegkommen. Ich weiß nur zu gut, wie schwer das ist, und würde ihm gern dabei helfen. Aber eben nicht mit einer schnöden Nachricht. Am liebsten würde ich ihm vorschlagen, noch mal einen gemeinsamen Spaziergang zum Rhein zu unternehmen und statt sich mit Eis zu trösten dieses Mal vielleicht richtig Essen gehen. Ich könnte ihn zu meinem Lieblings-Thai einladen oder, falls er nicht auf asiatische Küche steht, denn darüber haben wir an unserem gemeinsamen Abend tatsächlich nicht gesprochen, mit ihm Burger oder klassische italienisch essen gehen. Wir könnten uns stundenlang unterhalten, dabei herausfinden, ob wir noch weitere Gemeinsamkeiten haben oder ob wir auch in irgendeiner Hinsicht gegensätzlich sind.

Aber einfach bei ihm vor der Tür aufzukreuzen erscheint mir immer noch übertrieben und auch ein wenig zu drängend. Nur sind sein Instagram-Account und seine Adresse nun mal alles, was ich habe. Was ich bräuchte, ist seine Handynummer. Denn mit seiner Adresse kann ich höchstens …

Mir entkommt ein erstickter Laut. Ich Hohlkopf, da bin ich schon Paketbote von Beruf und komme doch erst jetzt drauf. Warum erscheint einem das Naheliegendste manchmal so weit entfernt?

Damir

Dieses Mal liegt kein Schnee im Vorgarten, als ich vor dem Haus aus dem Taxi steige, und auch keine leeren Sektflaschen oder anderer Silvestermüll. Die Weihnachtsdeko habe ich inzwischen abgebaut, kann also auch nicht enttäuscht sein, dass niemand sie angeschaltet hat. Niemand wird auf mich warten – Eddi mal ausgenommen. Das Haus wird kühl sein. Frau Hiller bitten, den Kamin anzuheizen, bis ich von meiner Dienstreise zurückkomme, wollte ich nicht. Es reicht schon, dass sie sich zum wiederholten Mal bereiterklärt hat, Eddi zu versorgen, während ich auf Langstreckenflug unterwegs bin. Zukünftig muss ich mir da echt etwas anderes überlegen, ich kann nicht jedes Mal meine Nachbarin bitten, sich tagelang um meinen Kater zu kümmern, auch wenn sie versichert, das gern zu machen.

Für die kommenden Wochen habe ich glücklicherweise nur kürzere Flugstrecken, was aber nichts daran ändert, dass ich nicht morgens *und* abends zu Hause sein werde, um Eddi zu füttern. Aber immerhin beschert mir der Dienstplan der nächsten Wochen genug Zeit, um mit der Renovierung weiterzumachen.

Zuerst dachte ich ja, es bleibt beim Wohnzimmer. Aber mittlerweile möchte ich wenigstens das Schlafzimmer noch ein wenig umgestalten. Da ist noch zu viel Achim drin.

Der Taxifahrer hebt noch einmal die Hand zum Gruß, was ich erwidere, ehe ich mit meinem Rollkoffer über den schmalen Weg zur Haustür gehe. Noch während ich nach dem Schlüssel krame, huscht Eddi die wenigen Treppenstufen nach oben und streicht um meine Beine. Kein vorwurfsvolles Maunzen dieses Mal. Verstehe einer diesen Kater ... Kurz streichle ich durch sein plüschiges Fell, bevor ich endlich aufschließe und er sich an mir vorbei ins Hausinnere schlängelt.

Meinen Schlüsselbund lege ich auf das Sideboard gegenüber der Garderobe, wobei mein Blick auf ein Paket fällt, das dort steht. Irritiert drehe ich es zu mir, sodass ich den Paketschein lesen kann. Oder eher: lesen könnte, wenn dort einer wäre. Auf dem Paket ist lediglich ein Aufkleber angebracht, auf welchem steht: **für Damir**. Nichts weiter, kein Absender. Wer auch immer mir dieses Päckchen hat zukommen lassen, muss es also selbst vor meiner Haustür abgestellt oder direkt meiner Nachbarin übergeben haben.

Mich packt die Neugier und ich verwerfe den Plan, erst mal meinen Koffer auszupacken und die Waschmaschine anzustellen. Ich ziehe mir lediglich rasch einen Kaffee und kuschele mich dann mit diesem und dem geheimnisvollen Paket auf dem Sofa unter eine Decke. Eddi blinzelt nur träge vom Kratzbaum herab und beäugt unter halb geschlossenen Lidern mein Tun.

Mein Herz pocht dumpf gegen meine Rippen, während ich das Klebeband vom Karton abknibbele. Ohne offizielle Lieferung kann das Paket ja nur von jemandem aus meinem in Mainz lebenden Umfeld kommen. Aber Achims Freunde – auch wenn manche von ihnen mir per WhatsApp versichert haben, dass sie weiterhin auch meine sein werden – schicken mir ganz sicher kein Paket. Am ehesten noch Achim selbst, auch wenn das auf dem Aufkleber eindeutig nicht seine Schrift ist. Wenn das Päckchen wirklich von ihm sein sollte … habe ich keine Ahnung, was ich davon halten oder wie ich darauf reagieren soll. Denn dass sich darin nicht einfach nur irgendwelcher Kleinkram befindet, den er versehentlich bei seinem Auszug mitgenommen hat, ist definitiv bereits ersichtlich, als ich den Kartondeckel auseinanderklappe.

In dem Paket stapeln sich kleine, ordentlich in Geschenkpapier verpackte Päckchen. *Niemals* ist das von Achim und wenn doch … will er mich zurück?

Mein Herz rast in meiner Brust, als wollte es flüchten, und so sehr ich mir noch vor einer oder zwei Wochen eine solche Geste von Achim gewünscht hätte, jetzt gerade bete ich, dass das Paket *nicht* von ihm ist. Ich bin gerade dabei, mich in meinem Leben ohne ihn zurechtzufinden, mit ihm – mit uns – abzuschließen, ich kann jetzt nicht …

Mit leicht zitternden Fingern schiebe ich die Päckchen beiseite, wühle im Karton nach einer Karte oder irgendetwas anderem, das mir verrät, wer der Absender ist, *bevor* ich eines der Geschenke auspacke. Sollten die von Achim sein, muss ich mich wirklich erst mal seelisch darauf einstellen, irgendetwas davon auszupacken.

Tatsächlich finde ich auf dem Kartonboden einen kleinen grünen Briefumschlag. Hastig pfriemle ich die faltbare, ebenfalls schlicht grüne Karte daraus hervor.

Lieber Damir,

ich hätte mich gern früher bei dir gemeldet, aber online erschien mir zu unpersönlich und ich wollte auch nicht einfach vor deiner Tür aufkreuzen. Ich hoffe sehr, es geht dir inzwischen besser und diese kleinen Seelentröster bringen dich zum Lächeln. Nur auf das Erdbeereis musst du leider verzichten, das war mir im Paket doch etwas zu riskant. Aber es gibt Erdbeeren in anderer Form und falls du mal wieder Lust haben solltest, dir eine Familieneispackung zu teilen, melde dich gern.

Viele liebe Grüße

Malte

P.S. Hier meine Handynummer, ich wünschte, ich hätte deine gehabt.

Mir fehlen die Worte. Vollkommen egal, dass überhaupt niemand anwesend ist, an den ich welche hätte richten können. Außer eben mein Kater.

Wie unglaublich süß und lieb und großartig ist das bitte?

Wie großartig ist Malte?

Ich lese die beigelegte Karte noch ein zweites Mal. Unter dem Text hat er tatsächlich seine Nummer hinterlassen.

Ja, ich wünschte auch, ich hätte seine früher gehabt. Dann hätte ich mir diese ganze Bestellaktion sparen können. Wie verrückt und wunderbar ist es, dass es nun doch ein Paket ist, das uns wieder zusammenbringt?

Also, vorausgesetzt, ich melde mich bei ihm, aber die Frage steht überhaupt nicht zur Debatte.

Ich bin schon versucht, aufzuspringen und in den Flur zu laufen, um mein Handy aus meiner Jacke zu holen, unterlasse es dann aber doch, sondern greife erst mal nach meiner Tasse. Kaffee brauche ich gerade eigentlich nicht. Ich bin hellwach und mein Herz trommelt so heftig, dass es wohl eher einen Baldriantee vertragen könnte. Dennoch nehme ich zwei Schlucke Kaffee, ehe ich das Paket vorsichtig beiseitestelle. Ich werde erst mal den Ofen anheizen und es mir richtig gemütlich machen. So neugierig ich auch bin, diese sorgfältig umwickelten Geschenke haben es verdient, achtsam ausgepackt zu werden.

Während ich das Anfeuerholz und ein paar größere Stücke im Kamin staple, Holzwolle dazwischen schiebe und diese entzünde, wallt wieder einmal das schlechte Gewissen in mir auf. Nachdem Malte mir dieses Paket hat zukommen lassen, möchte ich mich doppelt und dreifach bei ihm entschuldigen, ihn so vor der Tür stehen gelassen zu haben. Ich würde ja gern wissen, wann er das Paket vorbeigebracht hat. Einerseits ist es schade, dass ich nicht zu Hause war, andererseits kann ich mich ja nun bei ihm melden und an ihn denken, während ich auspacke. Und genau das tue ich dann auch.

Zum Vorschein kommen zwei verschiedene Teesorten mit den vielversprechenden Namen *Kaminknistern* und *Wohlfühlmischung*, eine Tüte getrocknete Erdbeeren, ein kleiner Tischkalender mit Katzenmotiven und ein Organzabeutelchen mit Badeperlen, die angenehm nach Magnolie riechen. In manche der Päckchen hat Malte kleine Notizzettel hineingepackt, auf denen dann so was steht wie: **Wir haben zwar schon fast Ende Januar, aber es sind ja noch elf Monate übrig**, und: **Ich hoffe, du hast überhaupt eine Badewanne.**

Habe ich. Und die Vorstellung, in einem Magnolien-Schaumbad zu liegen und dabei an Malte zu denken, hat etwas ... Kribbelndes an sich.

Mit dem Badeperlentütchen und dem Zettel zwischen den Fingern verharre ich. Gerade ist es für mich schwer zu fassen, wie ich gefühlsmäßig zu Malte stehe. Sympathie ist da und ich erinnere mich noch allzu gut daran, wie verstanden und auch aufgefangen ich mich in seiner Gegenwart gefühlt habe. Aber damals lag auch alles unter dem Schock und dem Schmerz der Trennung vergraben und jetzt ... lasse ich Achim und was wir hatten – oder auch nicht hatten – gerade Stück für Stück los. Schwer zu sagen, ob da bereits Platz für Gefühle für einen anderen Mann ist oder ob es darum gar nicht geht. Ob einfach nur die Vorstellung, wieder einem anderen Kerl nahe zu sein, prickelt oder ob es dabei wirklich um Malte gehen könnte. Unser Kuss war schön – aber auch viel zu früh. Der ganze Abend mit ihm gewissermaßen eine Ausnahmesituation. Ich *kann* überhaupt nicht beurteilen, ob und was ich für ihn empfinde. Ich weiß nur, dass ich ihn wiedersehen will, um mich zu entschuldigen und mich für dieses unheimlich schöne Paket zu bedanken.

Inzwischen hat auch Eddi den Weg vom Kratzbaum herunter gefunden und springt zu mir aufs Sofa. Erst vorsichtig, mit nur einer Pfote, raschelt er durch das herumliegende Geschenkpapier. Doch er findet schnell Gefallen daran, krallt sich ein Papier und wälzt sich auf dem Rücken durch all das knisternde Spielzeug. Ich sehe ihm einige Sekunden lang lächelnd dabei zu, necke ihn mit einem Papierstück ein wenig, bevor ich noch mal einen großen Schluck Kaffee nehme und mich den letzten Geschenken widme.

Neben einer Tafel veganer Schokolade mit Cookie-Stücken und einem *Arabischen Kaffeegewürz* kommt auch noch eine Packung Katzenleckerli zum Vorschein. Dass Malte auch an meinen Kater gedacht hat, lässt mein Herz gleich noch mal doppelt so hoch schlagen und die Wärme, die sich in meinem Inneren ausbreitet, rührt sicher nicht nur vom Kaffee oder dem inzwischen leise knackend brennenden Kamin her.

Zum ersten Mal, seit Achim gegangen ist, fühlt sich das Lächeln auf meinem Gesicht wirklich aufrichtig an, und zum ersten Mal seit … ja, verdammt, seit mehreren Monaten, fühle ich mich durch Maltes Paket wirklich wertgeschätzt. Nicht, weil er mir etwas geschenkt hat, sondern weil er sich offensichtlich wirklich Gedanken gemacht hat. Um mich und darum, wie es mir geht.

Malte

Wo vor wenigen Tagen noch grau-brauner Schnee-matsch die Straßen und den Bürgersteig säumte, ist mittlerweile selbst davon nichts mehr zu sehen. Es ist einfach nur nass. Und kalt. Genau dieses Nasskalt kriecht mir eklig unter die Klamotten, mehr noch, weil ich vom Sport komme und noch nicht geduscht habe, da in der Halle nur eisiges Wasser aus dem Hahn kommt. Die Heizung ist irgendwie hinüber und der Hausmeis-ter für ein verlängertes Wochenende verreist.

Kind müsste man noch sein, denn meine Trainings-kids sind allesamt von ihren Eltern abgeholt worden und mussten demnach sicher nicht lange auf eine heiße Dusche warten, während ich noch rund fünf Kilometer durch den kalten Regen latschen darf. Bei der zweiten Hälfte der Strecke entscheide ich mich fürs Joggen. So ist mir durch die moderate körperliche Anstrengung immerhin rasch wieder warm. Davor, vollkommen durchnässt zu werden, schützt mich das Laufen aber auch nicht. Das führt mir der Himmel boshaft vor Augen, indem er, kurz bevor ich zu Hause ankomme, seine Pforten noch weiter öffnet und aus dem etwas stärkeren Nieselregen einen regelrechten eiskalten Wolkenbruch werden lässt.

Fluchend beschleunige ich meine Schritte noch einmal, wobei jeder einzelne eklig in meinen Schuhen quietscht, und sprinte die letzten zweihundert Meter bis zum Haus. Ein Vordach hat es nicht und natürlich klemmt ausgerechnet jetzt der Schlüssel im Schloss. Während ich selbiges noch anmotze, fängt zu allem Überfluss auch noch mein Handy an zu klingeln. Ich bin wirklich versucht, nicht ranzugehen, aber dann fällt mir siedend heiß ein, dass es rein theoretisch – ganz eventuell – Damir sein könnte.

Dank seiner Instagram-Story, in der er ein Foto mit seinem Kater gepostet hat, weiß ich, dass er wieder zu Hause ist. Demnach sollte er hoffentlich auch das Paket erhalten haben, das ich am Morgen meinem Kollegen mitgegeben habe, der in der Gegend ausfährt. Ich habe nur deshalb nicht den ganzen Abend hibbelig auf irgendein Signal Damirs gewartet, weil ich durch das Training meiner Kids und mein eigenes abgelenkt war.

Vielleicht meldet er sich erst in ein paar Tagen – oder gar nicht, mahne ich mich selbst und zerre dennoch wie wild an meiner Sporttasche, sobald ich die Haustür geöffnet habe und im Eingangsbereich stehe. Wo ist dieses blöde Ding von Smartphone denn? So tief vergraben, dass es nicht nass wird – toll!

Auf dem Display blinkt eine mir unbekannte Nummer. Mit klammen Fingern wische ich das grüne Hörersymbol beiseite.

»Damir?«, rufe ich regelrecht ins Handy.

Stille.

Nur mein eigener rascher Atem füllt das Treppenhaus.

»Ja, hi. Sorry, ich war gerade irritiert, weil ich kurz dachte: *Woher kennt er meine Nummer?*«

Lachend vor Erleichterung und Freude, dass er es tatsächlich ist, lehne ich mich rücklings ans Treppengeländer.

»Tue ich nicht. War nur geraten. Hi!«

»Hi!«, wiederholt auch Damir und ich meine, dabei auch in seiner Stimme ein Lächeln zu hören. »Störe ich dich irgendwie? Klingst ein bisschen außer Atem.«

»Nein. Nein, gar nicht. Ich komm nur gerade vom Sport und bin vor diesem Mistwetter geflüchtet.« Meine eigenen Worte erinnern mich daran, dass ich raus aus dem zugigen Treppenhaus und raus aus den nassen Klamotten sollte.

»Ah, verstehe.« Damir gibt einen kleinen Laut von sich, der sich durch die Verbindung hindurch nach einem Seufzen anhört – und ein wenig in meinem Nacken kribbelt. »Bei dem Mistwetter lobe ich mir meinen Kamin.«

»Oh, ja, das ist toll.« Unweigerlich steigt das Bild vor meinem inneren Auge auf, wie er in Wollpullover und mit einer Kuscheldecke auf seinem Sofa sitzt, Feuerprasseln im Hintergrund und der Kater an ihn gekuschelt. Spontan wäre ich ganz gern eine Katze. Vor allem, wenn Damir unter der Decke, wie damals, als er mir die Tür geöffnet hat, nur eine Boxerbriefs trägt.

Schräge Gedanken.

Kopfschüttelnd setze ich mich in Bewegung und mache mich auf den Weg in den dritten Stock.

»Wie du merkst, ist dein Paket angekommen«, lenkt Damir das Gespräch an den Punkt, der wohl so was wie der Ursprung unseres Telefonats ist. »Ich würde mich gern dafür bedanken.«

»Musst du nicht. Hab ich gern gemacht und es waren ja nur Kleinigkeiten.«

»Es war eine richtig tolle Geste«, beharrt Damir und sorgt mit seinen Worten und der Art, wie er sie ausspricht, dafür, dass mir warm wird. Richtig warm unter all der nassen Kälte.

»Mmh … ich hoffe, ich hab deinen Geschmack getroffen?« Meine Frage entspringt keinem *Fishing for compliments*, sondern ehrlichem Interesse. Ich wollte, dass mein Paket Damir aufmuntert. Dass es ihm wirklich guttut, so ein paar kleine Aufmerksamkeiten zu bekommen.

»Ja, total. Und Eddi mag übrigens auch die Leckerlies sehr.«

Ich muss unweigerlich schmunzeln. Irgendwie mag ich den Kater ja – obwohl ich ihn noch weit weniger kenne als seinen Besitzer.

»Jedenfalls«, fährt Damir fort, während ich gerade meine Wohnungstür aufschließe, »würde ich mich gern richtig dafür bedanken. Dich einladen?«

Die Klinke noch in der Hand bleibe ich im Türrahmen stehen. Natürlich habe ich gehofft, Damir wiederzusehen. Sehr gehofft sogar. Dass er mich nun einladen will, ist … grandios! Ich stocke lediglich, weil ich mich vielleicht ein bisschen *zu sehr* freue?

»Also nur, wenn du Zeit und Lust …«, setzt Damir erneut an, weil ich wohl zu lange geschwiegen habe. Daher unterbreche ich ihn hastig: »Ja! Entschuldige, ich war gerade abgelenkt.« Von ihm! »Ja, auf jeden Fall, gern.« Rasch schließe ich die Tür hinter mir und stelle meine nasse Sporttasche ab.

»Okay, super, ich freu mich!« Mit diesen ehrlich klingenden Worten schickt er nur noch mehr kribbelnde Wärme durch mein Inneres. Ich möchte schon fast hoffen, er würde mich zu einer Familienpackung Eis vor dem Kamin einladen. Aber das wäre ein ziemlich kuscheliges Ambiente und würde definitiv nach Date klingen. Ich sollte mir in Erinnerung rufen, dass Damir nach wie vor frisch getrennt ist. Er will sich einfach nur bei mir bedanken – was er nicht müsste – und ich will nicht, dass das zu irgendwelchen Gefühlsverwirrungen führt, die am Ende sowieso nur in Enttäuschung enden würden.

»Wie geht's dir denn eigentlich?«, frage ich dennoch nach und schelte mich innerlich selbst dafür. Ich kann nicht vor mir selbst leugnen, dass ich gerade nicht nur um seinetwillen darauf hoffe, dass er über seinen Ex hinweg kommt.

»Ganz okay, würde ich mal sagen.«

Die Antwort erscheint mir ehrlich – und das schätze ich an ihm. Dass er nicht so tut, als sei alles wunderbar, aber offenbar auch nach vorn schaut.

»Aber lass uns jetzt nicht über meinen Ex reden, ja?«

Diese Worte wiederum wecken eine gewisse Bitterkeit in mir, was absolut mein Ding ist und nicht Damirs. Es ist vollkommen logisch und verständlich, dass er gerade keine Lust hat, *darüber* zu quatschen. Dennoch drängen Erinnerungen an die Oberfläche: Steffen hat mir gegenüber nie ein Wort über seinen Ex verloren. Er hat ihn lieber gevögelt.

»Klar«, bringe ich rasch hervor. »Ich muss dich mal ganz kurz weglegen und aus der Jacke raus – Moment.«

»Mhm.«

Rasch schäle ich mich aus der durchnässten Jacke und ziehe auch gleich meinen Pullover aus, der ebenfalls feucht ist. Mein Shirt ist das auch, allerdings vom Schweiß, nicht vom Regen. Während ich mir noch die

Schuhe und Socken abstreife, nehme ich mein Handy wieder ans Ohr. »So, jetzt, sorry.«

»Kein Problem. Was machst du eigentlich für Sport?«

»Volleyball. Ich trainiere eine Kids-Mannschaft im Verein und spiele auch selbst.«

»Ah, schön. Länger schon?«

»Selbst spielen oder das Trainersein?«

»Beides?«

Ich muss lächeln, weil Damir sich wirklich interessiert anhört. »Ich spiele eigentlich schon seit meiner Jugend, mal mehr oder minder regelmäßig. Aber nur Bezirksliga. Als Trainer hab ich vor etwa vier Jahren angefangen. Damals noch mit einer Jugendgruppe. Aber dann ist die Trainerin der Kids weggezogen und es war einfacher, dass ich die U12 übernehme, als jemand ganz Neues zu suchen. Im Erwachsenen- und Jugendbereich hat der Verein genug Leute, aber von denen hat niemand so richtig Bock auf die Kids. Kam mir zumindest damals so vor. Zugegeben«, mit einem Grinsen im Gesicht schlendere ich ins Schlafzimmer, um dort meine Socken in den Wäschekorb zu werfen, »mit dem Ball sind sie manchmal noch etwas unkoordiniert und insgesamt chaotisch, aber man muss das Temperament einfach nur zu bändigen wissen, dann sind sie eine coole Truppe. Und außerdem super lernwillig.«

Habe ich Damir gerade zugetextet? Schon irgendwie, aber es scheint ihn nicht zu stören. »Klingt doch gut«, meint er. »Ich mag, dass du mit Kindern kannst.«

Und ich mag, dass er es mag. Ich mag ihn. Verflucht.

»Tjaaa«, er zieht das Wort in die Länge, im Hintergrund klirrt Geschirr, »wenn du joggen würdest, hätte ich gesagt, wir können ja mal zusammen gehen. Bei Volleyball bin ich leider raus. Ich hab zwei linke Hände mit Bällen.«

Ich spüre mein eigenes Grinsen noch eine Spur breiter werden. »Ach, das würde ich dir schon beibringen. Du kannst nicht schwieriger zu trainieren sein als meine Kids. Aber wir können uns auch gern erst mal zum Joggen treffen.«

»Ja? Ich würde mich freuen.« Er stockt kurz, scheint zu überlegen, also schweige ich ebenfalls. »Ich bin ja ein großer Fan davon, morgens laufen zu gehen und anschließend ausgiebig zu frühstücken. Also, wenn ich Zeit dafür habe. Was meinst du?«

Mit einem Glucksen versuche ich, ein Auflachen zu unterdrücken.

»Was?«, kommt es prompt fragend von Damir.

»Du machst es also wie Penny? Laufen, bis du Hunger bekommst und dann einen Schokoriegel kaufen?«

»Äh … nein.« Er klingt irritiert, aber auch amüsiert in einem. Nicht, als würde er mir die Neckerei übelnehmen zumindest. »Und wer ist Penny?«

»*Big Bang Theory*?«

»Ah. Sorry, ich bin nicht so der Comedy-Serien-Schauer.«

Es ist ja fast schon beruhigend, dass wir nicht nur Gemeinsamkeiten haben. »Sondern?«, hake ich nach und reibe mir dabei mit der freien Hand über den nackten Arm, weil mir so langsam echt kalt wird. »Gar keine Serien?«

»Doch, aber mehr so Fantasyzeug. *Carnival Row*, *The Witcher* …«

»… *Game of Thrones*?«

»Jaaa, das auch.«

Ein Schaudern durchfährt mich. »Damir ... sorry, aber ich muss langsam unter die Dusche.«

»Oh, ja, klar. Dann ... äh ... wann hast du Zeit? Also, ich meine, wollen wir das machen: uns zum Joggen und anschließend frühstücken treffen?«

»Auf jeden Fall. Ich hab das Wochenende über nichts weiter vor.« Zumindest nichts, was ich nicht zeitlich flexibel gestalten könnte.

»Super, ich muss auch erst am Sonntag wieder ran. Nur Mittelstrecke dieses Mal.«

Kommt es zu begeistert, wenn ich ...? »Dann gleich morgen?«, plappert mein Mund und erklärt damit die Antwort auf meine gedankliche Frage für unwichtig.

»Morgen, joggen und ausgiebiges Dankeschön-Frühstück.«

Gut, dass er noch mal erwähnt, dass das *kein* Date ist. Mein rasch pochender Herzschlag lässt nämlich etwas anderes erahnen.

Damir

Nachdem das Wetter die letzten Tage echt trüb war, wagt es heute um kurz nach neun eine kalte Wintersonne, ihre Strahlen zwischen den Wolken hindurchzudrängen. Es ist eisig draußen, aber allemal besser als das vorherige Nasskalt, und beim Laufen ist mir – und sicher auch Malte – rasch warm geworden.

Da wir nachher bei mir frühstücken werden, hat er mich zu Hause abgeholt und wir sind zu einer meiner Standard-Joggingrunden aufgebrochen, die zumindest in Teilen am Rhein entlang führt.

Die meiste Zeit herrscht Schweigen zwischen Malte und mir. Nicht, weil ich per se beim Laufen nicht reden kann, sondern weil ich es gerade einfach schön finde, die morgendliche Ruhe mit ihm zu genießen. Wenn mich nicht alles täuscht, geht es ihm genauso, und ich hoffe doch, dass wir nachher noch genug Zeit haben werden, zu quatschen.

Tief sauge ich die kalte Januarluft in meine Lunge und atme fast doppelt so lang vollständig aus. Genau der Atemrhythmus, der für mich beim Joggen am besten funktioniert. Keine Ahnung, ob es Malte genauso geht, aber er hat seine Atmung – ob bewusst oder unbewusst – an meine angepasst. Ebenso synchron sind unsere Schritte, was das Gefühl von entspannter Harmonie am Morgen noch vertieft.

Nach rund sechs Kilometern am Rhein entlang, biegen wir wieder in Richtung Stadtkern ab. Ich will zu meiner Lieblingsbäckerei, die nicht nur die besten Dinkelbrötchen hat, sondern auch direkt auf dem Weg ins Wohngebiet liegt.

Wir biegen gerade in die entsprechende Straße ein, als die Wolkendecke vollends aufreißt und der Wintersonne Platz macht. Die Strahlen sind noch nicht wirklich wärmend, aber schön.

»Ist das jetzt ein Zeichen, dass wir noch weiterlaufen oder frühstücken gehen sollen?«, bringt Malte halb lachend und halb schnaufend hervor.

Ich drossle mein Tempo ein wenig und er passt sich mir sofort an.

»Vermutlich Ersteres, aber da vorne ist meine Stammbäckerei.« Im Laufen deute ich an einer Häuserreihe entlang, hin zu dem Eckhaus, über dem das Ladenschild in Form eines Croissants prangt. »Außerdem hab ich Hunger.« Was primär auch daran liegt, dass wir uns erst um acht zum Joggen verabredet hatten, was für meine Verhältnisse recht spät ist. Aber an einem Samstag wollte ich Malte nicht aus dem Bett werfen. In seinem Job muss er sicherlich oft genug früh raus.

»Na dann – Frühstück!« Malte lächelt mich von der Seite an und ich habe das Gefühl, als würde mein Puls dabei noch mal ein wenig beschleunigen.

Der rasche Atem steht uns beiden als Wölkchen vor dem Mund, als wir schließlich vor der Bäckerei zum Stehen kommen. Da ohnehin noch ein paar Leute vor uns in der

Schlange sind, nutzen wir die Zeit, um uns draußen noch ein wenig zu dehnen. Mein Blick schweift dabei aus dem Augenwinkel immer wieder zu Malte. Er trägt wieder eine Mütze und ich muss einfach jedes Mal beim Anblick der Locken, die sich darunter hervor kringeln, lächeln. Die engen Laufklamotten lassen keinen Zweifel daran, dass er einen sehr schlanken, aber nicht schlaksigen, sondern vom Laufen und Volleyball trainierten Körper hat. Er ist ein wenig schmaler als ich, dafür aber auch ein paar Zentimeter größer.

»Sollen wir hier Kaffee mitnehmen?«

»Ich hab einen Vollautomat zu Hause, kann dir also zaubern, was immer du willst.«

Bei meinen Worten leuchtet etwas in Maltes Augen auf, von dem ich irgendwie das Gefühl habe, dass es nicht nur der Aussicht auf Kaffee zu verdanken ist. Aber der Moment verfliegt so schnell, wie er da war, und Malte nickt in Richtung der Eingangstür.

»Super. Wollen wir?«

Die Schlange vor dem Tresen ist mittlerweile tatsächlich nennenswert kürzer geworden und da von der anderen Straßenseite bereits weitere Menschen herannahen, beeilen wir uns, die Bäckerei zu betreten. Ich lasse ja gern Handwerker und Rettungskräfte in ihrer Mittagspause an der Kasse vor, aber bei meinem Frühstück kenne ich keine Nächstenliebe. Okay, fast keine.

Das Schmunzeln noch auf meinen Lippen, wende ich mich Malte zu. »Du musst eines der Dinkelbrötchen probieren.«

»Okay.« Er erwidert mein Lächeln – und mir ist noch immer echt warm! »Und ich brauche was Süßes.«

»Womit fängst du an?«

»Beim Frühstück? Immer mit süß.«

»Bah, ich brauch zuerst was Salziges. Wehe, du lässt mir keine Schokocreme übrig.«

Seine Geste weitet sich zu einem Grinsen aus, nun liegt eindeutig ein Funkeln in seinem Blick. »Team Marmelade. Hast du welche zu Hause? Falls nicht, nehme ich ein gefülltes Puddingteilchen.«

»Schokocreme, Marmelade, Honig ... alles da.«

»Perfekt. Oh ... Entschuldigung.«

Während wir noch herumgealbert haben, schaut uns eine der Verkäuferinnen bereits erwartungsvoll an und daher beeilen wir uns, unsere Bestellung aufzugeben: zwei Dinkelbrötchen, ein klassisches und ein Laugencroissant, ein Laugenbrötchen und eines mit Sesam. Und weil sie mich anlachen noch zwei kleine Quarkbällchen. Keine Ahnung, wer das nachher alles essen soll.

Als Malte bereits am Reißverschluss der kleinen Tasche an seiner Laufjacke herumnestelt, winke ich rasch ab. »Lass. Ich zahle das. Hab doch gesagt, das Frühstück ist mein Dankeschön an dich.«

»Ah ... okay, dann ... danke!«

»Danke fürs Danke?« Ich zwinkere ihm zu, während ich einen Zehn-Euro-Schein über den Tresen schiebe. »Vielleicht sollten wir aufhören, uns gegenseitig zu bedanken, sonst kommen wir aus der Nummer nie wieder raus.« Was allerdings definitiv noch fällig ist, ist meine Entschuldigung. Aber die will ich nicht inmitten einer Bäckerei hervorbringen.

Malte lacht leise, nickt und nimmt die beiden Bäckertüten an sich, während ich noch meinen kleinen Rest Wechselgeld einstecke.

Den letzten Kilometer bis zu meinem Haus haben Malte und ich in flottem Schritttempo zurückgelegt, sodass wir bis dahin ein wenig, aber nicht zu sehr heruntergekühlt sind.

»Du kannst die Tüten erst mal in die Küche legen.« Mit einem Kopfnicken deute ich in besagte Richtung.

»Ich schaue rasch nach dem Kamin. Den hatte ich vorhin schon angefeuert, damit es nicht kalt wird nach dem Laufen.« Wir haben bei der Joggingrunde kein allzu hohes Tempo angeschlagen, sondern sind eher im niedrigen aeroben Pulsbereich gelaufen. Dementsprechend bin ich nicht allzu verschwitzt und auch Malte sieht nicht so aus. »Oder ... willst du duschen?«, schiebe ich dennoch hinterher und muss schlucken, weil sich unweigerlich ein gewisses Bild vor mein inneres Auge schiebt. Doch ehe es sich manifestieren kann, schüttelt Malte bereits den Kopf.

»Nein, alles gut. Hab ja extra vorher den Pulli bei dir deponiert.«

Ach ja, der ... Mein Blick huscht flüchtig zum Sideboard neben der Tür, auf dem Malte tatsächlich, als er mich abgeholt hat, einen dunkelblauen Kapuzenpullover abgelegt hat.

Ich selbst schnappe mir im Wohnzimmer die Strickjacke, die noch über der Sofalehne hing, und tausche meine Laufjacke gegen diese, ehe ich mich dem Kamin zuwende. Es sind noch genügend glimmende Holzreste übrig, um das Feuer mit neuen Scheiten rasch wieder zum Brennen zu bringen. Die Wärme strahlt bereits bis rüber zum Esstisch. Kalt sollte uns also wirklich nicht werden und zu stinken werden wir bei dem bisschen Schwitzen vermutlich auch nicht anfangen. Im Gegenteil – ich mag Maltes Geruch, stelle ich fest, als er zu mir ins Wohnzimmer kommt und sich neben mich an den Kamin stellt, seine Hände in Richtung Feuer streckt.

»Doch kalt?«

»Nein, nein, nur die Finger. Ich hätte deinem Beispiel folgen und Handschuhe anziehen sollen.«

»Nächstes Mal«, entgegne ich leichthin und bemerke erst nachträglich, dass meine Worte durchaus so etwas wie eine Verabredung zu einer weiteren gemeinsamen Joggingrunde sein könnten.

Mein Blick fliegt zu Malte – er lächelt mich von der Seite an. »Gern.«

Einen langen Moment teilen wir diesen seltsam vertrauten Moment: er und ich gemeinsam vor dem Kamin.

Theoretisch wäre es ein schöner Augenblick, um ihn zu … Ich räuspere mich. Reiße mich los. Praktisch eben nicht.

»Ich wollte noch was ansprechen«, bringe ich mit ein wenig träger Zunge hervor, stocke dann.

Fragend sieht er mich von der Seite an. »Wenn es wegen des Kusses ist …«

… der eigentlich mehr als nur *ein* Kuss war.

»Ja«, unterbreche ich ihn rasch, »ja, ist es. Ich wollte mich entschuldigen.«

»Wofür? Ich hab dich geküsst. In einer Situation, die nicht … passend war.«

Das war sie wohl wirklich nicht, jedoch … »Ich hab's herausgefordert.«

»Na ja, ich ja auch.«

Schief grinsend verdrehe ich die Augen. »Gewissermaßen ... Ist doch auch egal. Wir haben es beide herausgefordert und ja, es war für mich emotional nicht der richtige Moment. Nichtsdestotrotz hätte ich dich nicht so stehen lassen sollen. *Das* tut mir leid, nicht ...« ... *der Kuss an sich.* Ich schlucke die letzten Worte gerade noch rechtzeitig hinunter, um nicht noch mehr Verwirrung zu stiften. Vor Malte, aber auch in mir selbst. Gerade eben hätte ich ihn gern geküsst.

»Nicht ...?«

Verdammt! »Nichts nicht«, stoße ich plötzlich wieder atemlos hervor und weiche einen Schritt zurück. »Hunger, mangelnde Denkfähigkeit ...« ... *aufwallende Gefühle?* »Ich decke mal den Tisch.«

Eigentlich sollte ich nachhaken, ob er meine Entschuldigung überhaupt annimmt. Ich hatte sie definitiv anders geplant. Ausführlicher oder ... keine Ahnung. In meinem Hirn herrscht gerade ein seltsames Vakuum und ich kann nur hoffen, dass es sich wieder mit rational brauchbaren Gedanken füllt, sobald ich ein paar Schluck Kaffee intus habe.

Wie prophezeit hat Malte sein Frühstück mit dem Buttercroissant begonnen, welches er ausgiebig in Erdbeermarmelade getunkt hat, und ist dann zum Herzhaften übergegangen. Ich hingegen habe zuerst mein geliebtes Dinkelbrötchen mit Camembert verspeist und genieße nun noch die letzten Bissen meines Laugencroissants mit Schokocreme. Ganz eventuell passt danach noch wenigstens eines der Quarkbällchen rein. Die sind ja nur klein.

Malte allerdings sieht nicht so aus, als würde er noch irgendetwas essen wollen. Mit sichtlich zufriedener Miene lümmelt er auf seinem Stuhl, nippt hin und wieder an dem Kräutertee, auf den er nach einer Tasse Kaffee umgestiegen ist, und sieht sich in meinem Wohnzimmer um.

»Die Wandfarbe sieht echt gut aus.«

»Ja, findest du?« Nicht, dass ich seine Bestätigung bräuchte, ich bin mit dem Ergebnis sehr zufrieden, aber irgendwie fühlt sich der Gedanke, dass es Malte auch gefällt, gut an.

»Ja, sieht noch besser aus als ... Äh, sieht gut aus.« Er versenkt sich regelrecht in der Teetasse, als wollte er sich vor meinem fragenden Blick verstecken. Was meine Neugier doppelt weckt.

»Besser als ...?«

Er zögert einen langen Moment, nimmt einen großen Schluck, dann noch einen. »Besser als auf Instagram.«

»Ah, du hast einen Account? Hab ich übersehen, dass du mir folgst?«

»Ja. Nein. Ich meine, ich hab nur zufällig mal dein Profil gesehen.«

Zufällig? Wäre mir neu, dass ich einen so grandiosen Algorithmus habe, dass ich anderen Leuten vorgeschlagen werde. Ich bin mir ziemlich sicher, dass Malte mich bei Instagram gesucht hat. Es bringt mich zum Lächeln, denn immerhin habe ich das auch getan, ihn aber nicht gefunden. »Wie heißt dein Profil denn?«

»Ach, ich nutze es nur ganz selten und poste auch nichts.«

»Mh, okay.«

»Wo steckt dein Kater eigentlich?«

Kommt es mir nur so vor oder wechselt er gerade absichtlich das Thema? Ich steige jedoch darauf ein. »Der müsste bald hier aufkreuzen«, erkläre ich mit einem flüchtigen Blick auf die Uhr über dem Kamin. Inzwischen ist es fast zwölf. »Meist stromert er morgens weiter weg und kommt dann um die Mittagszeit wieder für ein Schläfchen.«

Malte lächelt. »Wäre ich Katze, würde ich es auch so machen. Also hast du ihn mit der Renovierung nicht verschreckt?«

»Nach der Zertrümmerung des Einbauschrankes nicht mehr.« Ich verziehe kurz den Mund, weil diese Erinnerung – oder eben das, was daran hängt – mir im ersten Moment noch einen Stich versetzt. Im zweiten jedoch muss ich daran denken, wie Malte aufgrund des Lärms plötzlich auf der Terrasse stand. Und wie daraus unser gemeinsamer Abend wurde. »Du siehst«, meine ich und deute mit einer ausladenden Handbewegung um mich im Wohnzimmer herum, »das hier ist meine Version des klischeehaften Friseurbesuchs.«

Malte lacht leise auf, wird jedoch gleich darauf wieder ernster. »Mh, kann mir vorstellen, dass an dem Haus einige gemeinsame Erinnerungen hängen.« Bei seinen Worten spielt ein Zug um seinen Mund, den ich als ›bitter‹ beschreiben würde.

Ich runzle die Stirn. »Jaaa«, entgegne ich gedehnt, »klar, wir haben es ja zusammen gekauft. Aber für mich war direkt klar, dass ich hier wohnen bleiben will. Nicht aus melancholischen Gründen, sondern einfach, weil ich mich hier wohlfühle. Egal, ob mit Achim oder ohne.« Dass mir die Trennung alles andere als egal ist, muss ich wohl nicht erwähnen. Darüber hinaus stimmt es, was ich gesagt habe: Ich kann auch ohne Achim hier in diesem Haus glücklich sein. Vielleicht sogar glücklicher als mit ihm?

Die Überlegung sticht – mehr aufgrund der letzten Erkenntnis als wegen eines Gefühls des Vermissens.

»Ja?« Irgendwie klingt das einzelne Wort zweifelnd aus Maltes Mund.

Umso entschlossener bekräftige ich: »Ja. Wird noch etwas Zeit brauchen, aber ja.«

Nun lächelt er doch wieder, wenn auch ein wenig schief. »Und weitere Renovierungsmaßnahmen, hmm?«

»Na ja, ich möchte im Schlafzimmer noch ein bisschen was umgestalten, und dann ist da noch Achims ehemaliges Büro. Ich brauche es nicht. Hab schon überlegt, ob ich die beiden Räume tausche. Was zugegebenermaßen nicht die Frage beantwortet, was ich mit dem zweiten Zimmer mache.«

In einer nachdenklichen Geste legt Malte den Kopf schief und nippt noch ein paar Mal an seinem Tee. Mein zweiter Kaffee ist inzwischen leer, aber mit Malte hier zu sitzen, vollgefuttert, während im Hintergrund der Kamin prasselt, ist gerade einfach zu angenehm, um aufzustehen.

»Keine Ahnung. Lesezimmer?«

»Mmh, nee. Ich bin mehr der Typ Hörbuch. Und das dann sowieso auf dem Sofa oder im Sommer draußen in der Hängematte.«

»Verstehe. Heimkino?«

Ich schmunzele. »Etwas dekadent, oder?«

»Na ja«, ebenfalls grinsend zuckt er mit den Schultern, »wenn man den Platz hat ...«

... und das Geld. Nicht, dass ich ab sofort am Hungertuch nagen werde, aber mit den Raten für den Kredit, mit dessen Summe ich Achim ausbezahlt habe, muss ein riesiger neuer Fernseher echt nicht sein. »Vielleicht lasse ich es erst mal leer stehen«, überlege ich laut, »und irgendwann ...« Mit den Fingerkuppen ziehe ich ein nachdenkliches Muster auf die Tischplatte.

»Kinderzimmer?«

Mein Blick ruckt zu Malte hoch.

»Ah, nur ein Gedanke. Falls du mal Kinder willst ...«

Bedächtig nicke ich. »Irgendwann vielleicht, ja ...« Nebenbei auch ein Thema, bei dem Achim und ich andere Ansichten hatten, das aber gekonnt totgeschwiegen haben, weil »ja noch so viel Zeit bis dahin ist«, wie er immer sagte.

»Was ist mit dir?« Die Frage rutscht mir über die Lippen, noch ehe ich darüber nachdenken kann, warum sie das tut.

»Ob ich Kinder möchte?«

»Mhm.«

»Nicht zwingend, aber ich kann's mir auf jeden Fall vorstellen. Irgendwann, mit dem richtigen Partner ...« Maltes Blick streift meinen, hält ihn fest. Und in mir flammt nicht zum ersten Mal der Gedanke auf, dass Malte und ich in so vielen Dingen gut zusammenpassen würden.

Abrupt setze ich mich aufrechter hin und greife nach meiner Tasse. »Ich mach mir auch einen Tee. Willst du noch einen?«

Er schüttelt den Kopf. »Hab noch. Danke.«

Ein wenig zu hastig erhebe ich mich und habe mich bereits die ersten Schritte vom Tisch entfernt, als Maltes Stimme mich aufhält. »Ah, da kommt er ja.«

Erst, als ich mich umgedreht habe und Eddi sehe, der soeben durch die Katzenklappe steigt, begreife ich so richtig, dass Maltes Worte gar nicht primär an mich gerichtet waren. Irgendwie bringt mich dieser Kerl aus dem Konzept.

Schweigend stehe ich mitten im Raum, mit der leeren Tasse in der Hand, und sehe dabei zu, wie mein Kater schnurstracks auf Malte zu spaziert, einmal maunzt und Malte daraufhin seinen Stuhl ein Stück zurückschiebt. Ich will schon dazu ansetzen, ihm zu sagen, dass Eddi bei Fremden erst mal skeptisch ist, doch ich komme gar nicht dazu. Denn mein Kater springt in einer eleganten Bewegung auf Maltes Schoß und lässt sich dort nieder, als sei es das Selbstverständlichste auf der Welt und Malte schon seit Ewigkeiten sein Kumpel auf zwei Beinen. Mit Achim hat Eddi mehrere Wochen gebraucht, um warm zu werden, und das wohlgemerkt, obwohl Achim und ich schon beide hier im Haus gewohnt und Eddi dazu geholt haben, also nicht Achim, sondern der Kater der Neue war.

»Der ist ja zutraulich«, meint Malte und fährt Eddi über das silbrig weiße Fell, bis hin zu seinem schwarz getigerten Schwanz, den er elegant um die Hinterpfoten geschlungen hat.

»Ja, äh … nicht bei allen.«

Durchaus verwundert blinzle ich meinen Kater an und der starrt zurück, mit einer stoischen Miene, die zu sagen scheint: »*Was guckst du so? Noch nie einen König auf seinem Thron gesehen?*«

»Dann nehme ich das mal als Kompliment«, verkündet Malte lächelnd und fährt damit fort, Eddi zu kraulen, was dieser schnurrend genießt.

»Kannst du definitiv.« Noch immer ein wenig perplex drehe ich mich erneut um und verlasse diesmal wirklich das Wohnzimmer.

In der Küche schalte ich den Wasserkocher an. Während dieser leise zu zischen beginnt, versuche ich, *nicht* darüber nachzudenken, ob mein Kater mir mit seiner offensichtlichen spontanen Zuneigung für Malte irgendetwas sagen will. Das klappt allerdings nur mäßig, denn mein Blick, der gedankenverloren umherschweift, bleibt am Kühlschrank hängen. An den vielen kleinen Magneten in Katzen- und Mäuseform, die verschiedene Zettel und Postkarten festhalten – und zwei Eintrittskarten fürs Musical.

Eigentlich hatte ich vorgehabt, sie einfach verfallen zu lassen. Für eine Rückgabe ist es zu spät, da ich keinen Versicherungsschutz dazugebucht habe. Sie zu verkaufen ist mir zu umständlich und sie Achim zu überlassen, kommt schon aus Prinzip nicht in Frage. Allein ins Musical zu fahren, habe ich keine Lust, meine Familie lebt für einen spontanen Musicaltrip zu weit weg und die Freundschaften, die ich unabhängig von Achims Bekanntenkreis pflege, erscheinen mir irgendwie zu lose. Gerade überlege ich allerdings ernsthaft, ob ich vielleicht Malte fragen soll. Oder kommt das blöd, weil die Karten ehemals für mich und Achim gedacht waren? Ich will Malte keinesfalls das Gefühl geben, ein

Ersatz zu sein. In keinerlei Hinsicht. Auch wenn er das für die Karten schon irgendwie wäre, aber eben nicht nur das. Vielmehr ist er ...

»Hey.«

Abrupt wende ich mich zur Tür. Malte kommt gerade mit dem Käseteller, auf dem nicht mehr allzu viel übrig ist, und der Butterpackung in die Küche.

»Ich dachte, das sollte mal langsam in den Kühlschrank.«

Damit hat er recht. Und ich sollte echt mal meinen Tee aufgießen. Das Wasser hat längst schon gekocht und ich es schlichtweg überhört.

»Ja, stimmt. Danke.« Rasch wende ich mich dem Wasserkocher und der Teebox zu.

»Soll ich es einfach so in den Kühlschrank stellen? Oder vielleicht Frischhaltefolie drüber machen?«

»Folie wäre gut«, stimme ich ihm zu, während ich mir einen *Guten-Morgen-Tee* aus der Box nehme. Der ist auch am Mittag noch lecker. »Die Schublade rechts neben dem Herd.«

Malte stellt die Butter rasch in den Kühlschrank, ehe er sich der Verpackung des Käses widmet. Mein Blick indessen schweift noch mal zu den beiden Eintrittskarten.

»Sag mal ... magst du Musicals?«

»Mh, kommt drauf an, ja. Ich war noch nicht so oft, aber *König der Löwen* fand ich richtig toll.«

Das und *Moulin Rouge* sind nun wirklich nicht dasselbe, dennoch beschließe ich kurzerhand, dass es einen Versuch wert ist.

»Ich hab Karten für *Moulin Rouge* in Köln. Nächstes Wochenende. Hast du zufällig Lust und Zeit, mich zu begleiten?«

Nun wirklich überrascht sieht Malte von seiner Frischhaltefoliepfriemelei hoch. »Ich? Äh, ja, klar. Aber willst du niemand an– … Oh. Du wärst mit deinem Ex hingegangen, oder?«

Dass es so offensichtlich ist, lässt mich unwohl die Finger ineinander winden. Wie um ihnen eine andere Beschäftigung zu geben, greife ich nach meiner Teetasse. »Mhm, ehrlich gesagt schon. Tut mir leid, wenn … Ach, ich hätte dich nicht fragen sollen. Ich will dir kein blödes Gefühl …«

»Doch!«, entgegnet Malte zu meiner Verwunderung sofort. »Ich meine, du musst wissen, ob du mit mir hinwillst. Wenn ja, freue ich mich, dass du gefragt hast, und komme gern mit.«

»Ja?«

»Ja.«

Das unruhig flattrige Gefühl in meinem Inneren wandelt sich binnen Sekunden zu einem vorfreudigen Flattern. »Ich fänd's schön, wenn wir gemeinsam hingehen«, bekräftige ich noch einmal und fange Maltes Lächeln ein.

131

Malte

Mit heftig klopfendem Herzen lasse ich mich auf den gepolsterten und auffallend bequemen Sitz fallen und stelle dabei fest, dass wir – oder primär Damir – wirklich gute Karten haben. Wir können die gesamte Bühne einsehen und das, obwohl direkt vor uns ein Schrank von einem Kerl sitzt. Schubladendenken lässt grüßen, wundere ich mich kurz darüber, was der in einem Musical will; er würde rein optisch eher ins Fußballstadion passen. Ist aber auch vollkommen egal, lieber lasse ich meinen Blick an ihm vorbei hin zur Bühne schweifen. Noch dauert es einige Minuten, ehe die Show starten wird, aber schon jetzt stolzieren einige der Darsteller in ihren gleichsam prächtigen wie anrüchigen Outfits herum und rekeln sich hier und da lasziv, flirten mit dem Publikum. Dennoch schwirrt meine Aufmerksamkeit von ihnen und dem aufwändigen Bühnenbild mit der Windmühle fort und hin zu Damir. Seine Vorfreude auf *Moulin Rouge* ist ansteckend und so kann ich mir einreden, dass mein Herzklopfen primär der Spannung auf die Show geschuldet ist.

Zugegeben, tief in meinem Inneren weiß ich es besser.

Aus dem Augenwinkel schiele ich zu Damir, der sich neben mir niedergelassen hat und gerade noch auf seinem Handy herumtippt. Am Rande erkenne ich, dass er Instagram geöffnet hat.

Wir haben uns beide nicht total fürs Musical aufgebrezelt, aber uns im Vorhinein abgestimmt. Oder eher: Ich habe Damir gefragt, was er anziehen wird. So ist meine Entscheidung auf ein Hemd gefallen. Es ist schlicht dunkelblau und weil ich mir nicht sicher war, wie warm es im Musicalsaal sein würde, trage ich einen ebenfalls dunkelblauen feinen Kaschmirpullover darüber. Der Einzige aus so teurem Stoff, den ich besitze. Damir hat zu dunklen Jeans ein hellgraues Hemd und darüber eine ärmellose Jacke in Anthrazit kombiniert. Diese ziert ein tannengrünes Einstecktuch, was an ihm kein bisschen bieder, sondern einfach schick aussieht. In meinen Augen kann Damir aber ohnehin alles tragen.

»Hast du was gegen ein Selfie? Von uns beiden?«

Überrascht blinzle ich. »Willst du's posten?«

»In meiner Story, ja. Aber nur, wenn es dir wirklich recht ist.«

Ganz kurz flammt der Gedanke in mir auf, was sein Ex wohl dazu sagen würde, Damir mit einem anderen Kerl im Musical zu sehen. Doch ich schiebe ihn energisch fort. Ich weiß nicht mal, ob dieser Achim Damirs Storys schaut und Damir gibt mir nicht das Gefühl, als würde er das Bild posten wollen, um seinen Ex eifersüchtig zu machen oder dergleichen. Damir ist kein Typ für Spielchen, da bin ich mir einerseits sicher und andererseits ... nagt die Unsicherheit an mir. Ich mag ihn bereits viel zu gern und wünsche mir, dass er den Abend mit *mir* genießt. Was er zu tun scheint.

»Ich kann auch einfach ein Foto von der Bühne machen. Oder nur von mir selbst.«

»Was? Nein. Ist okay. Mach ruhig ein Foto von uns.«

»Sicher?«

»Ja, sicher. Mit Bühne im Hintergrund?«

»Mhm.«

Wir drehen uns so auf unseren Sitzen, dass wir die Schultern aneinanderlehnen können und Damir das Foto so aufnehmen kann, dass noch der riesige Moulin-Rouge-Schriftzug auf den Bühnenvorhängen zu sehen ist. So nahe an Damir, steigt mir sein Geruch in die Nase. Er hat heute ein Parfüm benutzt, das ich noch nicht an ihm kannte und das mich ein wenig benebelt. Umso mehr, wenn ich tiefer einatme und versuche, unter dem angenehm holzigen Duftgemisch seinen ganz eigenen Geruch zu finden. Ich konnte bislang immer nur eine Ahnung davon erschnuppern und würde mich gerade zu gern noch weiter zu ihm lehnen, um meine Nase an seinem Hals zu vergraben.

Das leise klickende Geräusch, das bestätigt, dass Damir ein Foto aufgenommen hat, hält mich – zum Glück – davon ab. Im nächsten Moment rückt Damir schon ein Stück fort und setzt sich wieder richtig auf den Sitz.

»Verlinkt werden willst du wohl nicht, hmm?« Von der Seite grinst er mich neckend an und spielt damit ganz offensichtlich auf den Umstand an, dass mein Profil, dessen Namen er mittlerweile kennt, so was von leer ist.

Mit einem schiefen Schmunzeln zucke ich mit den Schultern, was Damir wohl Antwort genug ist. Während er noch seine Story fertig macht, beobachte ich, wie sich der Saal zunehmend füllt. Dass Damir und ich uns gerade mal nicht unterhalten, nehme ich ihm keinesfalls übel. Wir hatten immerhin zwei Stunden Autofahrt Zeit, das zu tun, und haben dabei über Gott und die Welt geredet. In Köln angekommen sind wir ein wenig durch die Stadt geschlendert und haben uns in dem Zuge eine nette Kneipe für ein Kölsch und eine Kleinigkeit zu essen gesucht. Dabei haben wir – ausgehend davon, dass im Schankraum bereits die erste Deko angebracht worden war – festgestellt, dass wir beide mit Karneval so gar nichts anfangen können. Beruhigend, denn hätte Damir mich dazu einladen wollen, hätte ich ihm definitiv abgesagt.

»So, fertig«, verkündet er und rutscht ein wenig auf dem Sitz herum, um sein Smartphone in seine Hosentasche zu bekommen. »Hast du deins lautlos?«

»Flugmodus.«

»Noch besser.« Er wendet sich mir im Sitzen weiter zu. In seiner Miene strahlt eindeutig Vorfreude. »Danke noch mal, dass du mitgekommen bist.« Wie zur Verdeutlichung seiner Worte schiebt er dabei eine Hand auf meinen Oberschenkel und bringt mich damit zum Schlucken, weil diese vermeintlich schlichte Berührung in meinem ganzen Körper kribbelt.

»Sehr gern«, bringe ich leicht krächzend über die Lippen. »Ich bin gespannt.«

»Ich hoffe, es gefällt dir.« Sein Lächeln, die Art, wie er mich ansieht, seine Hand auf meinem Bein, mit der er sanften Druck ausübt …

»Bestimmt.« Meine Stimme ist kaum noch mehr als ein Flüstern. Die Zustimmung allerdings meine ich verdammt ernst. Denn vollkommen egal, was da gleich auf der Bühne passieren wird, es gefällt mir verflucht gut, mit Damir hier zu sein. *Zu* gut.

Knapp drei Stunden später kann ich mit Bestimmtheit sagen, dass mir das Musical wirklich gut gefallen hat. Natürlich auch wegen Damir neben mir, aber eben nicht nur. Die Musik, die Darsteller, die Atmosphäre, die stellenweise wirklich sinnlich-provokant war, haben mich begeistert. Als noch mitreißender allerdings empfinde ich Damirs offensichtliche Faszination für das Musical. Seit wir den Saal vor einigen Minuten verlassen haben, plappert er über all das, was ihm besonders gut gefallen hat – und das ist eine Menge. Dabei scheint er noch so gefangen von der Darbietung zu sein, dass ich fast schon Angst habe, er würde blindlings über die Straße laufen. Deshalb lege ich kurzerhand locker einen Arm um ihn, was ihn im Gehen augenblicklich näher an mich heranrücken lässt.

Selbst durch seine und meine Jacke hindurch meine ich, die Wärme zu spüren, die von ihm abstrahlt. Als würde seine Energie auf mich übergreifen, kriecht eine wohlige Gänsehaut unter meinen Klamotten über meinen ganzen Körper und ich ziehe ihn noch ein wenig fester an mich. Dass er die Geste nicht erwidert, stört mich kein bisschen. Er ist einfach viel zu sehr mit Reden und Gestikulieren beschäftigt. Aber dabei lehnte er sich leicht an mich und gemeinsam schlendern wir über die breite Hauptverkehrsstraße neben dem Musical Dome in Richtung Rhein. Nicht, dass wir an dem nicht auch in Mainz entlanggehen könnten, aber ich finde, es ist ein schöner Abschluss des Abends, ehe wir uns noch mal für die Rückfahrt ins Auto setzen.

Am Ende seiner Ausführungen fragt Damir dann auch mich – zum zweiten Mal an diesem Abend –, wie mir das Musical gefallen hat.

»Wirklich gut«, bekräftige ich noch einmal und kann mir dabei das neckende Schmunzeln nicht verkneifen. »Sieh es mir aber bitte nach, dass ich keine verbale fünfseitige Rezension verfassen kann.«

Kurz blinzelt er verwirrt, dann schleicht sich ein unheimlich liebenswertes, ein wenig betretenes Lächeln auf seine Lippen. »Ich hab dich zugetextet.«

Ich muss einfach lachen und hoffe sehr, dass sich der Laut für ihn so warm anhört, wie er sich in meinem Inneren anfühlt. »Nur ein bisschen. Ich hab dir gern zugehört.«

»Ich bin mir nicht sicher, ob ich dir das glauben kann …« Im Gehen tritt er einen halben Schritt zur Seite, sodass meine Hand dabei von seiner Flanke gleitet. Als würde er dadurch erst so richtig registrieren, dass ich ihn die ganze Zeit halb im Arm gehalten habe, springt sein Blick zwischen meiner Hand und meinem Gesicht hin und her.

Damit wischt er meine Entgegnung von meiner Zunge. Statt ihm zu versichern, dass ich ihm jederzeit gern zuhöre, drängen andere Worte aus meinem Mund. »Entschuldige, ich dachte …«

»Nein.« Damir murmelt das Wort nur, unterbricht mich dennoch damit. Er tritt wieder näher an mich heran. Sehr nah. »Hat sich gut angefühlt.« Während er lediglich flüstert, schiebt er seine Hände auf meine Brust. Sein Blick geht tief in meinen, als er leicht in meine offene Jacke greift, mich damit einen oder vielleicht auch zwei oder drei Zentimeter zu sich zieht.

Binnen eines Herzschlages wird mir heiß, obwohl um uns herum ein empfindlich kühler Februarwind über den Rhein pfeift. Ich bin mir sicher, dass Damir das Pochen in meiner Brust durch meinen Pullover und meine Jacke hindurch spüren muss, und harre atemlos auf seine Reaktion darauf. Doch er sieht mich einfach nur an und ich ihn. In seinem Rücken leuchten die Lichter der Straßenlaternen und die des Musical Domes und malen Lichtreflexe in seine Haare. In seinen Augen liegt noch immer dieses Funkeln, sanfter nun als noch Sekunden zuvor.

So gern ich seinen Blick auch halten will, rutscht der meine doch noch ein Stück hinab. Ich kann nicht anders und starre auf seinen Mund. Auf seine sinnlich geschwungenen Lippen, die sich zu einem sachten, irgendwie einladenden Lächeln verziehen. Die meinen näherkommen. Oder nähere ich mich ihm?

Wir neigen uns zueinander, bis sich unsere Lippen schließlich streifen. Zärtlich fragend aneinander zupfen. Sich lösen. Wir verharren. Nur Millimeter voneinander entfernt. Damirs Atem gleitet über meinen Mund und ich sauge ihn gleich darauf richtig in mich auf, als sich unsere Lippen erneut treffen. Bestimmender dieses Mal und leicht geöffnet. Damirs Zungenspitze streift die meine, umspielt sie, und ich komme der Aufforderung nach und schiebe meine Zunge in seinen Mund. Schmecke ihn und spüre seinen unterdrückten Laut an meinen Lippen und unter meinen Fingern vibrieren, die mittlerweile auf seinen Schultern und an seinem Hals liegen. Sacht streichle ich die weiche Haut dort, was Damir dazu bringt, mich noch intensiver zu küssen und mich am Kragen meiner Jacke noch ein Stück näher an sich zu ziehen.

Unsere Körper berühren sich, allerlei Lagen an Stoff dazwischen. Winterkälte um uns herum und dennoch ist mir gerade so, so warm. Wenn wir nicht wären, wo wir nun einmal gerade sind – nämlich auf einem Fußweg am Kölner Rheinufer, mit einer auch spät am Abend vielbefahrenen Hauptstraße neben uns, deren Geräusche sich zunehmend in meine Gehörgänge graben –, könnte ich noch ewig so stehen bleiben und Damir küssen. Doch auch in sein Bewusstsein scheint sich unsere Umgebung zu schieben. Mit einem kleinen, kaum hörbaren Seufzen löst er sich langsam von mir. Sieht mich wieder an. Immer noch mit diesem sanften Lächeln.

»Ich korrigiere«, murmelt er und nestelt dabei am Kragen meiner Jacke herum, »*das* hat sich gut angefühlt.«

Ich muss ebenfalls unweigerlich lächeln. »Ja?« Ich spüre allerdings, wie die Geste blasser wird, noch ehe ich begreife, weshalb sie das tut.

»Mhm. Definitiv.«

Anders als mit seinem Ex? Mit Sicherheit! Ich dränge die Worte energisch durch meine Kehle zurück, kann jedoch nicht verhindern, dass mein Lächeln vollends verkümmert. Ich könnte mich selbst ohrfeigen für den Stich, der durch meine Brust fährt und mir und auch Damir den eigentlich so schönen Moment kaputtmacht.

»Hey, alles okay?« Er spricht noch immer leise, hat dabei noch immer die Hände auf meiner Brust abgelegt, während ich die meinen langsam von ihm zurückziehe.

»Mhm … ich … Nein, ehrlich gesagt nicht.«

Spätestens jetzt ist auch das Lächeln von Damirs Gesicht verschwunden. Was bleibt, ist ein fragender, fast sorgenvoller Ausdruck. »Okaaay … Was ist los?«

Erinnerungen sind los. Zu viele verdammte Erinnerungen in meinem Kopf – und auch in seinem?

»Ich kann das nicht«, bringe ich dumpf hervor. »Ich kann nicht nur der Kerl sein, mit dem du ausprobierst, wie es sich mit einem anderen als deinem Ex anfühlt.« Damir entweicht ein Keuchen.

Das war vielleicht zu heftig ausgedrückt, aber rückgängig machen kann ich meine Worte eben auch nicht mehr.

Er zieht seine Hände zurück. »Es geht doch nicht um … Denkst du wirklich, ich hätte dich gerade nur geküsst, um rauszufinden …« Ihm fehlen offensichtlich die Worte.

»Nein?«, entgegne ich leise und klinge dabei in meinen eigenen Ohren nicht überzeugt. Eher fragend.

»Vor ein paar Wochen«, setzt Damir erneut an, »da war das vielleicht meine Intention. Aber mein Gott, da war ich auch gerade mal ein paar Stunden getrennt. *Jetzt gerade* ging es nicht um Achim, sondern nur um …« Das ›uns‹ kommt ihm nicht über die Lippen. »… einen schönen Abend«, vervollständigt er stattdessen seinen Satz.

»Also eine Art Dankeschön?«

»J– … Was? Nein. Nein, der Kuss war kein Dankeschön, es war … eine Geste, die ich mit dir geteilt haben, weil ich sie teilen wollte. Mit dir. Ich hab das nicht vorher durchdacht, ich … wollte dich einfach gern küssen. Genauso wie du mich. Oder liege ich da falsch?«

Ich schüttle sofort den Kopf. »Überhaupt nicht.« Natürlich wollte ich Damir küssen. Und ich würde verdammt gern glauben, dass es ihm mit mir genauso ging. Dass es nur das war: gegenseitige Anziehung. Ein Teil in mir tut das auch. An dem anderen jedoch nagen die Zweifel der Vergangenheit.

Damir stößt den Atem aus, fährt sich einmal kurz durchs Haar, ehe er wieder sehr bestimmend meinen Blick sucht, den ich auch erwidere.

»Okay, pass auf, Malte, ich hoffe, ich finde die richtigen Worte … Eine Beziehung ist für mich nichts, was ich …«, ein kleines Schmunzeln huscht über seine Lippen, ehe er sofort wieder ernst wird, »… was ich einfach in eine Kiste packen und an den Absender zurückschicken kann. Liebe hat keinen Retourenschein. Ich werde immer ein kleines Kistchen irgendwo haben, in dem Erinnerungen sind. Aber ich kann durchaus einen Deckel drauf machen. Das tue ich momentan. Ich schließe die Kiste Achim und ich … öffne mich für jemand Neuen. Für dich.«

Im rötlich-blauen Licht des Musical Domes leuchtet etwas in seinen Augen auf. Etwas Hoffnungsvolles?

Ich will danach greifen. Worte allerdings kommen nur zögerlich über meine Lippen. »Das ist schön. Dass du … was für mich empfindest?«

Ich halte kurz inne und Damir nickt zaghaft. Gerade entschlossen genug, damit ich mich dazu durchringen kann, weiterzureden: »Ich … hab Gefühle für dich, Damir. Du bist echt ein Typ, in den ich mich verlieben könnte. Nur … hab ich diese ganze Scheiße schon mal durch: einen Freund, der nicht über seinen Ex hinwegkommt.«

Seine Miene verfinstert sich bei jedem meiner letzten Worte mehr. Irgendwie habe ich gerade aber auch ein Talent dafür, ihn vor den Kopf zu stoßen.

»Ich will dir damit nichts unterstellen. Echt nicht. Ich versuche nur … Zeit mit dir zu verbringen, weil ich das wirklich unheimlich gern tue, aber dabei doch nicht zu viel zu investieren, solange du … Ich meine, es ist einfach noch nicht lange her …« Mein Gott, ich ringe hier gerade wirklich um Worte. Ich kann nicht in Damir hineinsehen, kann mich nur auf die Signale verlassen, die er mir sendet. Aber genau damit bin ich schon einmal so grandios auf die Schnauze geflogen.

Damir mustert mich aufmerksam. »Verstehe«, murmelt er irgendwann.

»Wirklich?«

»Mhm, ich denke schon. Vielleicht … lassen wir es einfach langsam angehen? Verbringen weiterhin Zeit miteinander und sehen, wohin es uns führt?« Mit den Fingern einer Hand nestelt er wieder wie fragend an der Knopfleiste meiner Jacke. In meinen Fingern kribbelt es ebenfalls.

»Ich kann dir nicht versprechen, wohin sich meine Gefühle entwickeln, aber sehr wohl, dass ich nicht mit deinen spielen werde. Du hast recht, wenn du annimmst, dass ich nicht vollständig über die Beziehung zu Achim hinweg bin. Aber ich bin definitiv bereit, das alles loszulassen und mich auf das einzulassen, was sich zwischen uns entwickeln könnte.«

Ein kleiner Teil in mir schreit mir zu, dass das zu viele Eventualitäten sind. Aber verdammt, es gibt nie eine Garantie. In der Anfangsphase, in der wir uns befinden, schon gleich dreimal nicht.

Mit einem Laut, der sich halb nach Seufzen und halb nach Lachen anfühlt und auch so klingt, fange ich mit einer Hand Damirs ein. Umschließe sie und drücke sie leicht gegen meine Brust. »Ich würde sehr gern sehen, wohin sich das entwickelt.« Das meine ich wirklich

ernst. Bei Damir zu sein, gibt mir ein so gutes Gefühl –
selbst wenn wir Gespräche wie dieses führen – und ich
bilde mir ein, dass er sich in meiner Gegenwart ebenso
wohlfühlt.

Noch einen langen Moment stehen wir so, seine
Hand in meiner, am Rheinufer und teilen Blicke, die
sich bereits vertraut anfühlen. Bis schließlich ein merk-
liches Schaudern durch Damir läuft.

»Mir wird langsam kalt. Gehen wir zum Auto?«

»Klar. Ist echt frisch hier.«

Wir lächeln einander noch einmal an und als wir
dann in entgegengesetzter Richtung zu vorhin die
Rheinpromenade entlang schlendern, haben wir beide
einen Arm um den jeweils anderen gelegt.

Damir

Im Auto drehe ich erst mal die Heizung voll auf, bilde mir allerdings ein, dass es primär Maltes Nähe ist, die mir Wärme schenkt, und das, obwohl wir einander nicht mehr berühren. Daran, dass ich mich wohl und auch irgendwie geborgen in seiner Nähe fühle, hat auch das vorherige Gespräch nichts geändert. Nichtsdestotrotz hat es mich ein wenig ins Grübeln gebracht.

Während ich den Wagen durch den spätabendlichen Kölner Verkehr lenke, versuche ich, in mich hineinzuhören und so zu ergründen, ob an Maltes Befürchtungen, ich könnte bei ihm nur eine Art Zuflucht suchen, um Achim zu vergessen, etwas Wahres dran sein könnte. Doch egal, wie ich es drehe und wende, für mich bleibt es dabei: Es geht gar nicht darum, Achim zu vergessen, sondern darum, zu verarbeiten. Das zwischen uns hinter mir zu lassen und mich für etwas Neues zu öffnen. Und die Vorstellung, dass in diesem Neuen Malte einen großen Teil einnehmen könnte, fühlt sich gut an.

Natürlich tut es noch weh, an Achim und an die Trennung zu denken. Aber es ist einfach eine Art Wehmut. Kein Zorn und auch kein Vermissen seiner Person. Ich hätte gern wieder jemanden, aber das muss nicht sofort sein. Ich will Achim nicht ersetzen, ich will einfach nur bei Malte sein um seinetwillen. Weil ich ihn sehr mag, weil er mir guttut.

Diesen Gedanken, die mich von innen zu wärmen scheinen, folgend, löse ich eine Hand vom Lenkrad und lege den Unterarm auf der Mittelkonsole ab, drehe meine Handfläche nach oben, die Finger geöffnet. Werfe Malte von der Seite einen auffordernd fragenden Blick zu. Er fängt diesen auf, lächelt leicht und schiebe seine Hand in meine, verflicht unsere Finger locker miteinander. Sogleich kriecht weitere kribbelige Wärme meinen Unterarm hinauf.

Mittlerweile fahren wir auf der 560 an Menden vorbei und schließlich auf die A3 auf. Sobald es auf der Autobahn nur noch weitgehend stupide geradeaus geht, lege ich den Tempomat ein. Ich bin ja immer noch begeistert, dass das Auto, das ich für diesen Abend über ein Car-Sharing organisiert habe, diesen Luxus hat.

Mit dem Daumen streiche ich nachdenklich an Maltes Zeigefinger entlang, was er mit einem sachten Händedruck kommentiert. Eigentlich ist die Stille zwischen uns, die nur vom leisen Dudeln des Radios untermalt wird, gerade sehr schön. Dennoch setze ich zum Sprechen an.

»Sag mal … magst du mir erzählen, was damals war? Mit deinem Ex, meine ich.«

Die Nachfrage scheint Malte nicht wirklich zu überraschen. Ich meine lediglich spüren zu können, dass er sich ein wenig anspannt. Offensichtlich kein angenehmes Thema für ihn.

»Nur, wenn du möchtest«, schiebe ich daher hinterher. Ich will ihn keinesfalls dazu drängen.

Von der Seite lächelt er mich an, auch wenn die Geste ein wenig schief erscheint. »Ist nur fair, hmm? Immerhin kenne ich nahezu die ganze Geschichte von dir und Achim.«

»Ich erwarte nicht, *dass* du es mir erzählst. Ich meinte nur, ich höre dir gern zu, wenn du drüber reden möchtest. Immerhin hast du dir auch stundenlang meinen Scheiß angehört und ich finde es wichtig, ehrlich zueinander zu sein, wenn es etwas ist, das die Beziehung beeinflusst.« Habe ich gerade wirklich von einer Beziehung zwischen ihm und mir geredet? Tja, wohl schon.

Maltes Lächeln wird eine Spur breiter. »Ja, das finde ich auch.« Er drückt meine Finger noch einmal leicht mit seinen. »So besonders viel gibt es da gar nicht zu erzählen. Steffen und ich haben uns kennengelernt, als er *eigentlich* schon einige Monate von seinem Ex getrennt war.«

Die Art, wie er das ›eigentlich‹ betont, klingt bitter und schürt eine unterschwellige Ahnung in mir.

»Das Problem war nur, dass die beiden sich ständig bei der Arbeit gesehen haben. Steffen war – oder ist immer noch – Barkeeper, sein Ex hat in derselben Bar gekellnert. Ich wusste natürlich, dass die beiden dadurch Kontakt haben, aber wie es nun mal so ist, ich hab ihm vertraut.«

Spätestens an der Stelle ist klar, wie die Story enden wird. Aber ich will Malte nicht unterbrechen, also setze ich nur die sacht streichelnde Berührung an seinem Finger fort und höre weiter zu.

»Gefühlt wusste jeder im *Rubinrot*, dass die beiden wieder was miteinander angefangen haben. Nur ich hab's nicht gecheckt und es auch erst rausgefunden, als mich einer von Steffens Kollegen eines Abends angequatscht hat. Auch kein feiner Zug, aber ich bin ihm dankbar. Ohne seinen Hinweis hätte ich wahrscheinlich noch wochenlang daran geglaubt, dass Steffen über seinen Ex hinweg ist und er hätte weiterhin hinter meinem Rücken mit Leon gevögelt. Als ich Steffen drauf angesprochen und ihn zur Rede gestellt habe, hatte er nicht mal ein schlechtes Gewissen, glaube ich. Er hat eigentlich nur auf die Trennung gewartet. Keine Woche später waren er und Leon wieder zusammen. Meines Wissens sind sie es heute noch. Keine Ahnung, vielleicht ist es zwischen den beiden wirklich die große Liebe. Ist auch egal, für mich hat es sich einfach mies angefühlt. Seitdem haben Steffen und ich auch keinen Kontakt mehr. Das ist schon die ganze Story.«

All das hat Malte überraschend stoisch vorgetragen. Man könnte beinahe meinen, es tangiere ihn nicht mehr sonderlich. Aber ich bilde mir ein, ihn mittlerweile gut genug zu kennen, um zu spüren, dass es ihm nach wie vor nahegeht, dermaßen verarscht worden zu sein.

Und verarscht wurde er. Das kann man wohl nicht anders ausdrücken, ganz egal, ob sein Ex und dessen Damals-Ex noch tiefgehende Gefühle füreinander hatten oder nicht.

»Das ist wirklich eine miese Tour«, sage ich in die von leiser Musik und Motorengeräuschen gefüllte Stille hinein. »Ich kann verstehen, dass du daran noch knabberst.«

»Ach …« Malte zuckt in einer wegwerfenden Geste mit den Schultern, wodurch sich seine Hand in meiner bewegt. Ich umschließe sie unweigerlich fester. »Es ist inzwischen fast zehn Monate her.«

Dennoch scheint es ihm mehr nachzuhängen, als er gerade zugeben will. Vermutlich geht es dabei weniger um diesen Steffen als Person, sondern primär um das Gefühl, hintergangen worden zu sein. Klar, dass Vertrauen nach so einer Erfahrung schwerfällt – und dass Malte eine gewisse Aversion gegen frisch getrennte Typen hat.

»Ich kann nur wiederholen, was ich dir vorhin schon gesagt habe«, versichere ich ihm und löse dabei für einen längeren Moment den Blick von der Fahrbahn, um ihn direkt ansehen zu können, »ich werde keine Spielchen spielen und bin nicht auf der Suche nach einem Ersatz. Mir geht es wirklich um dich.«

Als Malte dieses Mal lächelt, wirkt die Geste ehrlich. Und vielleicht auch ein wenig berührt. »Ich weiß«, murmelt er und drückt seinerseits meine Finger mit seinen. »Rational weiß ich das, nur schießt manchmal mein Misstrauen quer.«

»Was ich, wie gesagt, echt verstehen kann. Mach dir nicht so einen Kopf, ja? Wir haben Zeit.«

Er nickt und wir sehen uns noch mal einen langen Moment an, ehe ich meinen Blick wieder endgültig auf den Verkehr richte.

»Apropos Zeit«, sagt Malte plötzlich, »was machst du morgen?«

Ich muss einfach lachen, weil das Gefühl, dass er sich verabreden will, obwohl wir uns noch nicht mal für diesen Abend verabschiedet haben, einfach schön ist. Im nächsten Augenblick entweicht mir jedoch ein Seufzen.

»Ich muss gegen Mittag nach Frankfurt. Mein nächster Umlauf steht an – sechs Kurzstreckenflüge in vierundzwanzig Stunden.«

»Verstehe. Vielleicht treffen wir uns nächste Woche irgendwann?«

Ich zögere einen kurzen Moment. Der Abend mit ihm im Musical war so schön, dass ich gerade nicht gewillt bin, einige Tage abzuwarten.

»Oder aber, wir gehen morgen früh noch mal joggen und frühstücken und ich fahre dann von dir aus nach Frankfurt.«

Aus dem Augenwinkel fange ich sein Strahlen ein. »Sehr gern. Aber soll ich dann nicht lieber zu dir kommen?«

»Nope. Ich will nämlich endlich auch mal deine Wohnung sehen.«

»Die ist nichts Beson–«, mit einem Grinsen unterbricht Malte sich selbst. »Okay, gern. Dann gegen neun bei mir? Weil's ja heute etwas später wird.«

Mir liegt schon auf der Zunge, dass wir die Nacht auch eigentlich gleich gemeinsam verbringen könnten, doch ich schlucke die Worte hinunter. Zeit – wir wollten uns Zeit lassen.

»Sehr gern«, bestätige ich also nur und spüre dem zufriedenen Pochen meines Herzens nach und dem Gefühl, wie Malte noch immer meine Hand hält. Gerade bräuchte ich wirklich keine Autoheizung.

Malte

Wie schon bei unserer ersten gemeinsamen Joggingrunde genieße ich es, dieses Hobby mit Damir zu teilen. Laufen zu gehen, bedeutet für mich, abzuschalten. Meinen Kopf durch die körperliche Anstrengung und die nur von raschem Atem durchzogene Stille freizubekommen. Ich hätte selbst nicht gedacht, dass es mir so guttun würde, dabei jemanden – *ihn* – bei mir zu haben. Auf seltsame Weise fühle ich mich mit Damir verbunden, wenn wir so nebeneinander am Rhein und zwischen den Häusern entlanglaufen. Obwohl wir kaum miteinander reden – oder genau deshalb. Unser Atem fließt synchron miteinander, ich kann es hören und an den Luftwölkchen sehen. Unsere Schritte hallen wie eins auf dem Boden und ich würde schwören, dass auch unser Pulsschlag nahezu identisch ist. O Mann, ich hatte ja keine Ahnung, wie schön miteinander laufen zu gehen sein kann.

So sehr ich das gemeinsame Joggen genieße, umso mehr noch freue ich mich darauf, mit Damir in meiner Wohnung anzukommen. Ihn im Flur an mich zu ziehen und ihm einen sanften, wenn auch atemlosen Kuss auf die Lippen zu drücken, so wie er es vorhin bei mir getan hat.

Mein Mund verzieht sich unweigerlich zu einem Lächeln, wenn ich daran denke. Als Damir vorhin wie verabredet um neun bei mir aufgekreuzt ist, hat es sich so angefühlt, als käme da mein Freund durchs Treppenhaus auf mich zu. Mein Freund, der sich freut, mich zu sehen. Sein Lächeln hat es mir leicht gemacht, so zu empfinden. Da ändert auch die Tatsache, dass wir es langsam angehen lassen wollen, nichts dran.

Versunken in die Erinnerungen an Damirs Lippen auf meinen, komme ich kurz ins Straucheln, als er sich unvermittelt näher an mich heranschiebt und mir im Laufen leicht gegen den Arm boxt.

»Ey!« Schnaufend – allerdings mehr belustigt denn empört – wende ich mich ihm halb zu.

Er grinst und in seinen Augen liegt wieder dieses Funkeln, das mir jedes Mal weiche Knie beschert. Auch jetzt. Was nicht gerade dazu beiträgt, meine Schritte wieder sicherer werden zu lassen.

»Du hast so gelächelt – was war los?«

Herausfordernd zwinkere ich ihm zu. »Als ob ich dir das verraten würde, nachdem du mich beinahe zu Fall gebracht hast.« Noch während meiner letzten Worte ziehe ich das Tempo an, was Damir jedoch keinesfalls zu beeindrucken scheint. Er folgt mir leichtfüßig und setzt augenscheinlich gerade zu einer Erwiderung an. Das Klingeln meines Smartphones allerdings unterbricht uns.

»Ah, Mist!« Ich verlangsame meine Schritte wieder, fange von der Seite Damirs fragenden Blick ein. »Sorry, muss kurz nachschauen …«

Er drosselt sein Tempo ebenfalls, während ich das Handy aus der Tasche meiner Laufjacke ziehe. Miguel –

wie ich vermutet habe. »Sorry«, murmele ich Damir noch mal zu, »mein bester Kumpel ...« Diese Aussage allein erklärt vermutlich nicht, weshalb ich der Meinung bin, während des Joggens rangehen zu müssen. Würde ich normalerweise auch nicht.

»Miguel, hi! Ist was mit Amelie?« Gestern Abend hatte die Kleine hohes Fieber und ich habe ein bisschen ein schlechtes Gewissen, weil ich die betreffende Nachricht erst gelesen habe, als ich von Köln wieder zu Hause war. Nicht, dass ich etwas hätte tun können, und immerhin sind Amelies Eltern viel eher vom Fach als ich.

»Hey! Nee, ihr geht's schon wieder besser.«

Erleichtert stoße ich die Luft aus, was dank meines ohnehin raschen Atems zugegebenermaßen fast schon theatralisch klingt. »Ein Glück!«

»Ja! Sorry, ich wollte dich gestern auch nicht damit verrückt machen.«

»Hast du nicht. Sorry, dass ich mich erst so spät gemeldet hab.« Während ich das sage, huscht mein Blick unweigerlich zu Damir. Mittlerweile joggen wir in sehr gemäßigtem Tempo nebeneinander her. Sein Blick streift meinen, fragend und sanft.

»Hattest ja einen guten Grund.« Aus Miguels Stimme klingt eindeutig ein wenig Neckerei mit.

»Mhm, ich hab auch jetzt einen guten Grund, schnellstmöglich wieder aufzulegen«, foppe ich meinen besten Kumpel.

»Ah ja? Luftnot beim Joggen?«

»Weil ein atemberaubender Mann neben mir läuft«, beantworte ich seine eigentlich spaßhaft gemeinte Frage mit vollem Ernst. Eine Sekunde später will ich mir auf die Zunge beißen und sehe abrupt wieder zu Damir. Das war vielleicht ein wenig zu viel des Guten. Seine Miene allerdings verrät durchaus Überraschung, aber auch einen Ausdruck von Geschmeicheltsein. Zumindest rede ich mir das ein.

»Aaah, verstehe! Dann erübrigt sich die Frage, ob du spontan zum Brunchen vorbeikommen willst.«

»Jepp! Aber vielleicht später ein Bier?«

»Klar, meld dich. Bis dann.«

Dankbar, dass Miguel das Gespräch so rasch beendet, ziehe ich das Handy vom Ohr weg und will es wieder in meiner Jackentasche verstauen, was im Laufen dann doch eine ordentliche Pfriemelei ist. Nahezu zeitgleich bleiben Damir und ich stehen. Mittlerweile befinden wir uns auf dem letzten Drittel unserer Laufroute.

»Ist jemand krank?«, mutmaßt Damir richtig, während ich noch am Reißverschluss nestle.

»Die Tochter meines besten Kumpels. Aber es geht ihr wohl schon besser.«

»Gut. Trotzdem ... wenn du hin willst ...«

»Nein! Nein, alles gut.«

»Okay ...«

Unsere Blicke treffen sich dieses Mal direkt, da wir uns mittlerweile gegenüberstehen. Um uns herum klirrende Kälte, aber mir ist warm vom Laufen und von Damirs bloßer Anwesenheit. Und ganz eventuell brennt auch ein wenig die Unsicherheit in mir. »Was ich eben zu Miguel gesagt hab ... von wegen atemberaubender Mann ...«

»War nicht so gemeint?«

»Wie ...? Doch. Doch schon, nur ...« Während ich noch herumstammle, wird das vage Zucken um Damirs Mundwinkel zu einem Grinsen und ich begreife, dass er mich gerade foppt – auf eine mir liebevoll erscheinende Art.

Mir entweicht ein Schnauben, was ihn wiederum zum Lachen bringt. Getragen von der unbeschwerten Atmosphäre zwischen uns, packe ich ihn kurzerhand an den Oberarmen und ziehe ihn zu mir. Sein rascher Atem streift mein Gesicht, prickelt auf meinen kalten Wangen.

»Ich mein's so«, bekräftige ich leise, »aber ich wollte dich auch nicht irgendwie unter Druck setzen.«

Die Geste um seinen Mund wird sanfter. Seine Lippen nähern sich den meinen. »Tust du nicht«, flüstert er nur, ehe er mich zum wiederholten Mal an diesem Morgen küsst. Auf eine Art, die mich ahnen lässt, dass Damir sich viel sicherer ist, als ich es ihm zutraue und mir selbst erlaube.

Scheiß Zweifel!

Wenigstens für den Moment schiebe ich sie weit von mir und meine Finger in Damirs Nacken, um ihn noch ein Stück weiter an mich zu ziehen. Er öffnet seine Lippen unter meinen und unsere Zungenspitzen treffen sich, was die Hitze in meinem Inneren nur noch mehr anfacht, mich nur umso atemloser macht.

Auch Damirs Atem geht schwerer, als wir uns nach einem langen Moment wieder voneinander lösen. Sein Blick huscht die Straße entlang. »Wie weit noch bis zu deiner Wohnung?«

»Etwa zwei Kilometer«, gebe ich ein wenig planlos zurück. In meinem Kopf schwirrt es.

»Na dann ... Schlusssprint? Muss sich ja lohnen, dass ich bei dir dusche ...«

Noch ehe mein Hirn verarbeiten kann, was er mir gerade gesagt hat und was ich ohnehin eigentlich schon weiß, läuft Damir wieder los und schlägt dabei ein ordentliches Tempo an. Ich beile mich, ihm zu folgen und mir dabei *nicht* vorzustellen, wie er sich gleich in meinem Badezimmer die verschwitzten Sportklamotten vom Leib zerrt.

Der Blick, den ich Damir hinterherwerfe, als er mit frischen Klamotten im Arm in meinem Badezimmer verschwindet, könnte man wohl mit Recht als ›sehnsüchtig‹ bezeichnen. *Zeit*, rufe ich mir selbst in Erinnerung, *wir wollen uns Zeit lassen!* Gerade allerdings würde ich diese Vorsicht nur zu gern über den Haufen werfen. Vor allem bei diesem kleinen, fast schon verführerischen Lächeln, das ich gerade noch erhasche, weil ich mich einen Augenblick zu spät von der Tür abwende und Damir sich noch einmal umdreht, bevor er diese schließt. Endgültig. Die Badezimmertür ist zu.

Nahezu erleichtert – und doch vielleicht auch ein wenig enttäuscht – lasse ich die Schultern herabsinken. Frühstück! Ich sollte das Frühstück vorbereiten.

Eilig husche ich in meine Küche, die der größte Raum in meiner ganzen Wohnung ist, und in der auch mein Esstisch steht. Teller, Tassen und Besteck habe ich schon am frühen Morgen bereitgestellt. Daher gilt mein erstes Hauptaugenmerk Kaffeemaschine und Backofen. Da auf meiner Joggingrunde keine so gute Bäckerei liegt, haben Damir und ich uns vorab auf Aufbackbrötchen geeinigt. Ich glaube, ich müsste auch noch zwei Croissants im Tiefkühlschrank haben, aber der Ofen muss ohnehin erst ein wenig vorheizen.

Verschiedene Käsesorten auf einem kleinen Teller anzurichten entpuppt sich als nicht halb so ablenkende Arbeit wie erhofft. Während ich Tortenbrie, Bergkäse und Tilsiter arrangiere, lausche ich auf das Wasserrauschen aus dem Badezimmer und kann dabei nicht mehr *nicht* daran denken, dass Damir gerade nackt unter meiner Dusche steht. Ich sollte wohl froh darüber sein, dass er die Klamotten, die er nachher tragen wird, gleich aus seiner Sporttasche mit ins Bad genommen hat und so nicht in Verlegenheit kommen wird, nur mit einem Handtuch bekleidet durch meinen Flur ...

Verdammt! Die Handtücher!

Eilig rolle ich die letzte Scheibe Tilsiter zusammen und lege sie etwas lieblos auf dem Käseteller ab, ehe ich rüber in das kleine Wohnzimmer haste. Der Blick auf den Wäscheständer, der dort noch steht, bestätigt mir aber nur, was mir ohnehin gerade schon siedend heiß eingefallen ist: Entgegen meiner Aussage, Handtücher seien im Schrank unter dem Waschbecken, hängen diese allesamt noch auf dem Wäscheständer. Frisch gewaschen, getrocknet und bereit, zusammengelegt und ordentlich verräumt zu werden. Oder eben auch nicht.

Ich muss die Handtücher nicht durchzählen, um zu wissen, dass das wirklich alle und demnach keine mehr im Badschrank sind. Mist aber auch. Das kommt davon, wenn man allein lebt und mit dem Waschen immer so lange wartet, bis die Maschine auch wirklich voll wird.

Innerlich seufzend greife ich mir eines der Handtücher – das flauschigste – vom Wäscheständer und tappe zurück zum Badezimmer. Das Wasser rauscht noch immer. Ich verbiete mir selbst, den Atem anzuhalten wie ein kleiner Schuljunge, und klopfe zaghaft an die Tür. *Zu* zaghaft offensichtlich, von drinnen kommt keine Reaktion. Ich wiederhole das Pochen lauter, doch das Wasser rauscht nur unbeirrt weiter.

Ich schätze Damir nicht genierlich ein, empfinde es aber dennoch als Störung seiner Privatsphäre, einfach ins Badezimmer zu gehen. Daher stehe ich sekundenlang nur blöde vor meiner eigenen Tür. Bis drinnen das Geräusch des herabprasselnden Wassers verstummt.

»Damir?« Sein Name stolpert zu schnell und atemlos aus meinem Mund. Hastig klopfe ich noch einmal.

»Ja?«

»Äh ... ich hab vergessen, dass die Handtücher noch auf dem Wäscheständer hingen«, erzähle ich der geschlossenen Tür. »Soll ich ...?«

»Komm rein!«

Verdammt ... ja!

Ich kann nicht vermeiden, dass eine gewisse Hitze in mir aufsteigt. Meine Hand, mit der ich die Klinke hinunterdrücke, ist allerdings ruhig. Behutsam schiebe ich die Tür auf. Sofort wabert mir eine Wolke warmen Wasserdampfs entgegen, was mich unweigerlich grinsen lässt. Klar, es ist Winter, aber offensichtlich mag Damir kochend heiße Duschen genauso gern wie ich.

»Ich leg's dir übers Waschbecken.« Während ich mich vollends in den Raum hineinschiebe, versuche ich wirklich, nicht zu offensiv rüber zur Duschkabine zu starren – und tue es dennoch irgendwie. Ich starre nicht, aber ich riskiere einen Blick.

»Ja, danke.«

Ein Blick in genau dem Moment, in dem Damir zu allem Überfluss mit einer Hand von innen über die Glasfront wischt und mir so beste Aussicht auf einen Streifen nackter, nasser Haut ermöglicht.

Unweigerlich greife ich das Handtuch in meinen Händen fester, als könnte mich das davon abhalten, den Blick noch ein wenig weiterwandern zu lassen. Fort von dem Streifen fein definierter Brust, weiter runter zu einem flachen Bauch, an dem eine kleine Haarspur dazu einlädt, sich an ihr entlang zu küssen. Wohin genau? Das beschlagene Glas lässt lediglich vage Konturen erahnen.

»Malte?«

Abrupt reiße ich den Kopf nach oben und fange Damirs sengenden Blick ein. Kurz jedoch nur, ehe ich mich hastig abwende und das Handtuch regelrecht auf den Waschbeckenrand werfe.

»Sorry!«

Natürlich habe ich beschissen gezielt und das Handtuch rutscht herunter. Fieberhaft überlegt mein Hirn, ob ich es aufheben und die Situation damit ausdehnen oder doch lieber liegenlassen und mich zurückziehen soll. Beides wäre angebracht und unangebracht in einem und ich bin mir nicht sicher, was Damir ...

»Kommst du mit drunter?«

Zum wiederholten Mal an diesem Morgen schnellt mein Kopf regelrecht zu Damir herum.

»Hmm?« Ich habe sehr wohl verstanden, was er gesagt hat. Rein akustisch und auch inhaltlich, nur mit einer adäquaten Reaktion bin ich gerade überfordert. Verflucht, ich stehe mir selbst im Weg.

»Ob du mit unter die Dusche kommst?«, wiederholt Damir dennoch und schenkt mir dabei durch die noch teilweise beschlagene Scheibe ein Lächeln, dem ich definitiv nicht widerstehen kann. Oder will.

»Ja!«

Aus der Geste wird ein Grinsen – amüsiert und verführerisch in einem. »Gut.« Er zwinkert mir zu und öffnet wie zur Verdeutlichung seiner Worte auch noch die Kabinentür ein Stück weit. Als ob es diese Aufforderung bräuchte. Das mahnende Stimmchen in mir hat sich längst im Wasserdampf ertränkt. Ich ziehe bereits den Reißverschluss meiner dünnen Laufjacke herunter und zerre sie mir, gefolgt von dem verschwitzten Shirt, vom Leib.

Damir dreht sich indessen in augenscheinlicher Seelenruhe um und greift nach der Duschseife, beginnt schon mal damit, sich einzuschäumen, und weckt damit den dringlichen Wunsch in mir, das für ihn erledigen zu dürfen. In Rekordtempo werde ich auch meine Tights, meine Boxerbriefs und die Socken los und ziehe die Glastür zur Duschkabine vollends auf, verharre dann für einen langen Moment. Es ist nicht wirklich ein Zögern meinerseits, ich bin nur plötzlich sehr damit beschäftigt, Damir anzusehen. Oder genauer: seine Kehrseite.

Sein Rücken ist – ebenso wie seine Brustpartie – zwar trainiert, aber doch schlank, die Schultern gerade so breit, dass man sich an ihnen festhalten kann. Unzählige Wassertropfen rinnen an seiner Wirbelsäule entlang über seine Haut, die dank seiner regelmäßigen Aufenthalte in südlichen Regionen leicht gebräunt ist und von der ich unbedingt wissen will, ob sie so weich ist, wie sie aussieht. Hin zu zwei schön gerundeten Pobacken, die sich leicht anspannen, als Damir sich bewegt.

»Komm schon rein, wird kalt.« Seine Stimme hat mit einem Mal einen samtigen Klang, ein wenig dunkler als sonst. Verführerisch. Sie jagt mir tausend Schauer über den Rücken und ja, verdammt, er hat recht, es wird wirklich kühl. Ich fröstle und im selben Moment ist mir heiß, als ich endlich die Glastür hinter mir zuziehe und näher an ihn herantrete.

Er steht noch immer mit dem Rücken zu mir, sieht mich über seine linke Schulter hinweg jedoch direkt an. Er sagt nichts weiter, aber sein Blick schreit mir regelrecht entgegen, dass er mich näher bei sich haben will. Oder ich projiziere gerade nur meine eigenen Wünsche auf ihn. Er lächelt jedoch ganz eindeutig, als ich die letzten Zentimeter überbrücke und ihn von hinten umarme. Erst zaghaft, doch als er den Kopf noch weiter dreht und sein Gesicht meinem entgegen neigt, fester. Unsere Münder finden sich zu einem Kuss, in den sich sofort unsere Zungenspitzen mit hinein stehlen, und ich schlinge die Arme noch ein wenig enger um Damir, schmiege mich der Länge nach von hinten an ihn. Was zur Folge hat, dass sich mein Ständer von unten zwischen seine Beine schiebt und an seinen Hoden entlang reibt, was mir ein Zischen entringt. Verflucht, ich war mir nicht mal so bewusst darüber, dass ich bereits eine Erektion habe.

An meinen Lippen spüre ich Damirs Lächeln. Neckend kitzelt er mit der Zungenspitze meinen Mundwinkel. »Warum sind wir nicht gleich auf die Idee gekommen, gemeinsam duschen zu gehen?«

Mir entweicht ein Laut, halb Schnaufen und halb Lachen. »Du hast ja keine Ahnung, was für Ideen ich hatte ...«

Er lacht ebenfalls leise und dreht sich in meinen Armen zu mir um, sucht wieder meinen Mund zu einem Kuss und bringt uns dabei so nah aneinander, dass ich auch seinen bereits erigierten Penis an meiner Hüfte spüren kann.

»Und was für Ideen hast du jetzt?«, raunt er nahe an meinen Lippen, dabei streicht er nur mit den Fingerspitzen so zart über meinen Oberkörper und so knapp an meinen vor Kälte doppelt empfindlichen Nippeln vorbei, dass ich erneut leicht bebe.

»Ich ...« ... bin viel zu abgelenkt von seinen Berührungen, seiner Nähe, der Art, wie er mit seinem Kinn an meinem entlang reibt und dabei sein feuchter Bart angenehm kratzt, um einen sinnvollen Satz zu formulieren. Ich versuche es dennoch. »Ich würd ... vorschlagen, wir seifen uns ein.«

Damir lächelt schon wieder – oder noch immer? »Gegenseitig?« Seine Fingerspitzen sind an meinem Bauch angekommen, streifen weiter abwärts, jagen Gänsehaut über und ein heißes Kribbeln unter meine Haut.

»Natürlich gegenseitig«, brummle ich auf seine Lippen und ersticke sein Lächeln in einem tiefen Kuss. Einem, der nun auch Damir ein leises Keuchen entlockt und ihn erschauern lässt. Ich kann es unter meinen Fingern an seinen Schultern spüren. Ein ganz klein wenig trägt aber vermutlich auch die zunehmende Kühle bei. Mir jedenfalls ist trotz seiner Nähe langsam zu kalt, so nackt und verschwitzt, wie ich bin.

Während wir uns noch immer küssen und Damir mit ebenso zartem Streicheln nun meinen Po und Rücken erkundet, strecke ich einen Arm so weit an ihm vorbei, dass ich an den Regler für die Dusche komme. Was außerdem dafür sorgt, dass wir uns noch mehr aneinanderdrängen und so unsere inzwischen harten Schwänze aneinanderreiben. Zeitgleich stöhnen wir leise in unseren andauernden Kuss hinein. Himmel, was muss es für ein irres Gefühl sein, wenn wir einander *richtig* berühren …

Die erneute Gänsehaut wird vom heißen Wasser, das auf uns herab prasselt, sobald ich den Hahn aufgedreht habe, besänftigt. Keinesfalls aber die sehnsüchtige Lust in meinem Inneren. Ich will Damir endlich erkunden, mit Händen und Mund gleichermaßen.

Nichtsdestotrotz lösen wir uns ein Stück weit voneinander, sodass ich mich einmal rasch komplett nass machen kann. Dann drehe ich den Wasserstrahl ein wenig feiner, blinzle Damir durch die herab rieselnden Tropfen an.

Das Lächeln, das auf seinem Gesicht liegt, erscheint mir ein wenig versonnen, fast schon träumerisch. Zufrieden jedenfalls. Und das wiederum lässt mein Herz in meiner Brust gefühlte Salti schlagen.

»Ich glaube, nass mag ich deine Locken noch mehr.« Wie um seinen Worten Ausdruck zu verleihen, streckt er die freie Hand aus – in der anderen hat er noch immer die Duschseife – und zwirbelt mit zwei Fingern durch eine der feuchten Strähnen. Es ziept ganz leicht nur, das Gefühl unheimlich schön.

»Und ich glaube, ich mag dich in jedem Aggregatzustand«, entgegne ich grinsend und strecke auffordernd beide Hände nach ihm aus.

Wieder einmal leise lachend – der Laut strahlt warm bis in meinen ganzen Körper – schmiegt er sich in meine Arme. Die Art, wie entspannt und augenscheinlich happy er mir begegnet, lassen keinen Platz für Zweifel. Direkter dieses Mal schiebe ich meine Hände auf seine Pobacken, greife hinein, was ihm einen kleinen, rauen Laut entlockt. Mit Wassertröpfchen auf unseren Gesichtern blinzeln wir einander an. Das auffallende Blau seiner Augen wirkt einen Hauch dunkler als sonst und auch der Rest seiner Mimik erzählt von Begierde. Unsere ganze Körpersprache, wie wir einander ansehen und anfassen, tut das wohl, dazu bräuchte es nicht mal die Gewissheit, dass wir beide mittlerweile hart sind.

Während ich noch Damirs Po, unteren Rücken und Flanken streichle, schäumt er ordentlich Seife auf, drückt sie dann mir in die Hand. Beinahe flutscht sie mir weg, weil das Gefühl, wie seine glitschigen Hände gleich darauf über meine Brust fahren, einfach zu gut und ablenkend ist.

»Arme hoch.« Sein Flüstern klingt unheimlich rau durch das leise Wasserrauschen und unsere hastiger werdenden Atemzüge hindurch.

Mir entweicht ein Stöhnen, das ich nur halb unterdrücke, als er meine Flanken, Achseln und Oberarme einseift und dabei leicht massiert. Dann sind seine Hände wieder zurück auf meiner Vorderseite, was einerseits schade und andererseits gut ist. So habe ich auch endlich die Chance, ihn zu berühren.

Mit ebenfalls glitschigen Fingern streichle ich über seine Schultern, zeichne die Linien seiner Schlüsselbeine nach und lehne mich nach vorne, um ein paar

Wassertropfen von seinem Hals zu küssen. Was natürlich vollkommen unsinnig ist, weil sofort neue über seine Haut rinnen. Am liebsten würde ich sie allesamt auflecken, doch ich stocke, mein Blick huscht nach unten. Hin zu meinem Zeigefinger, der wie zufällig Damirs Nippelpiercing gestreift hat.

Versunken in den unbestreitbar sexy Anblick spiele ich mit den Fingern an den Kugeln, die das Stäbchen und seinen hart aufgerichteten Nippel einrahmen, streichle über diesen hinweg, was Damir stöhnen lässt. Nicht leise und vor allem unsagbar dunkel und anzüglich.

Davon will ich definitiv mehr!

»Mal–«

Ehe Damir meinen Namen komplett aussprechen kann, habe ich mich hinab geneigt und seinen Nippel samt Piercing mit den Lippen umschlossen. Ich sauge sacht – und bekomme als Belohnung ein weiteres Stöhnen und ein gejapstes: »Oh, fuck.« Dabei vergräbt Damir eine Hand in meinen Haaren, drückt so meinen Mund noch fester an sich und schickt mit dieser bittend bestimmenden Geste ein heißes Prickeln bis in meinen Unterleib. Das Gefühl, Damir mit meinen Berührungen so zu erregen, greift sengend nach mir. Spätestens jetzt bin ich so was von hart und er ebenfalls, wie ich feststelle, als ich die freie Hand zu seinem Penis schiebe, ihn locker umfasse. Warm, schwer und feucht von Wasser und vielleicht auch ein wenig Vorlust liegt er in meiner Hand. Ich will mehr von dem Gefühl, ihn anzufassen, und sehne mich gleichermaßen danach, seine Finger auf mir zu spüren.

Ein Wunsch, den Damir mir offenbar nur allzu gern erfüllt, ohne dass ich ihn aussprechen müsste. Noch einmal schäumt er Seife auf, von der ich nicht mal mehr weiß, wann ich sie ihm zurückgegeben habe. Ist auch vollkommen gleichgültig. Alles, was mich gerade interessiert, ist, dass Damir wieder eine Hand in meinen Nacken und somit in meine Haare schiebt und meinen Kopf zu sich zieht, während er mich mit der anderen Hand ebenfalls umfasst.

Stöhnend sinke ich mit der Stirn vollends gegen seine, als er meinen Schwanz in einem bestimmenden, aber nicht zu drängenden Takt zu massieren beginnt. Ich brauche ein paar schwere Atemzüge, um den intensiven Reiz, den er mir damit und durch seine Nähe gibt, zu verarbeiten, genieße für ein paar Sekunden nur seine Hand um mich, ehe ich es ihm gleichtue. Ich spiegle seinen Rhythmus, verwöhne ihn in derselben Art, wie er es bei mir tut. Mal ist es ein fast schon sachtes Streicheln, glitschige Finger, die über empfindlich feuchte Schwanzspitzen tanzen, dann wieder ein entschlossenes Pumpen, das uns beide mit jeder Bewegung unserer Hände näher an die Ekstase bringt.

Mit jedem rascher werdenden Atemzug krallt Damir sich mehr in meinem Nacken fest. Unsere Stirnen ruhen noch immer aneinander, hier und da streifen sich unsere Nasenspitzen. Zwischen all dem Keuchen und leisen Stöhnen sind das Wasserrauschen und die feinen Tropfen auf und zwischen uns. Meine Hand, die eben noch auf Damirs Schulter lag, schiebe ich über seine Brust, reize mit zwei Fingern wieder seinen gepiercten Nippel und kann sofort spüren, wie er sich versteift. Wie seine Bewegungen um meinen Schwanz härter, drängender werden. Zu spüren, wie er sich immer weiter in seiner Lust verliert, befeuert auch meine Erregung noch zusätzlich. Ein heißer, kribbelnder Druck sammelt sich in meinem Unterleib und drängt darauf, ausbrechen zu dürfen. Ich versuche noch, es hinauszuzögern, einfach weil das hier zu gut ist und ich es noch weiter genießen will, aber spätestens als Damir zwei-, dreimal in meine Hand stößt und ich sein Pulsieren spüren kann, ergebe ich mich meinem Höhepunkt.

Nahezu zeitgleich kommen wir, klammern uns mit je einer Hand aneinander fest und können mit der anderen nicht aufhören, uns weiter zu massieren und so jeden Tropfen unseres Ergusses herauszupressen. Damirs Stöhnen überlagert das Wasserrauschen und hallt in meinen Ohren, irgendwo darunter höre ich mich selbst einen Fluch und seinen Namen keuchen. Unsere Brustkörbe heben und senken sich in raschem Einklang und wir streicheln einander noch weiter, sanfter nun, bis wir beide in der Hand des jeweils anderen langsam an Härte verlieren. Dann erst löst Damir seine Finger von meinem Schwanz, tippt sacht gegen meine Hoden. Er zieht kleine Küsse über meinen Kiefer, lacht dabei wieder leise.

»Was?«, bringe ich träge und nur leise über die Lippen, lasse ebenfalls seinen Penis los und streichle stattdessen an der Kante seines getrimmten Schamhaars entlang und über seinen Hüftknochen.

»Mein Kopf ist leer und glücklich doof«, murmelt er gegen meine Wange, kitzelt mich mit seinem Atem auf meiner nassen Haut und streift dabei immer noch zärtlich über meine Hoden. »Mir gehen grad nur saudämliche Frühstückseier-Witze durch den Kopf.«

Ich muss ebenfalls lachen und löse mich so weit von ihm, dass wir einander ansehen können. Wenn auch noch immer nur blinzelnd wegen der laufenden Dusche. Was für eine krasse – aber krass schöne – Wasserverschwendung.

»Tja, dann«, neckend stupse ich einmal mit dem Zeigefinger gegen seinen Hüftknochen, »wie hättest du dein Ei denn gern – hart?«

Damir verdreht die Augen und ich erwarte schon eine blöde Antwort auf meine blöde und nicht wirklich ernstgemeinte Frage – immerhin weiß ich, dass er sein Frühstücksei wachsweich mag –, doch die kommt nicht. Stattdessen greift Damir blitzschnell an mir vorbei und dreht den Wasserstrahl auf kalt. Arschkalt! Womit er sich selbst gleich mit bestraft, da er nun mal mit unter dem Strahl steht, und was wir wohl beide nötig haben. Lachend und keuchend vor plötzlicher Kälte küssen wir uns noch einmal kurz, ehe wir uns daran machen, uns hastig abzubrausen und aus der Dusche zu kommen.

Damir

Ich zupfe noch einmal den Kragen meiner Uniform zurecht, ehe ich mein Handy neben mich halte und die Kamera so ausrichte, dass gleich auf dem Foto möglichst viel von mir zu sehen sein wird. Keine Ahnung, wann ich das letzte Mal mit einer Handykamera vor einem Spiegel geposet habe, muss als Teenie gewesen sein. Aber seit ich vorhin bei Malte losgefahren bin, fühle ich mich auch ein wenig so. Und nachdem er mir gesagt hat, dass er die Fotos in meinem Instagram-Feed, auf denen ich in Arbeitskleidung zu sehen bin, ganz sexy findet, kann ich es nicht lassen, eines für ihn aufzunehmen.

Da Ganzkörperfotos im Spiegel nicht gerade Routine für mich sind, habe ich meine Füße abgeschnitten. Aber gut, auf meine Schuhe wird Malte vermutlich nicht sonderlich scharf sein. Wenn ich das nächste Mal von ihm aus nach Frankfurt fahre, kann ich ja gleich meine Uniform anziehen. Erschien mir heute aufgrund unseres gemeinsamen Frühstücks jedoch unpassend. Zumal ich, wenn ich von Frankfurt aus fliege, meist in Alltagskleidung zur Homebase fahre und mich dort erst umziehe. Anders als bei Flügen im Ausland, wo man in der Regel bereits in Uniform vom Hotel aus startet.

Rasch tippe ich noch eine kurze Nachricht und schicke das Foto dann ab. So langsam sollte ich mich beeilen. Da meine Crew und ich heute nur Kurzstrecken fliegen, ist offizieller Arbeitsbeginn fünfundsiebzig Minuten vor Abflug. Die sind bereits angebrochen und das Crewbriefing, welches ich als Purser gemeinsam mit dem Kapitän leite, steht an.

Nachdem sowohl Cockpit- als auch Kabinenbriefing durch sind, geht es für uns alle noch durch die Sicherheits- und Passkontrolle. Auf dem Weg zum Gate, wo der Airbus A321-100/200 auf die letzten Security- und Equipmentchecks wartet, ehe die Passagiere an Bord gehen können, schließt eine meiner Kolleginnen zu mir auf.

»Damir, hi!« Im Gehen schwingt Chiaras hoch gebundener Pferdeschwanz hin und her und sie strahlt mich regelrecht an. »Freut mich, dass wir diesen Umlauf zusammen fliegen.«

Da kann ich ihr nur zustimmen und erwidere ihr breites Lächeln. Grundsätzlich komme ich eigentlich mit allen Kollegen klar, aber mit Chiara vergeht die Zeit immer wie im Flug – was für ein schlechtes Wortspiel.

»Ja, oder? Dreamteam an Bord!«

»Unbedingt!« Kurzerhand wechselt sie die Seite, an der sie ihren kleinen Rollkoffer gezogen hat, und hakt sich bei mir unter.

Gemeinsam schlängeln wir uns eiligen Schrittes zwischen den Passagieren hindurch.

»Du strahlst so«, stellt Chiara mit einem Seitenblick auf mich fest. Kurz kommt es mir vor, als würde sie zögern, doch dann setzt sie hinzu: »Geht's dir besser?«

Ganz so in Vergessenheit geraten, dass ich überlegen müsste, was sie meint, ist die Trennung von Achim dann doch noch nicht. Mir ist sofort klar, worauf Chiara anspielt, und dass sie es so behutsam tut, bringt ihr gleich noch ein paar Pluspunkte bei mir ein. Einige meiner Kollegen haben mitbekommen, dass meine Beziehung in die Brüche gegangen ist, und ich kann mir bestens vorstellen, dass es manche brennend interessiert, was genau passiert ist. Chiara allerdings war nie eine von denjenigen, die nachgebohrt haben oder bei der ich das Gefühl habe, sie würde rumtratschen, was ich ihr anvertraue.

»Ja!«, entgegne ich daher sofort und klinge so überzeugt, dass sich Chiaras roséfarben geschminkte Lippen zu einem erneuten Lächeln verziehen. Irgendwie ein wenig wissend. Als ob sie mir ansehen könnte, was für eine gute Zeit Malte und ich vorhin noch miteinander hatten. Gut – und heiß.

Rasch wende ich meinen Blick ab. Nicht, dass wir am Gate vorbeilaufen, weil wir doch noch ins Tratschen kommen. Chiara allerdings ist nicht diejenige, die meine Schritte ins Stocken bringt, sondern das Summen meines Handys in meiner Hosentasche, das gemeinsam mit dem Signalton den Eingang einer WhatsApp-Nachricht verkündet. Genauer: einer Nachricht von Malte. Der inzwischen seinen eigenen Signalton hat.

»Sorry«, murmele ich neben mich in Chiaras Richtung, die unbeirrt weiter neben mir her stöckelt, während ich mein Smartphone hervorkrame.

Scheiße, ich wusste es! Flugbegleiter sind sexy! ;-)
Ich kann nicht anders, muss bei Maltes Nachricht einfach lachen. Aus dem Augenwinkel registriere ich, dass Chiara mir einen Blick zuwirft. Doch zunächst tippe ich eilig eine Antwort an Malte: **Und schwul!** ;-) **Nicht alle, aber der hier steht auf Kerle.** Ich zögere einen Moment, füge dann aber doch hinzu: **Auf dich!** :-)
Ein kurzes Kopfheben zeigt, dass wir gleich am Gate sind. Also warte ich Maltes potenzielle Antwort nicht ab, sondern schiebe das Handy zurück in meine Tasche. Innerlich stelle ich mir aber vor, wie er meine Nachricht liest, dabei verschmitzt lächelt – allein der Gedanke erhöht meinen Pulsschlag.

»Sag mal«, setzt Chiara an und ich weiß schon allein bei der Art, wie sie das erste A in die Länge zieht, was kommen wird. So ein bisschen neugierig ist sie dann wohl doch, was ich ihr aber nicht verübeln will. Ich wäre genauso. »Kann es sein ...«

»... dass ich jemand Neuen kennengelernt habe? Ja!«
Sie stößt einen kleinen Laut aus, der sowohl nach Freude als auch Triumph klingt. »Ha! Ich würde mich natürlich auch freuen, wenn du einfach Single und happy wärst, Glücklichsein bemisst sich ja nicht allein an einer Beziehung, aber ...«, ihr Grinsen wird noch ein wenig breiter, »das ist schön.« Im Gehen drückt sie kurz meinen Arm und sich damit ein Stück weiter an mich.

»Mhm, finde ich auch.« Wären wir nicht inzwischen am Gate angelangt, würde ich Chiara vielleicht wirklich ein bisschen was über Malte erzählen. Überhaupt frage ich mich gerade, warum sie und ich uns noch nie privat getroffen haben, wo wir uns auf gemeinsamen Flügen immer echt gut verstanden haben. Zumal ich weiß, dass sie am Frankfurter Stadtrand in Himmelsrichtung Mainz wohnt. Wir hätten also nicht mal eine nennenswerte Strecke zwischen uns.

Die Wahrheit ist wohl, dass ich mich in den letzten Jahren immer sehr auf Achim und dessen Freundeskreis fokussiert habe. Ein Freundeskreis, der eben auch nur solange *unserer* war, wie wir zusammen waren.

»Sag mal«, spreche ich Chiaras Hinterkopf an, während sie vor mir die Stufen zum Rollfeld hinab steigt, auf dem der Airbus auf uns wartet, »hast du nach dem Umlauf auch frei und mal ein paar Stunden Zeit?«

Mit einem Schnaufen hieve ich die beiden riesigen, vollgepackten Taschen eines gewissen schwedischen Einrichtungshauses aus dem Kofferraum von Chiaras Ford Fiesta und schleppe sie quer durch den Vorgarten. Eddi sitzt in einem der winterlich kärglichen Beete und beobachtet mein Tun misstrauisch aus sicherer Entfernung.

»Keine Sorge«, murmele ich ihm zu, »keine weiteren zertrümmerten Einbauschränke.«

Von der Haustür ertönt ein Lachen, das selbstverständlich nicht zu meinem Kater gehört. »Steht der Arme immer noch unter dem Schock des *Hammers extra stabil?*« Chiara fand die Story urkomisch, als ich sie ihr vorhin bei einer Shoppingpause – in der wir natürlich stilecht Köttbullar und Hotdogs gegessen haben – erzählt habe. Zugegeben, seit ich über den Trennungsschmerz hinweg bin, muss ich auch jedes Mal grinsen, wenn ich daran denke.

»Ich glaube, er hat es verkraftet.« Mit einem Seitenblick auf Eddi und einem angestrengten Schnaufen lasse ich die beiden Riesentüten im Flur zu Boden sinken. Behutsam natürlich, immerhin ist Zerbrechliches drin.

»Gut. Soll ich dir noch was Hochtragen helfen?« Chiara deutet auf die Kleinmöbelpakete, die am Fuß der Treppe ins Obergeschoss stehen.

»Nee, alles gut, danke. Ich muss oben erst mal Platz schaffen.« Und zugegebenermaßen muss ich Chiara auch nicht gleich beim ersten Treffen fernab der Arbeit mein Schlafzimmer zeigen. Auch dass sie gleich weiterfahren wird, weil sie für den Abend eine Kino-Verabredung mit ihrem Freund hat, ist mir ganz recht. Der Mittag mit ihr war total schön, wir haben geshoppt, gequatscht und unheimlich viel gelacht, und den neuen Kram mit ihr gemeinsam einzuräumen wäre sicherlich auch spaßig. Aber es wird mir guttun, diese letzte Phase von ›Mission Haus umgestalten‹ allein durchzuziehen, denn immerhin ist es wie eine Art Katharsis für mich. Ein Abschiednehmen von Altem. Gleichzeitig freue ich mich auf Neues. Nämlich darauf, dass Malte später vorbeikommen wird und bis dahin habe ich noch das eine oder andere zu tun, was Chiara nun wirklich so gar nichts angeht.

»Okay, dann fahr ich mal.«

»Willst du noch 'nen Kakao? Tee? Irgendwas?« Rausschmeißen will ich sie nämlich weiß Gott nicht. Im Gegenteil, ich würde mich freuen, wenn aus dem beruflichen Gutverstehen auch im Privaten eine Freundschaft wird, die über den heutigen Shoppingtrip hinausgeht.

Chiara überlegt kurz, schüttelt dann aber den Kopf.

»Nächstes Mal gern, okay?«

»Klar, dann komm gut heim und viel Spaß heute Abend.«
Sie zwinkert mir zu. »Dir auch. Grüß Malte unbekannterweise.«

»Dito«, entgegne ich und meine damit ihren Freund. Glücklicherweise ist Chiara keine, die das zum Anlass nimmt, ein Pärchen-Treffen vorzuschlagen – auch wenn ich solche im Grunde mag. Jedenfalls hätte ich nichts dagegen, ihr Malte zeitnah vorzustellen.

Im Türrahmen umarmen wir einander kurz, ehe Chiara durch die dünne Schneeschicht auf dem Kiesweg zurück zu ihrem Fiesta läuft. Ich befürchte, der Neuschnee, der heute Vormittag gefallen ist, dürfte der letzte für diesen Winter sein.

Eddi schlüpft an meinen Füßen vorbei ins warme Hausinnere und ich schließe nach einem letzten Winken in Richtung Chiara die Tür hinter uns. Erst nach einer Begrüßungskrauleinheit für meinen Kater schäle ich mich aus Wintermantel und Boots, überlege dabei, ob ich mich gleich an die restliche Schlafzimmerumgestaltung machen oder erst duschen soll. Letzteres ist verlockend, denn ich fröstle ein wenig, aber im Grunde wäre es Blödsinn, *vor* dem Heimwerken zu duschen. Und beim Nachtschränkchen aufbauen wird mir sicherlich auch warm werden.

Rund zweieinhalb Stunden später sind die beiden alten Nachtschränke, die ich damals gemeinsam mit Achim ausgesucht habe, neuen gewichen. An der Wand gegenüber des Bettes, die ich schon vor einigen Tagen in einem zarten Mintton gestrichen habe, habe ich drei einzelne Regalbretter versetzt zueinander angebracht und diese mit neuen Pflanzen und anderem dezenten Dekokram und einer Lichterkette in Szene gesetzt. Ich kann nicht anders, als darüber nachzudenken, dass Achim das viel zu verspielt gewesen wäre. Mir aber gefällt es und während ich mein Werk so betrachte, stelle ich fest, dass der Gedanke an meinen Ex kein fieses Ziehen in meinem Inneren mehr weckt. Ein bisschen Wehmut vielleicht, aber selbst das ist mehr eine vage Empfindung als ein echtes Gefühl. Das mit Achim und mir ist durch und es ist okay so. Ich stehe hier in *meinem* Schlafzimmer und freue mich darauf, den neu gestalteten Raum nachher meinem Freund ...

Ich stocke bei dem Gedanken. So genau haben Malte und ich das, was sich zwischen uns entwickelt, noch nicht benannt. Aber doch, es fühlt sich für mich so an. Mein Freund wird in weniger als einer Stunde bei mir aufkreuzen und somit ist es höchste Zeit, ins Bad zu verschwinden, zu duschen und gewisse Vorbereitungen zu treffen. In meinem Bauch kribbelt es und spätestens die Gewissheit, dass ich mich *dafür* mit Malte bereit fühle – wirklich bereit und nicht nur ein ›Ich-hab-nicht-weiter-drüber-nachgedacht-und-es-einfach-gemacht‹-bereit – ist dann wohl Bestätigung genug für das, was ich für Malte mittlerweile empfinde. Ich fühle mich unheimlich wohl in seiner Nähe, will ihn andauernd berühren und will endlich wissen, wie es sich anfühlt, ihm *so nahe* zu sein.

175

Malte

Damir lässt mir Zeit, Schuhe und Jacke loszuwerden, und hängt Letztere für mich an die Garderobe, ehe er an den Kragen meines Flanellhemdes greift und mich so zu sich zieht. Nicht mit einem Ruck, aber doch bestimmend. Ebenso fest ist sein Kuss, mit dem er mich begrüßt.

Ein wenig überrascht sinke ich gegen ihn und mir entkommt ein kleines Seufzen, was er mit einem schmalen, aber sehr charmanten Lächeln kommentiert.

»Hey«, wispert er auf meine Lippen, »schön, dass du da bist.«

»Mmmh.« Meine Zustimmung klingt in meinen eigenen Ohren durchaus genießerisch und ich küsse Damir meinerseits noch einmal. »Finde ich auch.« Bevor wir uns gänzlich voneinander lösen, streichle ich einmal über seine Flanken – über seinem Pullover, denn meine winterkalten Finger will ich ihm nicht zumuten, auch wenn ich sie sehr gern an ihm wärmen würde.

»Lust auf Kakao? Ich mache gerade welchen.«

Das erscheint mir zum Aufwärmen eine akzeptable Alternative. »Sehr gern.« Ich folge Damir in die Küche, wobei mein Blick einmal über ihn wandert und an seinem Hintern hängen bleibt. Zu seinem Wollpulli trägt er eine lange Jogginghose, die zwar locker sitzt, aber die Rundung seiner Pobacken äußerst schön betont.

»Mit Schuss?«

Mein Kopf ruckt hoch und Damir zwinkert mir über die Schulter hinweg auf eine Art zu, die mich nicht ganz durchschauen lässt, ob er damit das Getränkeangebot oder meine wandernden Augen kommentiert.

»Da sage ich nicht Nein«, entgegne ich ebenfalls mit einem Zwinkern. Soll er sich ruhig aussuchen, worauf *ich* anspiele.

Seinem anzüglichen Grinsen zufolge verstehen wir uns.

In einem kleinen Topf auf dem Herd dampft bereits heiße Milch – Respekt an Damir, dass die nicht übergekocht ist. Aus einer der Schubladen fischt er einen Aufschäumer. Indessen kommt Sir Edward mit hochgerecktem Schwanz und laut miauend in die Küche spaziert.

»Na, da hat jemand Hunger, was?«

»Eher Gelüste«, kommentiert Damir das Gebaren seines Katers, der bezirzend um seine und meine Beine streicht. »Aber ja, bald ist Futterzeit. Magst du es ihm in seinen Napf machen? Steht schon da.« Mit dem Kinn nickt er zu einem Päckchen Nassfutter, das auf der Arbeitsplatte neben dem Kühlschrank steht.

»Klar. Löffel?«

»Linke Schublade.«

Nachdem ich das Gesuchte gefunden habe, knie ich mich zu Edward auf den Boden und mache mich daran, seiner katerlichen Hoheit das erwünschte Mahl zu kredenzen. Zumindest komme ich mir unter dem herrischen Blick aus den mandelfarbenen Augen vor wie ein ergebener Untertan.

»Wie war dein Tag so?«

Mit dem Löffel kratze ich achtsam auch das letzte Bröckelchen aus der Verpackung. Ich will Damir gerade antworten, als dieser ein Schnaufen ausstößt.

»Gott … wie war dein Tag, Schatzi?«, flötet er mit verstellt hoher Stimme. »Ich höre mich an, wie dein langjähriger Ehemann, entschuldige.«

Schmunzelnd richte ich mich wieder auf. »Och, ich mag das.«

»Wie ein altes Ehepaar zu sein?«

»Nein. Wobei … ja, doch. Ich mag es, wenn es sich vertraut anfühlt und man trotzdem noch das Gefühl hat, der andere interessiert sich wirklich für einen. Wenn die Frage nicht Routine ist, sondern echte Aufmerksamkeit.«

Während meiner ausschweifenden Erklärung hat Damir sich samt Topf in den Händen zu mir umgedreht. Mit wachsamem Blick sieht er mich an. »Gut zu wissen.« In seiner Stimme liegen Weichheit und Wärme. »Wenn du es so sagst, mag ich es auch. So war es gemeint. Also … erzähl mir von deinem Tag.«

Besonders viel zu erzählen gibt es da tatsächlich nicht. Primär habe ich gearbeitet. Aber Damir von der Tour, die ich heute gefahren bin, zu erzählen, während er unseren Kakao vollends zubereitet, fühlt sich gut an. Tatsächlich ein wenig, als seien wir schon länger ein Paar und das hier unser Alltag, aber genau das ist es, was mich mich wohlfühlen lässt. Vor allem, weil Damir wirklich zuhört und mir das Gefühl gibt, gern an meinen kleinen Erlebnissen im Job teilzuhaben.

Ich habe ihm gerade von einer etwas schrägen Begegnung mit einem Familienvater und seinen im

Hintergrund eskalierenden Töchtern erzählt – der arme Kerl sah aus, als würde er gern mit mir ins Zustellfahrzeug steigen, um dem heimatlichen Chaos zu entkommen –, da drückt Damir mir den Kakaobecher in die Hand. Nicht ohne mir dabei noch mal einen Kuss auf die Lippen zu drücken.

»Wollen wir rübergehen?«

»Klar.« Ich setze mich schon mal in Richtung Flur und weiter zum Wohnzimmer in Bewegung, während Damir noch einen Teller mit Keksen von der Arbeitsplatte greift. Sir Edward hat sein hoheitliches Mahl offenbar auch beendet, denn er trabt an uns vorbei und wird gleich todsicher auf seinem Kratzbaum verschwinden, um sich ausgiebig zu putzen. So gut kenne ich den Kater mittlerweile bereits.

»Und bei dir, wie war's mit deiner Kollegin? Chiara?«

»Ja. War schön.« Unüberhörbar hat Damir sich auf dem Weg ins Wohnzimmer bereits einen der Kekse in den Mund gesteckt. Wie auch immer er das ohne freie Hand geschafft hat, ohne Kakao zu verschütten. Auf seinem Pullover jedenfalls ist kein Fleck zu sehen, als ich mich ihm kurz zuwende.

»Eventuell bin ich ein wenig eskaliert. Aber hey, kein Mann mehr da, der mir vorhalten kann, warum ich *immer* Kerzen kaufen muss. Also alles super! Oder... sag nicht, du bist auch der Meinung, man kann genug Kerzen haben.«

Seine Worte sind eindeutig spaßhaft gemeint, dennoch verspüre ich einen ganz feinen Stich in Brustgegend. Übertrieben, ich weiß. Es ist nicht wirklich ein Vergleich zwischen mir und seinem Ex, den er aufstellt, dennoch ... Ich zwinge mich zu einem Lächeln. »Man kann niemals genug Kerzen haben und in gewissen Einrichtungshäusern ist es quasi Pflicht, welche mitzunehmen.«

»Danke! Amen!« Damir stellt den Keksteller und seinen Kakaobecher auf dem Couchtisch ab, geht jedoch nicht um diesen herum zum Sofa. »Willst du kurz einen Blick auf mein Werk werfen?«

»Gern. Wenn Edward nicht alle Kekse wegfuttert, bis wir wiederkommen.«

»Nein. Er interessiert sich nicht für Süßkram. Lass uns schnell machen, ein paar Minuten dürfte der Kakao heiß bleiben.«

Davon gehe ich aus, denn der ist wirklich noch knallheiß in der Tasse.

Also folge ich Damir ins obere Stockwerk und frage mich dabei, ob er dem Umstand, dass es das erste Mal ist, dass ich hier oben bin – und das Schlafzimmer sehen werde – ebenfalls eine gewisse Bedeutung zumisst. Vielleicht bin ich speziell in diesen Dingen, aber ich empfinde Schlafzimmer als etwas Intimes. Bei den wenigen One-Night-Stands, die ich hatte, fand ich es immer seltsam, wenn mich die Kerle mit in ihr privatestes Zimmer genommen haben. Wenn wir mal bei mir gelandet sind, ist nie ein Mann, der mir nichts weiter bedeutet hat, weiter gekommen als bis auf mein Sofa.

Dementsprechend atme ich sogar einmal kurz durch, ehe ich durch die Tür zum Schlafzimmer trete, welche Damir mir einladend aufhält.

Mein Blick fällt zunächst auf das Bett. Ein großes, durchaus schönes Bett in Rattanoptik, zu dessen Landhausstil die cremefarbenen Bezüge mit Kornblumen drauf sehr gut passen. Flankiert wird es von zwei schlichten, aber stilvollen weißen Nachtschränkchen. Auf den ersten Blick ist das Bett ganz anders als meines – ein dunkelgraues Boxspringbett mit meist dunkelblauen Laken –, jedoch sehr einladend. Oder eher: Es wäre sicherlich einladend, wenn mir nicht sofort der Gedanke durch den Kopf schießen würde, ob das das Bett ist, in dem Damir und sein Ex ...

»Ist das Bett auch neu?« Die Worte stolpern unüberlegt aus meinem Mund.

»Nein, das ist meins«, entgegnet Damir und klingt locker dabei. »Ich hatte es schon, als ich noch in Hamburg gelebt habe und ich mag's nach wie vor. Aber die Nachtschränke sind neu. Und eigentlich all der andere Dekokram, die drei Regalbretter da.«

Ich zwinge mich, meine Blickrichtung Damirs Fingerzeig folgen zu lassen. Gedanklich hänge ich jedoch noch am Bett fest.

Ich trete näher an die Regale heran, betrachte die darauf stehenden Kerzen und die bauchige, kleine Vase, fahre mit dem Zeigefinger an der Lichterkette entlang. Ich sollte einfach die Klappe halten, aber ...

»Ist es nicht merkwürdig für dich, das Bett zu behalten?«

»Wegen Achim?« Noch immer schwingt keinerlei Schwere in Damirs Stimme mit. »Eigentlich nicht, nein. Wie gesagt, es war schon vor der Beziehung mein Bett und ist jetzt wieder meins. Genauso wie es jetzt *mein* Haus ist. Das Einzige, was ich wirklich loswerden wollte, war dieser Einbauschrank. Aber die Story kennst du ja.« Bei seinen letzten Worten schwingt eindeutig ein

Schmunzeln in seiner Stimme mit und er tritt einen halben Schritt näher an mich heran und schlingt von hinten einen Arm um mich. Seine Hand ruht auf meinem Bauch, sein Kinn auf meiner Schulter, sein Atem streift warm meinen Nacken. Kribbeln und Wärme in mir und ... dieses kleine, fiese Nagen, das ich einfach nicht ganz loswerde.

»Ja«, beeile ich mich, zu entgegnen, und schiebe eine Hand über Damirs, »die Story kenne ich allerdings.«

Damir schiebt sich noch ein klein wenig näher an mich, sodass ich seinen warmen Körper durch Stoffe hindurch nahezu an meinem gesamten Rücken spüren kann, was das wohlige Schauern in meinem Inneren noch verstärkt. Er drückt mir einen Kuss seitlich auf den Hals, sein Atem kribbelt noch mehr als zuvor schon.

»Und kennst du auch«, flüstert er, »die Story von dem Typen, der fast zwei Wochen lang immer wieder sinnlos irgendwelchen Kram bestellt hat, nur um einen gewissen Paketboten wiederzusehen?«

Damir hält inne – und ich stutze. Kann ihm nicht ganz folgen, was vielleicht auch daran liegt, dass mich die Art, wie er mit seiner Nasenspitze an meinem Hals entlang streift, ganz kribbelig macht.

»Du hast ... was genau gemacht?« Wir reden doch hier gerade von ihm ... und mir ... oder?

Er seufzt gegen meine Haut, küsst mich dort noch einmal. Inzwischen habe ich unsere Finger auf meinem Bauch fest verschlungen, drücke seine Hand gegen mich.

»Sicher zehn verschiedene Sachen an Blödsinn bestellt, bei unterschiedlichsten Anbietern und an unterschiedlichsten Tagen, weil ich dich wiedersehen wollte und nichts hatte, außer deinem Namen. Ich hab mir sogar einen Prime-Account zugelegt und etwas per Same-day-Lieferung bestellt in der Hoffnung, dass du dann noch mal vor meiner Tür stehst.«

Das ist ...

Mir fehlen die Worte und für einen Moment auch ein wenig Atemluft.

»Bescheuert, oder?«, nuschelt Damir gegen meinen Hals.

»Nein!« Abrupt – vielleicht ein wenig zu abrupt – drehe ich mich zu ihm um und verrenke ihm dabei augenscheinlich beinahe den Arm. Entschuldigend umfasse ich seine beiden Hände sanft, hebe sie an und zwischen uns, sodass ich mein Kinn auf unseren ineinander verschränkten Fingern ablegen kann. Über unsere Hände hinweg sehen wir einander an und dabei rast mein Herz wie blöd in meiner Brust.

»Nein«, wiederhole ich leiser, »es ist überhaupt nicht bescheuert, sondern total wunderbar und liebenswert.«

»Ja?« Zum ersten Mal, seit ich ihn kenne, wirkt Damir fast schon ein wenig schüchtern, so wie er mich ansieht.

»Ja«, bestätige ich daher und drücke je einen Kuss auf seine Handrücken. »Es ist echt schön, dass du mich wiedersehen wolltest.«

Nun umspielt ein kleines Grinsen seinen Mund. »Es ist echt schön, dass du letztlich doch noch ein Paket zu mir gebracht hast.«

Das finde ich allerdings auch und eigentlich wäre gerade der perfekte Moment, um einander zu küssen und dann gemeinsam zum Bett zu stolpern und darauf niederzusinken. Wenn ... tja, wenn ...

»Wir sollten auf erfolgreich zugestellte Pakete und deren Folgen anstoßen«, murmele ich ihm zu und küsse ihn immerhin flüchtig.

»Unbedingt und zwar gleich. Sonst ist der Kakao wirklich kalt, bis wir wieder im Wohnzimmer sind.«

Rund eine Stunde später habe ich das Gefühl, Damir würde nach Kakao und Keksen schmecken. Letzteres könnte durchaus sein, denn nachdem er eben noch einmal Holz im Kamin nachgelegt hat, hat er noch einen der Schoko-Cranberry-Cookies geknuspert. Ich komme allerdings nicht dazu, den Geschmack und das Gefühl seiner Lippen auf meinen wirklich zu genießen, denn Eddi – klingt schöner als Edward und immerhin spricht Damir seinen hoheitlichen Titel auch nur selten aus – springt zwischen uns aufs Sofa hoch. Die Art, wie er seinen plüschigen Kopf an Damirs Pullover reibt und mir dabei den Hintern zudreht, lässt keinen Zweifel daran, wer hier berechtigten Anspruch auf Kuscheleinheiten hat. Böse kann ich dem Kater aber keinesfalls sein, dazu ist er einfach zu niedlich und irgendwie charmant-penetrant.

Außerdem ist Damirs Anblick, wie er seinen Kater krault, schön. Dabei schielt er halb entschuldigend und halb belustigt zu mir. »Den Moment crashen kann er gut.«

Ich fahre dem Kater meinerseits über den seidigen Pelz. »Ach, ist okay. Er ist einfach Zucker.«

»Also magst du ihn?«

»Klar.«

»Das ist schön.« Damir lächelt mich an und in mir steigt unweigerlich die Vermutung auf, dass sein Ex wohl nicht so sonderlich gut mit dem Kater konnte.

»Er wird vermutlich eh gleich rausgehen. Um die Zeit bricht er meistens zu seinem abendlichen Streifzug auf.«

Ich würde Eddi ja durchaus zutrauen, dass er genau das nun rein aus Prinzip nicht tut. Nur um seinem Dosenöffner zu beweisen, dass er – Hoheit Sir Edward – allein entscheidet, wann er was tut und dass er ein undurchschaubar geheimnisvoller Kater ist. Doch tatsächlich streift Eddi noch einmal um Damir und auch um mich herum, reibt sich im Vorbeigehen an uns und springt dann leichtfüßig vom Sofa, stolziert Richtung Terrassentürfront.

»Wie alt ist er eigentlich?«

»Eddi? Fünf.«

Das bedeutet, dass der Kater erst zu Damir – und dessen Ex – gekommen ist, als die schon ein Paar waren. Im Grunde kann es mir auch vollkommen egal sein, wie dieser Achim zu Eddi stand. Damir freut es offensichtlich, dass ich seinen Kater mag. Pluspunkt gegenüber seines Ex?

Argh, Mann, Malte echt …

Damir erhebt sich ebenfalls und liefert mir damit eine Ablenkung von den unsäglichen Gedanken – die ich mir überhaupt nicht machen will und von denen ich weiß, dass sie bescheuert sind – und geht ebenfalls rüber zur Terrassentür. Mir liegt schon eine Neckerei auf der Zunge, weil ich echt erwarte, dass er seinem Kater nun huldvoll die Tür öffnet, damit der feine Herr sich nicht durch die Katzenklappe zwängen muss. Aber ich schlucke die kleine Stichelei hinunter, denn Eddis pelziger Schwanz verschwindet gerade schon durch die Klappe und Damir schaltet einfach nur die Lichterkette an, die um die Gardinenstange gewickelt ist und zieht die Vorhänge zu, sperrt so die einbrechende Dunkelheit aus. Lichterkette und Kaminfeuer spenden noch genügend weiche Helligkeit und kreieren eine fast schon romantische Atmosphäre im Raum. Romantisch und … sinnlich?

Mein Atem stockt für einen Moment und beschleunigt dann ein klein wenig, als Damir sich wieder mir zuwendet und zurück zum Sofa kommt. In einem kitschigen Liebesroman würde nun vermutlich irgendetwas von raubtierhaften Bewegungen stehen, aber … o Mann, Damir erinnert mich gerade wirklich ein wenig an einen Kater. Denn irgendwie wirken seine Bewegungen noch geschmeidiger als sonst und das in Kombination mit seinem Blick, in dem eine gewisse Anzüglichkeit liegt, weckt den dringlichen Wunsch in mir, ihm den Pullover abzustreifen und seine nackte, warme Haut berühren zu wollen. Haut, von der ich seit unserer gemeinsamen Dusche weiß, dass sie wirklich weich ist und sich toll unter meinen Fingern anfühlt.

Mein Hirn ist Matsch, als Damir schließlich wieder vor mir steht, sich zu mir herab neigt und ich so mit einem Mal den Geruch seines Aftershaves und einfach *ihn* noch viel intensiver in der Nase habe als zuvor schon. Wie automatisch recke ich mich ihm leicht entgegen. Der Kuss, mit dem er meine Lippen streift, ist nur ein Hauch und bringt mich genau deswegen zum Erschauern. Er ist leicht – und wie eine Verheißung.

Mit der Nasenspitze streift Damir an meiner entlang, weckt damit die Erinnerungen daran, wie wir unter der

Dusche uns gegenseitig streichelnd die Nachwellen unserer nahezu zeitgleichen Orgasmen genossen haben. Mir entweicht ein leiser, seufzender Laut, der Damir zum Lächeln bringt. Dieses Lächeln, das ich andauernd küssen will, doch er richtet sich in diesem Moment wieder auf, sodass sein Gesicht außerhalb meiner Reichweite ist. Nicht so allerdings seine Hüften, die ich kurzerhand umfasse. Mit den Fingerspitzen wandere ich unter seinen Pullover, sehe fragend zu ihm auf und bekomme ein noch etwas breiteres Lächeln als Ansporn.

Beidhändig schiebe ich den Pullisaum höher, streichle dabei über Damirs flachen Bauch. Ich liebe es, wie sich dabei die Muskeln anspannen und seine Bauchdecke leicht flattert. Besonders, wenn ich ihn dort küsse. Genau das tue ich, woraufhin er seine Finger in meine Haare schiebt, mit angenehmem Druck über meine Kopfhaut fährt, sie leicht massiert.

Neckend lasse ich meine Zungenspitze von seinem Bauchnabel aus tiefer schlängeln, was Damir nun seinerseits ein raues Seufzen entlockt, welches wiederum mich ziemlich anheizt. Während ich mit einer Hand weiter seine Flanken streichle und dabei den Pullover oben halte, schiebe ich die andere zu seinem Hosenbund, weiter in seinen Schritt. Er zuckt leicht unter der Berührung und ich sehe fragend zu ihm auf. Treffe wieder nur auf ein Lächeln und seinen intensiven Blick.

Wir sehen einander in die Augen, als ich beginne, ihn durch seine Jeans hindurch zu massieren. Sein Mienenspiel dabei zu beobachten, bringt alles in mir zum Sirren, mehr noch, weil ich zeitgleich durch den festen Stoff hindurch spüren kann, dass er langsam hart wird.

Genau deshalb bin ich dann doch leicht irritiert, als Damir seine Finger aus meinen Haaren zurückzieht und meine Hände ergreift.

»Alles okay, hab ich ...?«

»Alles gut«, unterbricht er mich fast nur flüsternd, »bestens sogar.« Zwar schiebt er dabei meine Hände leicht von sich, hält sie jedoch weiter in seinen. »Ich verschwinde nur mal kurz nach oben und hole ... etwas.«

Meine Brauen wandern unweigerlich nach oben. In meinem Magen flattert es leicht. Ein unbestimmtes Gefühl, das ich gerade nicht zuordnen kann.

»*Etwas*?«, wiederhole ich fragend und klinge dabei in meinen eigenen Ohren überraschend und unpassend misstrauisch.

Damir zögert einen Moment, grinst schief. »Kondome und Gleitgel?«

»Oh.« Tatsächlich habe ich *damit* nicht gerechnet. Nicht jetzt, nicht so schnell ... Wobei es nicht sonderlich schnell ist. Nur frühzeitig, wenn man bedenkt, dass Damir ...

»Nicht?« Er hält noch immer meine Hände in seinen, sieht fragend auf mich herab und ich sitze da wie ein verkopfter Pessimist.

Frühzeitig ... pfff! Auch länger schon getrennt zu sein, bedeutet keine Garantie. Steffen hat erst nach Monaten Beziehung mit mir wieder angefangen, mit seinem Ex zu vögeln.

So energisch ich kann, schiebe ich die Gedanken von mir. »Doch!«

Damir rührt sich keinen Zentimeter, sieht mich nur weiter an. »Sicher? Wir müssen nicht ... Magst du Analverkehr überhaupt?«

Gott, ey! Dieser Mann ist so wunderbar feinfühlig und umsichtig und ich sitze hier, starre ihn an und gebe ihm mit Sicherheit das Gefühl, ich würde *das* nicht mit ihm wollen. Natürlich will ich. Ich will Damir nahe sein und vor allem will ich meinen verfluchten Kopf ausschalten, der sich unweigerlich zu fragen beginnt, wie es wohl für Damir sein wird, hier in diesem Haus, auf diesem Sofa, zum ersten Mal mit einem anderen Mann als seinem Ex zu schlafen. Dabei bin ich froh, dass wir uns auf dem Sofa und nicht im ehemaligen gemeinsamen Bett befinden, und das, obwohl Sex auf dem Sofa für mich eigentlich diesen Touch von ›nicht so intim wie im Bett‹ hat.

»Grundsätzlich ja«, bringe ich viel zu lahm über die Lippen.

Auf Damirs Stirn zeigt sich eine kleine Falte. »Klingt nach einem *Aber*.«

Eines, das nur in meinem schwarzmalerischen Hirn existiert. Ein Aber, das von bitteren Erinnerungen heraufbeschworen wird.

»Nein, kein *Aber* in dem Sinne. Ich mag's. Wenn Vertrauen und Gefühle dabei sind.«

Bei meinen letzten Worten erscheint wieder dieses unsagbar sanfte Lächeln um Damirs Mund, das im Kontrast zu seinem Fünf-Tage-Bart noch viel weicher wirkt. »Damit kann ich dienen. Mit beidem.« Wie zur Verdeutlichung seiner Worte drückt er meine Finger mit seinen, was mich schlucken lässt.

»Ich auch«, flüstere ich nur. Obwohl das nicht ganz der Wahrheit entspricht. Ich *würde* ihm gern vollumfänglich vertrauen.

Damir scheint mein Zögern, von dem ich gar nicht will, dass es da ist, noch nicht ganz beiseiteschieben zu wollen. Seine Daumen streicheln über meine Fingerknöchel. »Wenn's dir zu schnell geht, wir müssen nicht heute … Ich meine, wir *müssen* gar nichts.«

»Bist *du* denn so weit?«, hake ich behutsam nach und weiß dabei nicht mal sicher, ob ich will, dass er die eigentliche Frage, die darin mitschwingt, versteht. Ich kann es nicht bringen, ihn zu fragen, ob er dabei an seinen Ex denken wird. Weil das zu fragen an sich schon verquer wäre und weil … ich die Antwort überhaupt nicht wissen will. Zum Teufel mit meinem Kopfkino der Vergangenheit!

»Ich bin mir sicher, dass ich dich will«, entgegnet Damir mit fester Stimme. Sein Blick allerdings ist noch immer weich – und sein Lächeln mit einem Mal so verführerisch, dass ich ihm einfach glauben *muss*. »Und dass ich *das* mit dir will. Ich bin mir sicher …«, er stockt kurz, grinst, »und ich bin vorbereitet.«

Zum wiederholten Mal an diesem Abend entweicht mir ein überraschtes »oh«. Weiter murmele ich: »Heißt, du bist lieber Bottom?«

»Nicht immer, aber wenn ich wählen darf, ja. Okay für dich?«

»Sehr okay.«

Damir neigt sich noch einmal herab und küsst mich, ehe er unsere Hände löst und mit einem vielsagenden Blick drei Schritte rückwärts geht, ehe er sich umdreht und quer durchs Wohnzimmer eilt. Ich warte, bis er im Flur ist, sinke dann mit einem tiefen Ausatmen gegen die dicken Rückenpolster zurück. In

meiner Bauchgegend nistet sich ein aufgeregtes Kribbeln ein. Vorfreude, Erregung ... aber auch ein Hauch
Nervosität.

Damir

Ich habe mir weiß Gott bereits mehr als einmal ausgemalt, wie es sein könnte, mit Malte Sex zu haben. Noch weiter zu gehen als das, was wir unter der Dusche getrieben haben – was für mich eigentlich auch schon Sex war. Das Verrückte ist, dass ich es mir genau so vorgestellt habe und gleichzeitig ganz anders. Wir harmonieren so gut, wie ich es erwartet und erhofft habe, jede seiner Berührungen fühlt sich wahnsinnig gut an. Allerdings habe ich nicht damit gerechnet, dass Malte angespannt sein würde. Besonders nicht, nachdem die Stimmung bei unserem Intermezzo unter der Dusche so locker lustvoll und die Atmosphäre vorhin so kuschelig entspannt war.

Mit leicht zittrigen Fingern strecke ich eine Hand nach Maltes aus und bringe ihn mit sachtem Druck dazu, mir ins Gesicht zu sehen. Nackt zwischen meinen gespreizten Beinen kniend, von denen ich eines auf die Sofalehne hochgelegt habe, sieht er absolut heiß aus. Besonders mit dem flackernden Feuerschein auf seiner Haut und den verwuschelten Locken, die primär deshalb so in Unordnung sind, weil ich mich regelrecht hindurchgewühlt habe, als er mir vorhin mit seinem Mund um meinen Schwanz Lust geschenkt hat.

Ich bin selbst einen Moment zu gefangen von seinem Anblick, dass ich erst mal kein Wort herausbringe. Der leichte Druck seiner Finger in mir tut sein Übriges, um meine Denkfähigkeit zu vernebeln. Kein Wunder also, dass Malte sichtlich stockt, sein Blick fragend wird. Er macht schon Anstalten, seine Finger zurückzuziehen, doch ich besinne mich gerade noch rechtzeitig.

»Nicht«, stoße ich zwischen flattrigen Atemzügen hervor, »nicht aufhören. Fühlt sich gut an.«

»Ja?« Es klingt beinahe zaghaft, doch alles andere als das ist die Art, wie er seine beiden Finger wieder tiefer in mich schiebt und dabei den empfindlichen Nervenknoten in meinem Inneren streift.

»Fuck ... ja.« Malte hat wirklich ein verflucht gutes Gespür dafür, mich auf Touren zu bringen, wobei er eigentlich nicht mal etwas Herausragendes tut. Es ist einfach seine Art, diese Mischung aus Umsicht und offensichtlicher Lust auf mich, die mich unheimlich anmacht. Verdammt, ich sehe es in seinem Blick und spüre es in der Art, wie er mich anfasst, dass er mich will. Nichtsdestotrotz werde ich das Gefühl nicht los, dass ihn irgendetwas bremst und ein Blick auf seinen Schwanz, der zwar erigiert, aber eben nicht der Inbegriff von Härte ist, untermauert das. So jedenfalls wird das mit Penetration nichts werden und so sehr ich auch selbst Lust drauf habe, will ich Malte nicht unter Druck setzen. Ich bin eigentlich ein Freund von offener Kommunikation, auch beim Sex, aber gerade bin ich mir unsicher, ob es Malte nicht eher stressen würde, wenn ich ihn darauf anspreche. Auch wenn ich persönlich finde, dass nicht auf Knopfdruck einen Ständer zu

bekommen, wirklich nichts ist, was einem unange-
nehm sein sollte. Vielleicht kann ich ihn ja auch noch
richtig anheizen.

An seiner Hand ziehe ich ihn zu mir. Eigentlich mit
der Intention, ihn über mich zu dirigieren, sodass ich
ihn in den Mund nehmen kann. Ich würde nicht nur aus
Eigennutz gern herausfinden, ob er es mag, geblasen zu
werden. So weit komme ich allerdings nicht, denn ehe
ich ihn wie gedacht an der Hüfte packen kann, neigt er
sich vollends über mich und verwickelt mich in einen
Kuss. Einen, der sich so gut anfühlt, dass ich ihn nur mit
derselben Intensität erwidern kann. Ein wenig rau, die
Zungen ineinander verschlungen, mein Stöhnen in seinem Mund, weil er mich weiterhin behutsam und doch
fest mit zwei Fingern fickt. Himmel, wenn er damit
weitermacht und mich dabei so sinnlich küsst, komme
ich, noch ehe er auch nur Anstalten gemacht hat, ›richtig‹ in mich einzudringen.

Schwer atmend löse ich mich aus unserem Kuss, was
jedoch nur dazu führt, dass Malte mit den Lippen über
mein Kinn gleitet und das Kratzen meines Bartes dabei
mit einem brummenden Laut kommentiert, der das
sehnsüchtige Pochen in meinem Unterleib nur noch
mehr anheizt. Mir ist so scheiße heiß und das ganz
sicher nicht wegen des Kaminfeuers, das im Hintergrund prasselt.

»Malte … warte …«, bringe ich keuchend hervor und
kralle eine Hand in seine Locken im Nacken. Aufmerksam sieht er auf mich herab, zieht dabei vorsichtig seine
Finger aus mir zurück, was mir ein Zischen entlockt –
erleichtert und sehnsüchtig in einem. »Ich bin ver-

dammt nah dran«, flüstere ich gegen seine Lippen. Spüre sein Lächeln mehr, als dass ich es sehe.

»Bist du?«

»Ja.« Noch während ich wispere, löse ich unsere ineinander verschränkten Hände – seine weichen Locken loszulassen, kommt nämlich überhaupt nicht in Frage – und streiche über seinen Bauch tiefer. Locker umfasse ich seinen halbharten Schwanz, streichle und massiere ihn, was ihn tatsächlich praller werden lässt. Wir sehen einander dabei an, atmen beide in einem schnellen, fliegenden Rhythmus. Obwohl Malte – noch? – nicht in mir ist, fühle ich mich ihm in diesem Moment verbunden. Mein Herz klopft wie verrückt und das, was sich ziehend in meinem Bauch und Unterleib zusammenballt, ist mehr als ›nur‹ sehnsüchtige Lust.

Unser Blickkontakt reißt lediglich einmal kurz ab, als ich mit dem Daumen über Maltes Schwanzspitze kreise, die ersten Tröpfchen Feuchtigkeit verreibe. Er presst die Lider aufeinander, stöhnt leise. Etwas, das ich unbedingt noch öfter und losgelöster von ihm hören will.

Ein wenig umständlich rapple ich mich ein Stück hoch, dränge Malte dabei automatisch in eine kniende Position zurück. Kurz noch streift mich sein fragender Blick, den ich lediglich durch flüchtige Küsse an seinem Brustbein entlang kommentiere. Die Hand noch locker um seinen Schaft gelegt, öffne ich die Lippen und lasse meine Zunge ein paar Mal über seine Spitze streifen. Die kleinen Schauer, die dabei über Maltes Haut kriechen, scheinen auf meine überzuspringen. Sein zustimmendes Summen kribbelt in meinem Nacken. Gleich darauf sind seine Finger dort, streichelt er meine Schultern und greift schließlich haltsuchend zu, als ich meine Lippen um seine Eichel schließe und sacht zu saugen beginne.

Die Frage, ob Malte das mag, erübrigt sich. Sein Stöhnen, als ich weiter an seinem Schwanz hinabgleite und der Umstand, dass dieser in meinem Mund härter wird, sprechen Bände. Meine eigene Erektion ist seit gefühlten Ewigkeiten so was von prall und ich fasse mich nur deshalb nicht selbst an, weil ich befürchte, dass ich dann wirklich kommen würde. Malte zu blasen macht mich selbst einfach viel zu sehr an und ich kann nicht anders, als mir bei dem Gefühl seines Schwanzes in meinem Mund vorzustellen, dass er nicht nur in diesem wäre. Verflucht, ich will wirklich gern, dass er mich vögelt.

Während ich weiter an seiner Eichel sauge, die salzigen Vorboten seiner Lust ablecke, taste ich blindlings neben mir auf dem Couchtisch nach dem Kondomblister und bekomme es irgendwann zwischen die Finger. Dann erst entlasse ich Maltes Penis aus meinem Mund, sehe zu ihm auf. Er begegnet meinem Blick und wenn ich ehrlich bin, bete ich im Stillen inständig, dass uns seine nervöse Anspannung keinen Strich durch die Rechnung macht. Ich erwarte beim ersten gemeinsamen Mal kein alles versengendes Feuerwerk, wegen mir muss Malte sich echt keinen Druck machen. Es ist vollkommen normal, dass wir uns erst mal eingrooven müssen.

»Hast du Lust?«, versichere ich mich und hebe dabei vielsagend das Blister, das er vermutlich ohnehin längst registriert hat, in sein Blickfeld.

Malte nickt sofort, legt eine Hand an meinen Kiefer. Mit dem Daumen streicht er zart über meine Unterlippe. »Ja. Ich will gern in dir sein.«

Huh ... die Art, wie er mir zuflüstert und mich dabei berührt, ist irgendwie echt heiß und jagt mir weitere lustvolle Schauer über die Haut. Meine Finger zittern leicht, als ich das Kondom aus der Verpackung pfriemle und ihm überrolle. Sein Schwanz bleibt hart dabei und zuckt leicht in meiner Hand, als ich das Gummi an Ort und Stelle habe und weiter zu seinen Hoden gleite, diese massiere.

Mit leichtem Druck an meinem Kinn bringt Malte mich dazu, wieder zu ihm aufzusehen und heilige Scheiße, der Blick, der mich durch seine Brille hindurch trifft, schreit mir regelrecht entgegen, was er mir eben schon gesagt hat: Er will mich! Und ich ihn. Und zumindest in diesem Moment ist von Unsicherheit nichts mehr zu spüren. In seiner Miene steht einfach nur Begierde geschrieben, welche sich noch zu vertiefen und potenziert auf mich überzugreifen scheint, als ich kurzerhand die Lippen öffne und mit der Zungenspitze seinen Daumen umkreise. Sein Mund öffnet sich ebenfalls, ein lautloses Zeichen, unsere Blicke brennen sich ineinander, in meinen Ohren hallt das Knacken der Flammen im Kamin. Darunter mischen sich Maltes leise Worte: »Wie magst du's gern?«

Mir rutscht beinahe ein ›scheißegal, Hauptsache, du vögelst mich jetzt‹ heraus, doch ich beiße mir gerade noch rechtzeitig auf die Zunge und zum Glück nicht ihm in den Finger.

»Löffelchen«, bringe ich zwischen hastigen Atemzügen hervor. »Äh ... ja, find ich irgendwie kuschelig und sexy in einem.«

Nur am Rande registriere ich Maltes Lächeln, er neigt sich bereits wieder über mich. »Mag ich auch«, murmelt er noch an meinen Lippen, ehe er diese mit seinen gefangen nimmt.

In Küsse vertieft sinken wir gemeinsam vollends aufs Sofa zurück. Lösen uns erst voneinander, als Malte hinter mich rutscht und ich mich auf die Seite drehe. Sein harter Schwanz streift meinen Po, Gänsehaut folgt und ich dränge mich, ohne nachzudenken, rücklings an ihn. »Warte noch ...« Seine Stimme streift rau und leicht gepresst über meine Schulter. Er haucht Küsse auf die Haut dort, während er sich zur Gleitgeltube reckt. Ach ja, da war ja noch was ... Auch wenn er mich eigentlich schon so gut vorbereitet hat, dass wir nicht zwangsweise welches auf *ihm* bräuchten. Aber ich mag, wie umsichtig Malte ist. Dass er mich trotz seiner offensichtlichen Begierde nicht aus den Augen verliert.

Ebenso behutsam ist er, als er schließlich in mich eindringt. Stück für Stück nur, sodass ich schließlich derjenige bin, der sich ihm entgegen schiebt, bis er ganz in mir ist. Der Druck seiner Härte in mir zwingt mir die Luft in einem Keuchen aus der Lunge. Vor reiner Lust allerdings, es tut kein bisschen weh. Das dürfte auch Malte erkennen, denn mein Schwanz pulsiert vor Erregung in seiner Hand, als er ihn umfasst, und ich dränge mich stöhnend noch enger an Malte, als er meine Spitze streift, die Lusttropfen verreibt. Einige Sekunden lang verwöhnt er mich so, ehe er den unteren Arm fest um mich schlingt und mit der anderen Hand meinen Oberschenkel packt und mein Bein etwas höher schiebt. Ich selbst strecke mich nach hinten, schiebe eine Hand in Maltes Nacken und halte ihn so nahe bei mir, als er beginnt, in mich zu stoßen.

Die nächsten Sekunden ... Minuten ... sind erfüllt von unseren beiden abgehackten Atemzügen. Meine durchwoben von Stöhnen, während Maltes immer mehr zu einem Keuchen werden. Heiß streift sein Atem meinen Hals, mein Ohr, peitscht die Lust in mir immer höher. Maltes Nähe, seine Arme um mich, sein Schwanz in mir und dazu das Kaminfeuer lassen meine Haut – und auch die seine – zunehmend schweißfeucht werden. Ich beginne, in seinen Armen zu beben, drückende Geilheit ballt sich in meinem Unterleib zusammen, drängt sengend nach Erlösung.

»Fuck ...« Der Fluch entweicht keuchend meinem Mund und ich presse meinen Arsch fester gegen Maltes Becken, will ihn noch tiefer spüren. Ich will kommen und es gleichzeitig noch länger genießen, ihm so nahe zu sein. Mein Flüstern ist längst keine bewusste Entscheidung mehr, die Worte stolpern einfach so über meine Lippen. »Fuck, du ... fühlst dich so gut an. Besser als ... noch besser als ich ... dachte.« Insofern ich überhaupt irgendetwas gedacht habe. Sicher irgendwann mal. Jetzt nicht mehr. Ich fühle nur noch. Maltes kurzes Innehalten und wie er dann ein wenig fester in mich stößt, mich damit erneut zu einem losgelösten Stöhnen bringt. Ich kann nicht länger ...

Fahrig greife ich nach meinem Schwanz. Umschließe mich fest und wichse mich in einem drängenden Rhythmus zu seinen Stößen in mir. Gleich ... ich kann bereits das schier quälende Anschwellen spüren. Wenn Malte jetzt noch ... Mir entweicht ein leiser Schrei, als er zielgerichtet – kann der Kerl geheime Wünsche lesen? – mit den Fingern meinen Nippel findet, an dem Piercing spielt und mich mit diesem intensiven Reiz vollends über die Schwelle schickt.

Zitternd und keuchend komme ich in meiner Hand und in Maltes Armen, die er noch fester um mich schließt und mir so das Gefühl gibt, meinen Höhepunkt sicher aufgefangen auskosten zu können. Was ich dann auch tue. Ich lasse mich in Maltes Umarmung fallen und schmiege mich mit einem tiefen Seufzen an ihn, während er mir Küsse auf die Schulter haucht. Schließlich auf meine Wange, als ich den Kopf zu ihm nach hinten drehe. Wir küssen einander tief und gleichsam zärtlich, was das heiße Sirren in meinem Inneren stetig in einem warmen, zufriedenen Kribbeln ausklingen lässt.

Mit einem weiteren Seufzer löse ich meine Lippen von Maltes, blinzle ihn an. »Hey«, mit der Nasenspitze streife ich seine – es fühlt sich fast schon wie in liebgewonnenes Ritual zwischen uns an, »weitermachen?« Wie zur Versicherung, dass es für mich absolut okay ist, wenn er mich weiter nimmt, bis er ebenfalls kommen kann, bewege ich meinen Po gegen seine Hüfte. Malte allerdings schüttelt leicht den Kopf, greift mit einer Hand zwischen uns und zieht sich vorsichtig aus mir zurück.

Ich lasse ihm die Zeit, sich das Gummi abzustreifen. Sobald er es neben dem Sofa auf dem Boden abgelegt hat, ruckle ich mich zu ihm herum, sodass wir einander auf der Seite direkt gegenüberliegen. Ein Bein schiebe ich zwischen seine, streichle mit den Fingerspitzen neckend über seine verschwitzte Brust abwärts und weiter. Neue Anspannung schleicht sich in seinen Körper, in seine Mimik. Vielleicht einfach Ungewissheit geschuldet, ob er mich bitten kann, es ihm zu machen. Natürlich kann er. Hand, Mund ... – was auch immer er möchte.

Da er schweigt, streiche ich mit den Lippen über seine, mit den Fingern über seinen Schwanz. Malte erwidert meinen Kuss, zögerlich allerdings. Das Stöhnen, das ihm entkommt, als ich ihn fester umfasse, klingt durchaus lustvoll, aber auch ein wenig gequält. Und ich bin mir gerade nicht so ganz sicher, weshalb.

»Möchtest du ...«

»Ich glaub, ich kann grad nicht.«

Irritiert halte ich inne. »Äh ... was genau?«

»Kommen.« Malte grinst schief, nicht wirklich glücklich. »Ich bin irgendwie ... keine Ahnung ... angespannt?«

Ich lasse seinen Penis los, streichle stattdessen über seine Hüfte, ganz sanft. Den Kopf auf meinen Arm gebettet, sehe ich ihn fragend und möglichst wenig drängend an. »Das merke ich ehrlich gesagt«, sage ich leise. »Warum? Ich meine, es ist total okay, wenn es gerade nicht geht. Ich würd nur gern wissen, warum. Ob du zukünftig gern was anders haben ...«

»Nein! Nein ...«, ebenfalls zärtlich schiebt Malte eine Hand zwischen uns höher, wie gedankenverloren streifen seine Fingerspitzen über mein Kinn, meinen Bart, »es klingt total platt, aber es liegt nicht an dir. Es war echt schön mit dir und ich hoffe, das war es für dich auch.«

Bilde ich es mir nur ein oder schwingt in seinen Worten irgendein Unterton mit? Einen, den ich absolut nicht zu fassen bekomme, geschweige denn einordnen kann.

»War es«, bestätige ich wahrheitsgetreu. »Ich hab's genossen und wie gesagt, ich find's absolut nicht schlimm, wenn Sex nicht mit einem Orgasmus endet. Manchmal passt es einfach nicht. Ich möchte nur gern, dass du es auch genießen kannst.«

Malte nickt ... und schweigt. Lange und sichtlich nachdenklich. In meinem Bauch weicht das befriedigte Wohlgefühl ganz langsam, aber sicher einer nagenden Unsicherheit. Ich kriege gerade nicht zu fassen, weshalb Malte so angespannt ist, und versuche fieberhaft zu ergründen, wann genau es während dessen, dass wir miteinander geschlafen haben, wieder umgeschlagen ist.

»Hey«, einem Déjà-vu gleich stupse ich mit der Nasenspitze gegen seine, »wenn irgendwas ist, dann sag's mir bitte. Wenn nicht, wenn's gerade einfach nur ein mechanisches Ding ist, alles fein. Ich hab nur das Gefühl, dass du dir wegen irgendwas einen Kopf machst.«

Wieder nickt Malte. »Jaaa ... tue ich auch.« Mit einem Seufzen stemmt er sich auf einen Ellbogen hoch. »Es ist total bescheuert.«

Ich schenke ihm ein hoffentlich aufmunterndes Lächeln. »Das könnten wir ja gemeinsam entscheiden – wenn du mich teilhaben lässt.«

»Mhm, ich ... Wollen wir uns erst was anziehen?«

Wow. Spätestens jetzt ist da definitiv ein ungutes Gefühl in meiner Magengegend. »Okay. Klar.«

Gemeinsam rappeln wir uns vom Sofa hoch.

»Dann, ähm ... geh ich kurz ins Bad. Magst du uns vielleicht einen Tee machen?«

»Mach ich.« Mit seiner Unterhose in der Hand neigt Malte sich noch einmal zu mir und drückt mir einen Kuss auf die Lippen. Fühlt sich nicht nach einem anstehenden Krisengespräch an – und irgendwie doch.

Ich erwidere die Geste sanft, ehe ich mich abwende und aus dem Wohnzimmer und Richtung Obergeschoss verschwinde.

Malte

Das Zischen und Prasseln des Wasserkochers hallt in meinen Ohren. In Grübeleien versunken starre ich auf den Dampf, der zunehmend aus der Ausgussöffnung aufsteigt, und bekomme darüber gar nicht mit, wie Damir zu mir in die Küche kommt. Erst, als er direkt neben mir steht, ruckt mein Kopf zu ihm. Er lächelt mich zwar leicht an, sieht dabei aber nicht gerade glücklich aus. Nicht so, wie er aussehen sollte, nachdem wir miteinander geschlafen haben. Prompt ballt sich der drückende Klumpen in meinem Magen noch fester zusammen.

»Ist Ingwer-Zitronengras okay?« Vage deute ich auf die Teebeutel in den beiden Tassen.

»Mhm.«

Unter Damirs fragendem und vielleicht auch etwas verunsichertem Blick gieße ich das inzwischen kochende Wasser ein, stelle den Wasserkocher zurück in die Halterung. Damir indessen lehnt sich mit dem Po gegen die Küchenzeile. Inzwischen ist er wie ich wieder vollständig angezogen, was mein Vorschlag war, aber gerade könnte ich mich dafür ohrfeigen, uns die Chance auf gemeinsames Kuscheln auf dem Sofa vermasselt zu haben.

Zaghaft zupft Damir am Ärmel meines Flanellhemdes. »Verrätst du mir jetzt, was dir im Magen liegt?«
Diese Erklärung bin ich ihm definitiv schuldig, er sollte gar nicht nachhaken müssen. Dennoch fällt es mir schwer, den Mund aufzumachen. Wohl, weil ich selbst im hintersten Kämmerchen meines Gehirns weiß, dass ich mich da in etwas hineinsteigere.

»Ach ... es ist bescheuert«, setzte ich daher an, »und ich will dir auch nichts ...« Ich unterbreche mich selbst, ehe die Worte vollständig über meine Lippen kommen können, denn natürlich unterstelle ich ihm etwas. Ich ziehe eine Parallele zwischen dem, was ich erlebt habe, und dem, was zwischen ihm und mir ist, und tue ihm damit wahrscheinlich Unrecht. Totzuschweigen, was mich umtreibt, ist allerdings auch keine Alternative. Bislang habe ich doch genau das an ihm und mir geschätzt: dass wir uns intime Dinge anvertrauen konnten.

Mit einem tiefen Einatmen sehe ich ihn fester an. Auszusprechen, worüber ich seit Tagen grüble, fällt mir jedoch aus mehreren Gründen schwer. »Hast ... du an deinen Ex gedacht?«

Es ist offensichtlich, dass Damir bei dieser Frage gedanklich aus allen Wolken fällt und mir nicht recht folgen kann. Ihm klappt schier die Kinnlade herunter, seine Augen weiten sich merklich. Eigentlich sollte mich das beruhigen, denn er sieht alles andere als ertappt aus. Einfach nur überrascht und das nicht in einem positiven Sinne.

»Was meinst du? Wann sollte ich an Achim gedacht haben?«

»Gerade eben. Als wir Sex hatten.«

»Himmel ... nein!«, entfährt es ihm regelrecht schockiert. »Hab ich nicht. Wie kommst du darauf?«

»Na ja ...«, ich ringe um Worte und winde meine Finger ineinander, »du sagtest bei unserem ersten Abend, du könntest dir nicht vorstellen, mit einem anderen als ihm Sex zu haben.«

»Äh ... ja. Das war etwa zwölf Stunden nach der Trennung.«

Das ist mir auch klar. Auf einer rein rationalen Ebene. Die schmerzliche Ungewissheit, die in mir nagt, hat jedoch herzlich wenig Rationales an sich. So sehr ich auch versuche, meinen Verstand walten zu lassen, die bitteren Erinnerungen brodeln lähmend unter der Oberfläche und drohen, sinnhafte Gedanken zu ertränken. »Zeit spielt da manchmal eine erschreckend kleine Rolle«, flüstere ich nur.

»Hmm?« Damir blinzelt, kann gerade offenbar den gedanklichen Bogen nicht schlagen. Was ich ihm keinesfalls verübeln kann.

»Na ja ... Steffen ist erst nach Monaten wieder mit seinem Ex ins Bett gegangen.«

Bei diesen Worten scheint der Groschen bei Damir zu fallen. Seine Augen weiten sich noch einmal, ehe er sie leicht zusammenkneift. »Du vergleichst mich gerade mit deinem Ex?«

»N-« Ich schlucke die verbale Abwehr hinunter. So ganz unrecht hat er nicht. Ein rauer Laut, der nicht wirklich nach Lachen klingt, entweicht mir. »Das war nicht meine Intention. Eher das, was ich in Bezug auf *deinen* Ex befürchtet hatte. Dass du mit mir zusammen bist und dabei feststellst, dass du ihn noch vermisst. Dass er …«

»Das tue ich nicht, Malte«, fällt Damir mir mit hörbar erzwungen ruhiger Stimme ins Wort. »Ich vermisse Achim nicht. Ich habe dir gesagt, ich bin bereit, mich dir zu öffnen und das habe ich ernst gemeint. Andernfalls …«, er hält kurz inne, in seiner angespannten Miene blitzt ein weicher Funke auf, »andernfalls hätte ich gerade eben gar nicht mit dir geschlafen.«

Mir liegt auf der Zunge, dass wir ja immerhin auch schon vor ein paar Tagen unter der Dusche Sex hatten, doch das schlucke ich ungesagt hinunter. Das heute hatte eine ganz andere Qualität – und am Abend unseres Kennenlernens war Damir derjenige, der Sex abgeblockt hat.

In meinem Inneren steigt eine drückende Wut auf mich selbst auf, die meine Kehle eng werden lässt. »Das glaube ich dir ja auch«, murmele ich und sacke mit der Schulter seitlich gegen den Kühlschrank. Dieses Gespräch und vor allem meine eigenen Dämonen der Vergangenheit kosten mich gerade mehr Kraft, als ich erwartet hätte. »Dennoch … dieses Haus …«, in einer vagen Geste deute ich in der Küche umher, »hier sind doch so viele Erinnerungen, die du versucht hast, auszumerzen, aber einige sind sicherlich geblieben. Das Bett und …«

Damir schnauft hörbar. »Darum geht es doch nicht. Ich habe nie versucht, Erinnerungen *auszumerzen*. Klar hab ich hier einiges umgestaltet, um das Haus ›Achimfrei‹ zu machen. Aber dabei ging es mir – mit Ausnahme von diesem Einbauschrank – weniger um die Einrichtung an sich, sondern vielmehr um diesen Akt der Veränderung. Darum, mich von Achim zu lösen.«

»Aber ist er nicht immer noch hier? Solange zum Beispiel euer Bett …«

»Argh, dieses Bett!« Sichtlich gestresst fährt Damir sich durchs Haar. »Weißt du, wenn es wirklich darum geht, dann kaufe ich ein neues. Aber das ist nicht der Punkt, oder?« Noch einmal schnauft er durch, sein Blick haftet dabei durchdringend auf mir. »Darf ich sagen, was ich denke?«

Ich schlucke trocken. »Natürlich.«

»Ich denke, es geht nicht wirklich um das Bett oder um dieses Haus und noch nicht mal wirklich um *meinen* Ex. Du hast das Gefühl, dass ich nicht mit Achim abgeschlossen habe, aber in erster Linie, weil *du* nicht hinter dir gelassen hast, was *dein* Ex getan hat.«

Bei Damirs Worten schnürt sich meine Kehle weiter zu. Ein dumpfes Pochen in Brust und Kopf lässt mich erahnen, dass er recht hat. Und dass mir selbst lange nicht klar war, wie sehr mir das Erlebte noch nachhängt. Dazu, es mir einzugestehen, bin ich gerade jetzt, in diesem Moment, nicht wirklich bereit. Noch nicht. Wohl deswegen schaltet ein kleiner Teil in mir auf Trotz.

»Ist das so unverständlich?«, presse ich zwischen aufeinandergebissenen Zähnen hervor.

Um Damirs Mund zuckt etwas, das ein Lächeln sein könnte, wenn die Geste nicht so traurig wirken würde. Verdammt, so sollte er wirklich nicht aussehen. Ich wollte, dass er sich bei mir wohlfühlen kann. Sicher und geborgen. Eben das, was ich mir selbst wünsche, bei einem Partner zu finden. Ich hatte es bei Damir. Könnte es weiter haben – wenn ich es zulassen würde.

»Nein«, sagt er leise und sieht mich noch immer mit diesem Blick an, in dem ein Funken Enttäuschung, aber auch so viel Verständnis liegen. Dieser Blick, der alles in mir mit kribbelnder Wärme erfüllt – gemeinsam mit schlechtem Gewissen, weil ich nicht einfach annehme, was er mir anbietet und gleichzeitig auch ihm damit etwas verwehre. »Nein, ist es nicht. Dein Ex hat große Scheiße gebaut und dich echt verletzt. Verunsichert. Das verstehe ich absolut und auch, dass du das nicht so einfach abstreifen konntest. Ehrlicherweise habe ich ja auch mit der Trennung gekämpft und vielleicht ... hätte ich sie weniger gut verpackt, wärst du nicht gewesen. Aber Malte, ich ... bin nicht er. Ich bin nicht dein Ex. Und so lange du das nicht gefühlsmäßig begreifen kannst, wird es immer zwischen uns stehen.«

Damir verstummt und ich bringe erst mal nur ein Nicken zustande. Muss mich sammeln und nach Worten suchen. »Ich weiß«, entgegne ich schließlich leise, »ich weiß das alles. Aber ich habe keine Ahnung, wie ich es loswerden soll. Ich meine ... du hast doch selbst gesagt, für Liebe und Beziehungen gäbe es keinen Retoureschein.« Und genau da ist der Knoten in meinem Kopf: Ich weiß nicht, wie ich das, was Steffen getan hat, ad acta legen soll, und unterstelle daher auch Damir, er könnte Achim nicht vergessen. Was eigentlich doppelt widersinnig ist, denn mir ist klar, dass ich selbst nicht mehr an meinem Ex als Menschen hänge, sondern mich von dem gefangen fühle, was er getan hat. Ergo müsste Damir nach meiner Logik eigentlich nicht Achim nachtrauern, sondern Angst davor haben, dass ich ihn eines Morgens einfach sitzen lasse. Was ich niemals tun würde, und er scheint das zu wissen. Er vertraut mir, während ich es nicht schaffe, dasselbe bei ihm zu tun.

»Ja.« Das einzelne Wort reißt mich aus meiner Gedankenspirale. »Und dabei bleibe ich.« Fest und mit einem Mal ohne jeglichen Funken eines Vorwurfs oder etwas Ähnlichem sieht Damir mich an und streckt sogar eine Hand aus. Zaghaft ergreife ich sie. Himmel, wie wundervoll ist dieser Mann eigentlich?

»Ich will doch gar nicht sagen, dass du vergessen sollst, was war«, fährt Damir entschlossen, aber nicht minder sanft fort. »Das kann ich ebenso wenig und ehrlich, ich will es auch gar nicht. Aber vielleicht kannst du es ja wie ich in eine gedankliche Kiste packen, den Deckel schließen und damit Ordnung und Platz für was Neues machen. Für mich?« Nun wird seine Miene doch wieder ein wenig unsicherer. Bittend. Hoffnungsvoll? »Ich ... bin nämlich kein Ersatzteil für eine Retoure. Sondern eine ... ganz neue Liebe? Wenn du mich lässt?«

Mir fehlen die Worte. Wenigstens für ein paar Sekunden. Ich kann nur wieder nicken und Damir an seiner Hand näher zu mir ziehen. Ein Stückchen nur, sodass wir direkt voreinander stehen und seine Wärme dabei wieder auf mich übergreift. Behutsam lege ich die freie Hand an seine Wange, streichle an seiner Kinnlinie entlang und male damit kleine Muster in seinen Bart.

»Das will ich unbedingt«, flüstere ich ihm zu. »Ich will dir all den Platz geben, den du verdienst und ... meinen Platz bei dir finden. Wenn du mich noch lässt.«

Nun ist es wirklich ein Lächeln, das um seine Lippen spielt. »Natürlich. Wir haben ja Zeit. Immer noch.«

Nur nicht endlos, das muss er nicht aussprechen. Ich muss es auf die Reihe bekommen, meinen Ballast abzuwerfen. Für Damir – und auch für mich. Für uns.

»Du bist wundervoll«, wispere ich gegen seine Lippen, als er sich für einen kleinen Kuss zu mir reckt, den ich dann zärtlich erwidere.

Als wir uns wieder voneinander lösen, lacht Damir leise. »Weißt du, wer definitiv zu viel Zeit bekommen hat?«

»Hmm?«

»Der Tee. Der ist jetzt sicher eklig bitter.«

Das wäre durchaus möglich, aber es ist mir gerade herzlich egal. »Macht nichts«, murmele ich nur und küsse Damir noch einmal und dieses Mal länger.

Der Kuschelabend, um den ich bereits gefürchtet hatte, findet glücklicherweise doch statt. Um beide den Kopf ein wenig freizubekommen, drehen Damir und ich kurzentschlossen noch eine kleine Runde um den Block. Anschließend verziehen wir uns mit neuem Tee wieder aufs Sofa und schalten uns einen Film ein. Diesen schaffen wir allerdings zunächst nur zur Hälfte, bis mein Magen zu knurren beginnt. Nach dem einstimmigen Beschluss, Pizza zu bestellen, stellen Damir und ich fest, dass wir schon seit Jahren denselben Lieferservice nutzen. Das Essen aus der Pizzeria in der Nähe des Doms ist aber auch einfach gut.

Wir entscheiden uns für zwei kleine Insalata Mista und eine Familienpizza Capricciosa. Die zweite Filmhälfte wollen wir uns aufheben, um sie während des

Essens zu sehen, und Damir nutzt die rund fünfundvierzig Minuten, bis die Pizza eintrifft, dazu, seinen Kram für seinen nächsten Flugumlauf zu packen. Zunächst geht es für ihn nach Tampa, Florida, und dann nach der Ruhezeit noch weiter per Langstrecke, sodass er ein paar Tage weg sein wird. Einerseits blödes Timing, weil morgen Samstag ist, aber andererseits wird so etwas ohnehin noch öfter vorkommen. Für Sonntag bin ich mit Miguel verabredet und vermutlich sollte ich das übrige ruhige Wochenende dazu nutzen, meinen eigenen emotionalen Kram klarzukriegen. Wenn ich wüsste, wie …

Während Damir im Obergeschoss wühlt, bespaße ich Eddi, der von seinem abendlichen Streifzug zurückkommt. Power hat er definitiv noch, nach anfänglicher pikiert hoheitlicher Zurückhaltung jagt er voller Begeisterung die Reizangel. Allerdings nur solange, bis Damir zurück ins Untergeschoss kommt. Sobald er das Wohnzimmer betritt, setzt der Kater sich einen Meter abseits, leckt sich betont unbeteiligt eine Vorderpfote und tut so, als habe er mit diesem menschlich kindischen Spiel rein gar nichts zu tun.

»Er ist so der Knaller, echt«, stelle ich mit einem breiten Grinsen im Gesicht fest und sehe Eddi dabei zu, wie er elegant auf den Kratzbaum springt und sich dort niederlässt, als fläze er auf seinem Thron.

Damir überbrückt den letzten Abstand zwischen uns und umarmt mich von schräg hinten, legt sein Kinn auf meiner Schulter ab. Unweigerlich lasse ich mich gegen ihn sinken, genieße seine Wärme in meinem Rücken.

»Ist er«, stimmt er mir mit gedämpfter Stimme zu und lässt mich wohlig erschauern, weil sein Atem dabei meinen Hals streift. »Sag mal ... die letzten Male, als ich beruflich weg war, ist ja meine Nachbarin eingesprungen, aber eigentlich ... Könntest du dir vorstellen, die nächsten Tage nach Eddi zu sehen?«

Ich bin überrascht von Damirs Worten – und ein wenig berührt. Für mich bedeutet seine Frage einen echten Vertrauensbeweis. Daher brauche ich einen Moment, um Worte zu finden, was Damir wohl als unwilliges Zögern missversteht.

»Ich kann aber auch verstehen, wenn dir das mit der Arbeit zu stressig ist. Du musst ja echt früh ...«

»Nein«, unterbreche ich ihn rasch, »das ist kein Problem.« Zumal ich ja dieses gesamte Wochenende frei habe, aber auch unter der Woche würde ich mir die Zeit nehmen. »Ich mach das gern.«

»Wirklich?«

Ich drehe mich in Damirs lockerer Umarmung, sodass wir uns ansehen und ich meinerseits die Arme um ihn schlingen kann. »Ja, wirklich. Ich war gerade einfach nur überrascht. Klar, ich kümmere mich gern um Eddi.«

Um Damirs Mund formt sich ein kleines, frohes Lächeln. »Danke. Das wäre mir echt lieb.«

»Und mir wäre es ein innerliches Blumenpflücken«, entgegne ich betont geschwollen und mit einem Seitenblick auf Eddi, »seiner katerlichen Hoheit für die Zeit Eurer Abwesenheit zu dienen.«

Noch während ich herum schwalle, bricht Damir in ein Lachen aus, in welches ich einfalle. Eddi indessen mustert uns von seinem Kratzbaumthron herab, als seien die Narren am Hofe nun vollständig irre geworden.

Noch immer grinsend löse ich mich von Damir und gehe zu dem Kater hinüber, um ihm über den weichen Pelz zu streichen und am Köpfchen zu kraulen, was er huldvoll über sich ergehen lässt.

»Sehr schön«, meint Damir schließlich, als er sich wieder gefangen hat. »Im Grunde ist nicht viel zu machen, dadurch, dass er ja seine Katzenklappe hat. Ich zeig dir nachher, bevor du fährst, nur noch rasch, wo die Katzenklos stehen und welches Futter er wann ... Was?« Damirs Blick wird fragend. Als Antwort auf meinen, der mir doch ein wenig entgleist ist.

»Äh ... keine Sorge wegen des Katzenklos, es ist nur ...«

»Das Katzenklo macht mir nichts«, sage ich dumpf.

»Ich dachte, ich würde ... bis morgen bleiben?« So zumindest hatten wir es besprochen. Die erste Nacht, die wir gemeinsam verbringen würden. Endlich mal! Da ich morgen nicht um fünf raus muss und Damir auch erst gegen Vormittag ...

»Willst du noch?«, fällt er mir fragend in meine Gedanken.

»Darf ich noch?«

»Warum denn nicht? Natürlich!«

In einem Ausatmen sinken meine Schultern nach unten.

»Ich dachte nur ...«, fährt Damir mit ein wenig bedröppelter Miene fort, kommt jedoch nicht dazu, das, was er augenscheinlich in passende Worte zu kleiden versucht, auszusprechen.

»Das Bett«, vollende ich, was er sicherlich aussagen wollte. »Tut mir leid, dass ich mich daran aufgehangen hab.« Ich ziehe meine Hand, die noch auf Eddis Pelz geruht hat, zurück, gehe auf Damir zu, der mich abwartend mustert. Sacht lege ich beide Hände an seinen Hals, streiche mit den Daumen wie vorhin schon an seiner Kieferlinie entlang. »Ich will gern bei dir sein«, murmele ich ihm zu, »wenn du mich hier haben willst.«

Mit einem hörbaren Ausatmen sinkt er mir ein Stück weit entgegen, bis seine Stirn an meiner lehnt. »Keinen andern als dich«, flüstert er mir zu und schiebt seine Finger unter mein Flanellhemd, weckt damit wieder dieses warme Kribbeln in mir. Wir sind so kurz davor, uns zu küssen, als die Türklingel schrillt.

Erschrocken fahren wir auseinander, grinsen einander schief an. Zumindest einen kleinen Kuss stiehlt Damir sich aber doch, ehe er in den Flur geht, um unsere Pizza in Empfang zu nehmen.

Malte

N̦och während sich Schmerz, Wut und bittere Enttäuschung durch mein Innerstes gruben, wusste ich, dass sich dieses Gefühl festsetzen würde. Dieses Gefühl, betrogen worden zu sein. Dieses Gefühl, das mich von innen zu zerreißen schien und an dem ich mich dennoch festklammerte, weil es in diesem Moment das Einzige war, was ich festhalten konnte.

Denn Steffen hatte ich verloren.

Ich sah es ihm an.

Ich sah es an der Art, wie er meinem Blick auswich und seine ganze Körperhaltung nach Abstand schrie. Abstand zwischen uns, zu Gunsten seiner Nähe zu seinem Ex. Nun wohl nicht mehr Ex. Der war ab sofort ich.

›Es tut mir leid‹, setzte Steffen an. Er klang in meinen Ohren jedoch nicht danach, als bereue er irgendetwas. ›Ich konnte ihn einfach nicht vergessen.‹

Seine Worte fraßen sich durch meinen Gehörgang und schmerzlich tiefer hinein in mein Hirn, meine Brust, in der sich alles zusammenzukrampfen schien.

›Und statt mir das schon vor Wochen ehrlich zu sagen, hieltest du es für eine gute Idee, ihn einfach wieder zu ficken. Wie oft schon, hm?‹

›Malte ... das führt doch jetzt zu nichts ... Ich gebe zu, es ist scheiße gelaufen, aber es ist nun mal, wie es ist: Ich liebe Leon noch und er mich und deshalb ... vergiss mich einfach, okay? Ich

war nicht der Richtige für dich.‹ Steffen sagte das mit einer Abgeklärtheit, als redeten wir hier über ... keine Ahnung was. Nicht darüber jedenfalls, dass er mich wochen- oder vielleicht sogar monatelang hintergangen hatte.

›Vergessen‹, würgte ich das einzelne Wort durch meine viel zu enge Kehle nach oben, ›so wie du ihn vergessen hast, was?‹

Steffen sagte nichts. Seufzte nur und hob die Schultern. Unschlüssig, als sei er dessen überdrüssig, überhaupt noch mit mir zu reden.

Auf abstruse Weise hatte er ja recht: Ich sollte ihn vergessen. Aber wie, wenn der Schmerz, den er mir zufügte, gerade alles war, woran ich mich klammern konnte?

Am Rande bemerke ich, dass meine Beine, die vom Joggen eigentlich noch bestens durchblutet sein sollten, langsam taub werden. Seit Minuten schon hocke ich bewegungslos auf dem Teppich in meinem Wohnzimmer und starre in einen leeren Pappkarton vor mir. Ich stiere vor mich hin und heule dabei. Stumme Tränen, die bereits beim Laufen aufgekommen sind, als ich über all das, was damals passiert ist, nachgedacht habe, und denen ich nun freien Lauf lasse. Sie rinnen mir über die Wangen und verfangen sich im Kragen meiner Laufjacke, durchfeuchten diesen langsam. Es sind Tränen, die weh tun – mit jeder Sekunde ein bisschen weniger.

Steffen hatte *nicht* recht gehabt.

Es geht nicht darum, *ihn* zu vergessen. Es geht überhaupt nicht ums Vergessen. Sondern darum, loszulassen. Die Erinnerungen. Den Schmerz. Die Verbitterung. Das ohnmächtige und gleichsam nagend quälende Gefühl, betrogen, belogen, verarscht worden zu sein. Von einem Menschen, der mir so viel bedeutet hat. Damals.

Heute geht es nicht mehr um Steffen als Mensch. Ich vermisse ihn nicht. Will keine Sekunde mit ihm zurück. Stattdessen will ich *mich* zurück. Meine Fähigkeit, zu vertrauen. Dem Menschen, der mir nun so viel bedeutet. Damir.

Ich will frei sein für ihn. Für mich selbst. Für uns. Will nicht mehr den alten Ballast mit mir herumtragen, den Steffen mir vor die Füße geworfen und den ich mir aufgeladen habe. Ich will wieder vertrauen. Ich will lieben, ohne Zweifel, ohne Furcht, noch einmal so verletzt zu werden.

Ich will Damir lieben, genau so, wie ich von ihm geliebt werden möchte.

Ich will tun, was er getan hat: mich frei machen.

Genau deshalb lasse ich zu, dass ich hier sitze und heule und dabei meine Beine einschlafen. Ich lasse die Tränen fließen und mit ihnen die Dämonen meiner Vergangenheit frei. Ich hole sie aus dem dunklen Schränkchen in mir und packe sie stattdessen in das Paket vor mir. Sinnbildlich versteht sich. Doch ich kann regelrecht fühlen, wie etwas in mir leichter wird, und bin mir fast sicher, dass sich der Pappkarton ein wenig schwerer anfühlen wird, wenn ich ihn verschließen und anheben werde. Nachher irgendwann. Noch sind ein paar letzte Tränen übrig, die es zu weinen gilt.

Sie tun mit jedem Schniefen weniger weh und langsam, aber stetig werden sie von einem Lächeln begleitet.

Es ist Monate her, seit ich das *Rubinrot* zum letzten Mal betreten habe. Genau genommen war ich nicht mehr dort, seit Steffen und ich uns getrennt haben. Denn auch wenn wir in dieser Bar gute Zeiten hatten, habe ich doch lange nur Negatives damit verbunden: dass Steffen hier wochenlang hinter meinem Rücken mit seinem Ex heimliche Küsse und wohl noch mehr geteilt hat. Wenn ich ehrlich bin, wollte ich mir auch einfach die Blöße nicht geben, hier jemals wieder aufzukreuzen, in der Ahnung, dass so einige vom Personal wussten, dass Steffen mich verarscht hat und zwischen ihm und Leon noch was lief.

Nun allerdings stehe ich mit flattrigem Gefühl im Magen und dem Pappkarton unter dem Arm vor dem *Rubinrot*. Ich kann vor mir selbst nicht leugnen, dass ich unruhig bin. Nervös. Aber nicht auf eine so schlechte Art, wie ich befürchtet hatte. Es ist eher die Aufregung vor einem letzten, wichtigen Schritt, den ich unbedingt gehen will und von dem ich jetzt schon weiß, dass es mir guttun wird, mich zu überwinden.

Ich hole noch einmal tief Luft und drücke dann die Eingangstür zum *Rubinrot* auf. Das Paket, auf dem der Name meines Ex prangt, habe ich dabei fest unter einen Arm geklemmt.

Kaum bin ich den ersten Schritt eingetreten, schlagen mir das Stimmengewirr der Gäste und leicht stickige Wärme entgegen. Bereits jetzt, am frühen Abend, ist die Bar gut besucht. Von einem der Tische folgen mir eingehende Blicke durch den Raum. So war es im *Rubinrot*, seit ich denken kann: Wer die Bar betritt, wird erst mal abgecheckt. Ich schenke keinem der Kerle Beachtung. Mein Herz ist vergeben und gerade jetzt habe ich nur ein Ziel: Steffen finden, um den allerletzten Ballast loszuwerden. Um voll und ganz frei zu sein, für eben jenen Mann, der mir seit Wochen sinnbildliche Schmetterlinge im Bauch beschert. Eine ganze Horde davon.

Noch während ich mich zwischen den Tischen und Menschen hindurch schlängele, entdecke ich Steffen hinter der Bar. Ich bleibe nicht stehen, gehe direkt auf ihn zu und stelle dabei wie beiläufig fest, dass er mir rein optisch noch immer gefällt. Aber mehr ist da nicht. Kein sehnsüchtiges Kribbeln, kein Stich der Enttäuschung, kein schwelender Zorn. Einfach nichts – und es fühlt sich verdammt erleichternd an, dass das so ist.

Selbst die kurz aufwallende Frage, was Damir wohl empfinden würde, sähe er seinen Ex wieder, kann ich leicht an mir vorüberziehen lassen. Sie kommt zwar auf, aber sie quält mich nicht länger.

Steffen ist gerade damit beschäftigt, eine größere Bestellung an Drinks fertig zu machen. Auf einem Tablett stehen bereits einige Cocktails in den unterschiedlichsten Farben. Mit gekonntem Schwung gießt er Gin in zwei Longdrinkgläser. Ich weiß noch, dass ich es früher immer supersexy fand, ihm beim Barkeepern zuzusehen. Heute sehe ich einfach nur einen unspektakulär attraktiven Kerl bei seiner Arbeit.

Von der sieht Steffen auf, ein Blick, der augenscheinlich nur flüchtig sein sollte, doch er stockt merklich, als er mich vor dem Bartresen stehen sieht. Seine Augen weiten sich, sein Mund bekommt einen abschätzigen Zug. Vermutlich ist er sich nicht ganz sicher, ob ich zufällig hier bin oder ob ich zu ihm will – und wenn ja, warum. Na, jedenfalls nicht, um ihm eine Szene zu machen, wie er möglicherweise befürchtet.

»Hi, Steffen.« Ich muss aufgrund des Geräuschpegels um uns herum etwas lauter sprechen, aber meine Stimme klingt ruhig dabei.

»Hi. Malte ... Ewig nicht gesehen. Was treibt dich her?« Noch während er redet, huscht sein Blick über seine Schulter, als suche er jemanden. Vermutlich Leon – insofern die beiden noch zusammen sind. Oder doch den Chef, um mich rauswerfen lassen zu können, sollte ich auf Streit aus sein. Ganz so verbittert war ich dann doch nicht in der letzten Zeit.

»Das hier«, entgegne ich, als Steffen mich wieder ansieht, und hebe demonstrativ das Paket hoch, »möchte ich dir gern zurückgeben.« Über den Tresen hinweg schiebe ich ihm den Karton zu.

Zögerlich greift er danach. »Hatte ich noch Kram bei dir vergessen?«

»Wie man's nimmt«, entgegne ich leichthin und sehe dabei zu, wie Steffen das Paket vom Bartresen hebt. Mein Herz schickt ein einzelnes erleichtert heftiges Pochen bis in meine Kehle. Auch wenn das alles hier nur sinnbildlich ist, fühlt es sich für mich an, als habe Steffen zurückgenommen, was ich mit mir herumgetragen habe. Retoure erfolgreich zugestellt, sozusagen. Ich kann nicht anders, grinse breit.

Steffen indessen klappt den Kartondeckel auf, den ich nur mit einem einzelnen Tesastreifen leicht verklebt habe, und wirft einen Blick hinein. Nur um mich gleich darauf vollkommen irritiert anzusehen. Ich grinse noch immer.

»Äh ... der Karton ist leer?«

»Nicht für mich. Musst du nicht verstehen und ist mir auch egal, wenn du mich jetzt für bescheuert hältst. Ich danke dir, dass du es zurückgenommen hast. Ich wünsch dir alles Gute, Steffen ...« Aus dem Augenwinkel registriere ich, dass einer der Kellner hinter die Bar tritt. Nicht irgendein Kellner. »Dir und Leon«, vervollständige ich meinen Satz und lächle Letzterem zu, der mich überrascht und ein wenig argwöhnisch ansieht. Steffen starrt noch immer verständnislos zwischen mir und dem *vermeintlich* leeren Karton hin und her.

»Na dann ...«, ich nicke sowohl Steffen als auch Leon einmal kurz zu, »schönen Abend euch noch.« Auf Leon bleibt mein Blick ein wenig länger hängen. Mal abgesehen davon, dass er mir Steffen gewissermaßen ausgespannt hat, hatte ich nie was gegen ihn und gerade jetzt wünsche ich ihm einfach, dass er *nicht* von Steffen verarscht wird. Es stimmt, was ich gesagt habe: Ich wünsche den beiden alles Gute. Ob mit- oder ohneeinander, das spielt für mich keine Rolle mehr. Unsere Wege haben sich soeben endgültig getrennt – und mein Herz klopft darüber einen erleichtert freudigen Takt.

Weder Steffen noch Leon sagen ein Wort und so drehe ich mich einfach um und schlängle mich wieder in Richtung Tür. Ziehe diese auf und trete hinaus in die Mainzer Abendluft, die mir ein wenig milder erscheint, als vorhin noch. In wenigen Tagen ist kalendarischer Frühlingsanfang und Himmel, ich freue mich jetzt schon auf den Sommer mit Damir.

Ich verlasse das *Rubinrot* in dem sicheren Wissen, dass Damir und ich nun beide offen sind. Offen für unsere Gefühle zueinander. Ein wenig irrwitzig ist es ja schon, dass ich dafür so viel länger gebraucht habe als er. Aber was zählt, ist, dass ich mir jetzt sicher bin. Sicher, dass ich ihm vertraue. Dass ich ihn will, wusste ich ja schon lange.

»Warst du beim Friseur?«

Mitten im Flur halte ich in der Bewegung, mir meinen Parka abzustreifen inne und wende mich zu Miguel um. Verständnislos sehe ich meinen besten Kumpel an und der starrt ebenso verwirrt zurück.

»Beim Friseur?«, echoe ich. »Wie kommst du darauf?«

»Keine Ahnung. Du siehst irgendwie anders aus. Da ist das doch die naheliegendste These.«

Faszinierende Logik … Kopfschüttelnd schlüpfe ich vollends aus meiner Jacke.

»Das …«, fährt Miguel fort und fängt dabei an zu grinsen, »oder du hast gestern Nacht richtig gut gefickt.«

Nun entweicht mir ein Schnaufen. »Hab ich nicht. Damir ist in Florida.«

Mein Kumpel lässt ein wissendes Zungenschnalzen verlauten und geht an mir vorbei in Richtung Wohnzimmer. »Dann hab ich keine Ahnung, was mit dir los ist.«

Nachdem ich mir die Schuhe abgestreift habe, folge ich Miguel. »Vielleicht liegt's daran, dass ich eine Retoure gepackt hab.«

»Hä?« Miguel ist heute wieder mal besonders eloquent, aber ich kann es ihm nicht verübeln. Meine Worte müssen ziemlich kryptisch auf ihn wirken.

Dazu, ihn darüber aufzuklären, weshalb genau ich mich so erleichtert fühle, dass man es mir offenbar ansieht, komme ich jedoch erst mal nicht. Denn im Wohnzimmer strahlt mir die kleine Amelie aus ihrem Laufstall entgegen.

»Na, Prinzessin, du siehst ja so wach aus.« Was man von ihrem Papa nicht unbedingt behaupten kann, aber das verkneife ich mir. Sarah war die letzte Woche für drei Tage auf einem Lehrgang und Miguel demnach allein mit der Kleinen. Zum ersten Mal für mehr als eine Nacht. Was wohl für beide Elternteile – wenn auch auf unterschiedliche Weise – eine echte Herausforderung war.

Während ich mich zu Amelie hinunter neige und sie prompt ihre Ärmchen nach mir ausstreckt, erklärt Miguel: »Jepp, sie hat heute einen richtig guten Mittagsschlaf gehalten. Ich befrüchte allerdings, dass sie daher nachher nicht ins Bett gehen wird.« Er seufzt. »Aber egal, bleibt sie eben heute etwas länger wach. Sarah ist auf dem Heimweg vom Dienst und bringt was vom Thai mit. Willst du mitessen? Ist sicher genug.«

»Gern, danke.«

»Erst mal 'nen Kaffee?«, hakt Miguel weiter nach und ist bereits auf dem Weg in Richtung Küche.

»Ja. Aber keinen so starken. Sonst schlafe ich später auch nicht.« Über meine normale Kaffee-Zeit ist es eigentlich längst hinaus.

Ich nehme Amelie auf den Arm und aus ihrem Laufstall heraus. »Wollen wir schauen, was dein Papa macht?«

Die Kleine strahlt mich weiter an und nickt. Gerade ist sie wirklich der reinste Sonnenschein, aber ich habe es schon mal live miterlebt, wenn sie einen ihrer berüchtigten Wutanfälle hat, weil sie ihren Dickkopf nicht durchsetzen kann. Sarah und Miguel werden sicherlich ihren Heidenspaß haben, wenn ihre Tochter so richtig anfängt zu verstehen, wie sie mit ihrem Verhalten ihre Umwelt beeinflussen kann. Oder wenn sie in die Pubertät kommt. Halleluja! Zumindest wissen alle Beteiligten, woher Amelie ihren Dickkopf hat.

Mit der Kleinen auf dem Arm gehe ich ebenfalls in die Küche. Ihren Vater, der an der Kaffeemaschine hantiert, beachtet sie jedoch gar nicht. Stattdessen zeigt sie in Richtung Arbeitsplatte und macht schmatzende Geräusche.

Fragend deute ich auf ihre Trinkflasche. »Willst du was trinken?«

Wieder ein strahlendes Nicken.

Während Amelie an ihrem sicherlich ungesüßten Tee nuckelt, der in meiner Nase nach Fenchel riecht, und der erste Kaffeebecher vollläuft, wendet Miguel sich wieder mir zu. »Also, du und Damir – läuft's gut?«

Ich kann nicht anders, mir schleicht sich sofort ein Lächeln aufs Gesicht. »Ja, denke schon.« Zugegeben, das erste Mal ›richtig‹ mit ihm zu schlafen, habe ich mir ein wenig anders vorgestellt. Weniger verkrampft von meiner Seite aus. Schön war es dennoch und außerdem werde ich meinem besten Kumpel das nicht so genau auf die Nase binden. Dennoch würde ich gern mit ihm darüber quatschen, was mich offensichtlich in den letzten Monaten mehr umgetrieben und letztlich blockiert hat, als ich mir selbst eingestanden und auch vor Miguel gezeigt habe.

»Außerdem«, fahre ich also fort, »hat Damir mir einen wohl ziemlich wichtigen Schubs gegeben.«

Miguel zieht die Brauen hoch. »Inwiefern?«

Aus dem Hausflur erklingt das Kratzen des Schlüssels im Türschloss. Amelie setzt ihre Trinkflasche ab und ich greife rasch danach, weil die Kleine gern mal spontan loslässt.

»Da kommt die Mama«, raune ich ihr zu. »Gehen wir Hallo sagen? Und danach«, wende ich mich wieder an Miguel, »erzähle ich dir und Sarah diese Sache mit der Retoure.«

Mein Kumpel sieht mich noch immer verständnislos an und nickt. »Was auch immer es damit auf sich hat, es hat dir offensichtlich gutgetan.«

Damir

F ür Situationen wie diese sollte ich dir echt einen Wohnungsschlüssel von mir geben«, verkündet Malte und klingt dabei noch immer ein wenig zerknirscht, während er vor mir die Stufen im Hausflur hinaufsteigt.

Ungesehen von ihm zucke ich mit den Schultern. »Ist doch echt nicht schlimm.« Er kann ja nichts dafür, wenn ihn zwei seiner Kids, die er trainiert, nach der Volleyballstunde noch vollquatschen. Zudem war er lediglich ein paar Minuten zu spät und ich wiederum einige zu früh, sodass ich rund eine viertel Stunde vor dem Haus auf ihn gewartet habe.

»Mhm, solange es nicht regnet.«

Danach sah es beim besten Willen nicht aus. Pünktlich zum kalendarischen Frühlingsanfang hat heute den ganzen Tag eine kühle Sonne über Mainz gestrahlt, auch wenn die Temperaturen lediglich bei um die zwölf oder maximal fünfzehn Grad liegen.

Während Malte die Tür zu seiner Wohnung aufschließt, reibe ich dann doch einmal kurz die Finger aneinander. Abgesehen davon ist mir aber nicht kalt und Hände lassen sich bestens an einer Tasse Tee wärmen. Oder an Maltes Haut.

Meine Gedanken haben sich wohl in einem Grinsen auf meinem Gesicht manifestiert, denn Malte zieht fragend die Brauen hoch, als er seine Sporttasche im Flur fallen lässt und er sich dabei zu mir umdreht. »Was ist?«

»Nichts«, entgegne ich betont unschuldig. »Musst du noch duschen?«

»Sollte ich.« Auch auf seine Lippen schleicht sich ein Schmunzeln. »Willst du mitkommen?«

Keine Frage, dass wir gerade beide an ein ganz bestimmtes Erlebnis unter seiner Dusche denken – und keine Frage, dass sein Angebot verlockend ist. Dennoch schüttle ich den Kopf, denn mir schwebt Anderes vor. Oder eher: Ich hätte es bei dem, was ich mit Malte anzustellen gedenke, lieber etwas bequemer.

»Geh du mal. Ich mach's mir schon mal anderweitig gemütlich.«

Seine Brauen zucken nur noch ein wenig weiter nach oben, die Geste um seinen Mund bekommt eine wissend anzügliche Note. »Na dann ... ich beeil mich.« Er will sich schon ab und Richtung Badezimmer wenden, doch ich bin schneller, überbrücke die beiden Schritte zwischen uns und küsse ihn. Einfach weil der Begrüßungskuss vorhin vor der Haustür viel zu kurz war. Und weil wir uns tagelang nicht gesehen haben.

Ich habe Malte vermisst und er mich augenscheinlich auch, wenn ich nachfühle, *wie* er mich küsst: verlangend und zärtlich in einem.

Seufzend schlinge ich die Arme um ihn und vergrabe eine Hand in seinen Locken. Öffne meine Lippen für ihn und heiße seine Zunge in meinem Mund mit meiner willkommen. Seine Hände indessen sind auf meinem

Körper unterwegs, erst über den Klamotten, dann darunter. Mit den Fingerspitzen streift er über meinen Bauch, hin zum Hosenbund. Himmel, wenn er so weitermacht, überlege ich es mir vielleicht doch anders und will ihn gleich unter der Dusche.

Mit bereits rascherem Atem löse ich mich ein Stück weit von ihm, schaue ihn an und er begegnet meinem Blick. Ruhig und entspannt und im selben Moment sehe ich Sehnsucht in seinen Augen lodern. Oder bilde mir zumindest ein, das sehen zu können. Es ist das, was ich in mir drinnen fühle.

Malte öffnet den Reißverschluss meiner Softshelljacke und streift mir diese von den Schultern, wirft sie unachtsam hinter sich in Richtung Garderobe. Sein Blick huscht indessen über mich. Mit einem leichten Schmunzeln auf den Lippen zupft er an meinem Wollpullover herum und hält mir gleich darauf vielsagend ein weißes Haar vor die Nase.

»Hach ja, Eddis Fell ist einfach überall«, kommentiere ich seinen Fund.

»Apropos Eddi – hat er über die Betreuung der letzten Tage geklagt?«

Maltes Ausdrucksweise bringt mich zum Lachen. »Er war beleidigt wie meistens, dass ich es gewagt habe, aushäusig zu sein. Aber ich denke, er wurde bestens von dir versorgt.« Das ist eigentlich noch untertrieben. Ich *weiß*, dass Malte sich herzerweichend um meinen Kater gekümmert hat. Die zahlreichen Fotos, die er mir geschickt hat, haben es eindrucksvoll bestätigt. Malte ist nicht nur, wie eigentlich besprochen, morgens und abends kurz vorbeigefahren, um Eddi zu füttern und das

Katzenklo zu säubern, er hat sich jeden Abend mindestens eine Stunde Zeit genommen, um mit dem Kater zu spielen und ihn mit Streicheleinheiten zu verwöhnen.

»Ich hab mir Mühe gegeben, es seiner katerlichen Hoheit angenehm zu machen.«

»Mehr als das!« Mit den Fingern kraule ich mich durch Maltes Haare, streiche mit der anderen Hand über seinem Sportshirt über seine Brust. Fühle dabei noch ein wenig Feuchtigkeit seines Schweißes und würde ihm das Shirt gerade nur zu gern herunterreißen. Ebenso wie den Rest seiner Klamotten. Doch ich unterlasse es, recke mich stattdessen nur wieder zu ihm und küsse ihn noch einmal sanft. »Danke«, murmele ich gegen seine Lippen, ehe ich mich vollständig löse. So sehr ich Malte gerade auch will, ich möchte, dass wir uns Zeit nehmen. Ebenso wie beim letzten Mal, nur dieses Mal hoffentlich auch für ihn entspannter.

»Ich hab das gern gemacht«, versichert er mir zum wiederholten Mal und macht sich nun wirklich auf den Weg in Richtung Badezimmer. Während ich mir noch rasch die Schuhe von den Füßen streife, dreht er sich an der Tür noch mal um. »Eddi wird doch sicher tödlich beleidigt sein, wenn du heute Nacht schon wieder nicht da bist.«

»Möglich. Aber ich wollte diese Nacht gern bei dir verbringen.« Auch ein wenig vor dem Hintergrund, dass es für Malte in seinen eigenen vier Wänden vielleicht leichter sein wird, sich fallen zu lassen. So meine Theorie, die möglicherweise obsolet ist, weil ich Malte bereits bei unserem ausgiebigen Telefonat vorgestern angemerkt habe, dass es ihm wirklich gutgetan hat, sich die Zeit zu nehmen, mit ein paar Sachen abzuschließen.

Eine sinnbildliche Retoure für negative Gefühle zu packen – und diese seinem Ex auszuhändigen.

»Wir können ja morgen Abend wieder bei mir schlafen«, schiebe ich hinterher und fange Maltes Nicken ein, ehe dieser endgültig im Badezimmer verschwindet.

Das leise Geräusch der sich öffnenden Badezimmertür sorgt dafür, dass sich mein Herzschlag beschleunigt und ein vorfreudiger Schauer über meinen Rücken kriecht. Letzterer könnte auch damit zusammenhängen, dass mir, lediglich mit einem Jockstrap bekleidet auf Maltes Bett sitzend, doch langsam kühl wird. Schätze mal, das wird sich gleich ändern ...

Schritte nackter Füße tappen über den Flur. Da Malte keine frischen Klamotten mit ins Bad genommen hat, wird er also so oder so gleich ins Schlafzimmer kommen, ohne, dass ich ihn zu mir rufen muss. Ich gebe lediglich meine sitzende Position auf und drehe mich auf den Bauch. Kann es kaum erwarten, Maltes Gesichtsausdruck zu sehen, wenn er mich gleich mit quasi blankem Hintern auf seinem Bett vorfindet.

Er kommt um die Ecke ... und verharrt. Nicht wie angewurzelt, aber doch durchaus überrascht, was mich zum Grinsen bringt. Während sein Blick noch auf mir – primär auf meinen von den Gummibändern des Jocks umspannten Arschbacken – liegt, lasse ich den meinen ebenso eingehend über Malte gleiten. Denn der trägt ebenfalls nur ein um die Hüften geschlungenes Handtuch. Über seinen drahtigen Oberkörper perlen noch vereinzelte

Wassertröpfchen. Fast so, als habe er sich absichtlich nicht richtig abgetrocknet, um mich zum Sabbern zu bringen. Es klappt! Zumindest sinnbildlich. Die wahrscheinlichere Theorie ist allerdings, dass seine Haare noch feucht sind und sich von dort einzelne Tropfen auf seine Haut stehlen. Das Ergebnis ist allerdings dasselbe.

Noch immer grinsend sehe ich wieder hoch in Maltes Gesicht, auf dem inzwischen ein weiches, fast schon bewunderndes Lächeln liegt. Keine Frage, dass ich es mag, wenn er mich so ansieht.

»Überraschung«, raune ich ihm leise und eindeutig verspätet entgegen.

Sein Lächeln wird noch eine Spur breiter und er setzt sich in Richtung Bett und damit zu mir in Bewegung.

»Die ist definitiv geglückt.« Ohne zu zögern, kniet er sich neben mich, neigt sich über mich und legt eine Hand an meine Wange, veranlasst mich zu, mich ein Stück nach oben und ihm entgegen zu recken. »Du siehst verdammt heiß aus«, flüstert er noch auf meine Lippen, ehe er diese in einem langen Kuss gefangen nimmt, in dem unter all der Zärtlichkeit sein Verlangen nach mir durchblitzt.

Die Geste elektrisiert mich, ebenso das hauchzarte Streicheln an meiner Wirbelsäule entlang. Sobald seine Finger an meinen Pobacken angekommen sind, löst Malte den Kuss, folgt mit Blicken den Spuren, die er über meine Haut zieht und sieht dabei ganz sicher auch die wohligen Schauer, die mich immer wieder ergreifen.

So sehr ich Maltes Zärtlichkeiten genieße, will ich nicht nur tatenlos daliegen. Bevor ich mich allerdings nennenswert hochrappeln oder gar umdrehen kann, liegt Maltes Hand bereits auf meiner Schulter und er neigt sich weiter über mich. Küsse in meinem Nacken lassen mich innehalten und erzwingen einen kleinen, rauen Laut aus meiner Kehle.

»Bleib einfach liegen. Bitte.«

Jeglicher Protest – wenn da denn welcher wäre – geht in weiterem Seufzen unter, als Malte beginnt, sich eine Spur an meiner Wirbelsäule entlang zu küssen. Wie vorhin der Weg seiner Finger, nur viel kribbelnder noch. Anheizender. Vor allem, als er schließlich seine Zunge dazu nimmt und hier und da über meine Haut leckt. Es braucht nur so wenig und ich werde wie Wachs unter seinen Liebkosungen, sinke regelrecht der Länge nach in die Matratze, wobei mein Penis sich zunehmend gegen den Stoff des Jockstraps und damit gegen die Decke unter mir drückt. So zart Maltes Berührungen auch sind, sie erregen mich wahnsinnig. Ich stöhne leise, als er beidhändig über meine Pobacken streichelt und schließlich auf jede einen Kuss setzt.

Dass ich sogar leicht zittere, realisiere ich erst, als Malte die Prozedur unterbricht, sich etwas aufrichtet und mir zuflüstert: »Frierst du?«

»Nein«, stoße ich sofort atemlos hervor und es stimmt. Vorhin habe ich gefröstelt, jetzt ist mir warm … heiß … und ich bin einfach nur zunehmend erregt und sehne mich nach mehr.

Und *mehr* bekomme ich. Malte streichelt, küsst und leckt sich wieder zurück bis in meinen Nacken. Unzählige Küsse und eine sanft anheizende Reizung mit den Zähnen dort, bis ich in die Decke stöhne, lauter dieses Mal, und die Finger hinein kralle.

»Sag mal ...« Malte flüstert absichtlich nahe an meinem Ohr, sodass ich unter seinem warmen Atem erschauere. Dabei streichelt er mit den Fingerspitzen weiterhin neckend an den Riemen des Jocks entlang und über meinen Po. »Magst du's, geleckt zu werden?«

Himmel ... Flattrig öffne ich die Augen und sehe Malte direkt über mir. Den gierig zärtlichen Blick, mit dem er mich bedenkt.

»Ja«, bringe ich unter raschen Atemzügen hervor, »mag ich sehr. Wenn mein Partner es auch mag.«

Malte lächelt nur – und in mir kribbelt alles. Nur durch seine Zärtlichkeiten bin ich verflucht hart und würde am liebsten zwischen mich und die Matratze greifen, um meinen Steifen zu berühren. Doch ich unterlasse es, ringe Malte stattdessen noch einen Kuss ab und greife, statt nach mir selbst, nach dem Handtuch, ziehe es mit einem Ruck von seinen Hüften. Zischend zieht Malte den Atem ein, erwidert mein breites Grinsen jedoch. Das Handtuch werfe ich unachtsam aus dem Bett, ehe ich meine Wange zurück auf die Decke bette und Malte vollständig über mich kommt.

Wieder arbeitet er sich mit Händen und Mund über meinen Rücken nach unten, wobei seine Erektion meine Pobacke streift, was nun wiederum mich zu einem scharfen Luftholen bringt. Einige Sekunden später sind Maltes Hände an meinen Oberschenkeln. Mit bestimmendem Druck schiebt er meine Beine weiter auseinander, findet Platz dazwischen.

Mein Herz donnert gegen meine Rippen, mein Schwanz drückt gegen die Bettdecke, ich halte den Atem an und warte auf das, was kommen wird. Zunächst sind es nur weitere liebevolle Küsse auf meine Pobacken, die mich dazu verführen, mich Maltes Mund suchend entgegen zu schieben. Ein schier dankbares Stöhnen entringt sich mir, als er endlich meine Backen packt, die Finger hinein gräbt. Mit dem nächsten Atemzug vergrabe ich das Gesicht in der Decke, stöhne hinein, weil Maltes Mund endlich da ist, wo ich ihn sehnlichst haben will.

Malte verwöhnt mich mit drängendem Lecken und sachtem Saugen, zwischendurch immer neue Küsse und Bisse auf und in meine Pobacken, ehe er mich wieder mit seiner Zunge umschmeichelt und schließlich auch ein Stück in mich dringt. Es geht leicht und immer leichter, weil ich mit jeder Sekunde lockerer unter seiner Behandlung werde. Auch den Finger, den er folgen lässt, begrüßt mein Körper sehnsüchtig. Jedes Eindringen, jedes Reiben über diesen verfluchten Punkt in meinem Inneren entlockt mir raue Laute und zunehmend abgehackten Atem.

»So gut …«, flüstere ich der Decke entgegen, meine damit natürlich Malte und will mit ansehen, was er mit mir anstellt. Träge vor Lust, die mich gefangen hält, drehe ich den Kopf und stemme mich leicht auf die Ellbogen hoch.

Himmel, der Anblick, wie Malte hinter mir kniet und mich leckt, ist verdammt heiß! Vor allem, weil er sich dabei selbst massiert. Sein Schwanz sieht verflucht hart aus in seiner Hand und obwohl ich gern noch länger seinen Mund genießen würde, drängt sich gerade nur ein Wunsch in mein von Erregung leicht benebeltes Hirn: »Malte … will dich in mir …«

Noch einmal küsst er meinen Po, ehe er sich aufrichtet und auf die Fersen zurücksetzt. Mich so dabei zusehen lässt, wie er es sich selbst macht. Ich starre ihn an, kann mich nicht sattsehen; er hingegen streicht wie versonnen mit einem Finger durch meine von seiner Spucke feuchte Spalte.

»Brauchen wir noch Gleitgel?«

Schwer atmend schüttele ich den Kopf. »Nein. Und wegen mir auch kein Gummi mehr.«

Seine Brauen zucken nach oben, gefolgt von einem Lächeln, weil er ganz offensichtlich begreift, was ich ihm sagen will: Meine Testergebnisse sind da und alles bestens. Von Malte weiß ich, dass er selbst in den letzten Monaten keinen Sexpartner hatte.

»Umso besser.«

Ich will mich schon vollends hochstemmen und greife an meinen Jockstrap, um mir diesen hastig abzustreifen, doch Malte stoppt mich. Die Finger um mein Handgelenk geschlossen, lodert etwas in seinem Blick auf. »Der bleibt an.«

Mein scharfes Atemholen ist Überraschung geschuldet, nicht Abwehr. Sengend gräbt sich sein Blick über meine Haut und tief hinein in meinen Unterleib. Die Feuchtigkeit meiner Vorlust durchdringt den dünnen Stoff und die Vorstellung, wie ich in den Jockstrap komme und mein Sperma diesen tränkt, macht mich in diesem Moment unwahrscheinlich an. Mehr noch, als Malte mir die Hand, die er eben noch nur locker gehalten hat, auf den Rücken verdreht und mich an der Hüfte packt, vollends auf die Knie hoch und zu sich zieht.

Gottverdammt, ich muss zugeben, ich mag es, wenn er fordernd wird. Zumal er zwar angespannt vor Erregung, aber dieses Mal vollkommen unverkrampft wirkt. Trotz seiner offensichtlichen Gier auf mich verliert er mich keine Sekunde aus den Augen. Behält mich im Blick und mustert mich aufmerksam, als er seinen harten Schwanz mit weiterem Speichel befeuchtet und dann zwischen meine Pobacken bringt. Ich öffne mich ihm sofort, nehme den Druck seiner Eichel bereitwillig hin und seufze langgezogen, als er Stück für Stück in mich eindringt. Langsam, aber stetig, bis er zur Gänze in mir ist. So tief, dass meine Pobacken gegen seine Hüften pressen.

»Gott …« Ich flüstere in die Decke und verkralle die Finger darin. Beidhändig, sobald Malte meinen Unterarm, den er auf meinem Rücken fixiert hatte, loslässt, um mich fester an den Hüften packen zu können. Mein Flüstern wandelt sich zu einem leisen Aufschrei, den ich in der Decke ersticke, als Malte beginnt, zuzustoßen. Erst nur kleine Bewegungen, doch er findet rasch einen härteren Rhythmus, zieht sich dabei fast vollständig aus mir zurück, nur um mich dann wieder mit einer Intensität zu vereinnahmen, die mir den Atem raubt und mich in Rekordtempo in meiner Lust höher peitscht. In meinen Ohren hallt mein Keuchen, vermischt mit Maltes, und das Geräusch, wenn sein Becken und seine Hoden auf meine Haut treffen. Mit jedem seiner festen Stöße wird der heiße Druck hinter meiner Schwanzwurzel intensiver, in meinen gespannten Eiern nistet sich ein verheißungsvolles Kribbeln ein. Es wäre so leicht, loszulassen und innerhalb von Sekunden zu kommen. Dazu müsste ich mich wahrscheinlich nicht mal anfassen, die Reibung des Stoffes macht mich allein schon schier wahnsinnig. Im letzten Eckchen meines vernebelten Hirns vermute ich allerdings, dass Malte noch nicht so weit ist, auch wenn sein gelegentliches Stöhnen von Lust erzählt. Dieses Mal will ich, dass wir gemeinsam kommen. Wenigstens annähernd.

»Malte ... shit ... warte ...« Es kostet mich durchaus Überwindung, ihn – und damit auch mich selbst – zu bremsen, und auch ihm scheint es nicht leichzufallen, von mir abzulassen. Durch seine Brille hindurch trifft mich sein lustverhangener Blick. Die letzten Wassertröpfchen auf seiner Haut sind längst einem dünnen Schweißfilm gewichen und seine noch leicht feuchten Haare sehen herrlich zerwühlt aus, obwohl ich kein einziges Mal die Finger hineingegraben habe.

Genau das hole ich nach und streife durch seine Locken, während ich mich halb aufrichte und ihm einen tiefen Kuss abringe, den er ebenso intensiv erwidert. Indessen dirigiere ich ihn so, dass er schließlich auf dem Rücken liegt und ich mich rittlings über ihn knien kann. Immer noch im Jockstrap und ja, der ist wirklich durchfeuchtet, zeichnet die Konturen meines harten Schwanzes überdeutlich nach, wie mir ein Blick nach unten zeigt. Auch Maltes Blick hängt auf mir, wie paralysiert streichelt er über meine gespannten Oberschenkel, meine Hüftknochen, streift meinen Schwanz durch Stoff hindurch, bringt mich so zum Zittern.

Hastig spucke ich mir in die Hand und bringe so noch einmal Feuchtigkeit an meinen Eingang. Malte und ich starren uns dabei an, atmen beide im selben schweren

Rhythmus. Im nächsten Moment jedoch schließe ich die Augen und mein Kopf sinkt in den Nacken. Mit geöffnetem Mund stöhne ich meine Lust hinaus, als ich mich wieder auf Maltes Schwanz schiebe. Ihn tiefer und tiefer in mir spüre und uns dieses Mal keine Zeit lasse, sondern mich sofort auf ihm zu bewegen beginne. Zunächst in einem Winkel, der meine Prostata weitgehend unberührt lässt, auch wenn das allein schon ziemlich erregend ist. Doch als ich schließlich das Gefühl habe, dass auch Malte nah dran ist, verändere ich meine Position ein wenig. Das nächste Eindringen erzwingt ein raues Wimmern und ein zittrig geflüstertes »fuck« von meinen Lippen, welches in Maltes Aufstöhnen untergeht. Ich bewege mich fester auf ihm und er stößt mir leicht von unten entgegen, was die Reibung in meinem Inneren perfekt macht. Noch dazu zerrt er mit einer Hand fahrig den Stoff des Jocks beiseite und umschließt meinen prallen Schaft. Hält mich, sodass ich mich mit jedem seiner Stöße an seinen Fingern reibe, was es mir letztlich unmöglich macht, meinen Orgasmus länger aufzuhalten. Schwer atmend komme ich in seiner Hand und kann währenddessen wie am Rande und doch wahnsinnig intensiv in mir spüren, wie er ebenfalls abspritzt. Mit geschlossenen Augen und mit Maltes Händen auf meiner schweißfeuchten Haut genieße ich meinen Höhepunkt und bewege mich dabei weiter sachte auf ihm, bis er schließlich meine Hüften packt und festhält.

»Stop ... Damir ... o Himmel ...« In seinem Keuchen klingt ein kleines Lachen mit, das mich dann doch dazu veranlasst, die Augen zu öffnen und auf Malte hinab zu schauen. *Jetzt* sieht er wirklich zerwühlt aus. Die Locken wild um seinen Kopf und sein leicht verträumtes Grinsen wunderschön. Mein Herz rast – halb Anstrengung und halb einem Sturm aus Glücksgefühlen geschuldet. Ebenfalls lächelnd und schwer atmend beuge ich mich hinab, bis ich meinen Mund auf Maltes legen kann. Es ist kein wirklicher Kuss, vielmehr ein erschöpft glückliches aneinander Innehalten unserer Lippen. Geteilter, hastiger Atem, der sich nur langsam beruhigen will.

Malte streichelt von meinen Hüften über meinen gesamten Rücken, ehe er die Arme um mich schlingt und mich festhält. Erst jetzt küsse ich ihn richtig. Erschöpft, zärtlich ... und mit einem Gefühl von *Ankommen* tief in mir.

Nach einer weiteren Dusche – dieses Mal dann doch gemeinsam und begleitet von kleinen Zärtlichkeiten – machen wir es uns auf dem Sofa in Maltes kleinem Wohnzimmer gemütlich. Oder eher: *Ich* richte mich schon mal bequem ein. Malte hingegen springt sogleich wieder auf.

»Lust auf Eis?«

Ich muss unweigerlich schmunzeln. »Familienpackung?«

»Na klar.«

»Aber nur, wenn du dafür nicht mehr raus musst.« Draußen ist es inzwischen dunkel und sicherlich nächtlich kühl und außerdem bin ich nicht gewillt, Malte auch nur für Minuten gehen zu lassen.

»Ach was, ich hab welches da«, verkündet er glücklicherweise.

Na dann sage ich nicht Nein. Statt das auszusprechen, sage ich aber einfach gar nichts, sondern sehe Malte nur hinterher, wie er splitterfasernackt, wie wir beide noch sind, aus dem Wohnzimmer verschwindet.

Während er in der Küche im Eisfach rumort, entfalte ich die kuschelige Decke, die auf dem Sofa bereitliegt, und wühle mich schon mal darunter.

Es wird nur umso wärmer und kuscheliger darunter, als Malte schließlich bei mir ist.

»Schau mal, was ich bei Einkaufen gefunden hab«, meint er, während ich noch die Decke über uns beiden zurechtzupfe, »es gibt seit Neuestem eine Packung, in der nur Schoko und Erdbeere ist. Wie für uns gemacht.«

»Ein Wink des Schicksals, unsere Liebe hat die Eisindustrie zu einer neuartigen Kreation inspiriert«, feixe ich, meine es aber doch irgendwie durchaus ernst. Von *Liebe* zu sprechen wäre vielleicht noch verfrüht – oder eben auch nicht. Was ich für Malte empfinde, wird mit jedem Tag größer und die Art, wie er mich ansieht, zeigt mir, dass es ihm genauso geht.

Die Eispackung an meinen Händen ist kalt, aber umso wärmer wird mir mit Malte so nahe bei mir. Wir tauschen einen kurzen, sehr sanften Kuss, ehe wir uns beide über das Eis hermachen.

Einer Weile löffeln wir schweigend. Wir *unterhalten* uns nur, indem unsere nackten Füße unter der Kuscheldecke aneinander reiben. Doch irgendwann drängt ein Gedanke in meinen Kopf.

»Ich muss ja gestehen, jetzt wäre so ein schnurrender Kater auf dem Schoß doch ganz schön.«

Malte gibt einen zustimmenden Laut von sich, muss jedoch erst mal seinen Mundvoll Eis hinunterschlucken, ehe er etwas entgegnen kann. »Finde ich auch. Also abgemacht, morgen Abend fahren wir nach dem *Date* mit Sarah und Miguel zu dir.«

»Ja.« Ich schiebe mir einen weiteren Löffel in den Mund, Erdbeer- und Schokoeis gemeinsam dieses Mal. »Ich freu mich echt, die beiden kennenzulernen.«

»Ich bin mir sicher, sie freuen sich auch auf dich. Und sind gespannt.«

»Mhm, mir steht eine Inquisition bevor, was?«

Malte lacht und ich meinte meine Worte auch keinesfalls ablehnend. »Vielleicht eine kleine.«

Apropos Inquisition durch Freunde und Familienmitglieder... »Hast du eigentlich schon Sommerurlaub geplant?«

Verdutzt hält Malte in der Bewegung, den Löffel zum Mund zu führen, inne. »Nein, ich mach das meist spontan. Also nicht unbedingt das Urlaubnehmen an sich, aber die Entscheidung, ob und wohin ich verreise. Vor zwei Jahren war ich mit Miguel unterwegs. Backpacking in Thailand. Aber so was fällt dieses Jahr zwecks Amelie ja definitiv flach. Daher... Gott, ich laber dich voll. Warum? Was hast du vor?«

Kurzerhand stecke ich meinen Löffel ins Eis und drehe mich Malte weiter zu. »Noch nichts Konkretes. Hast du Lust, mit mir nach Kroatien zu fahren? Beziehungsweise zu fliegen. Meine Familie kennenlernen?«

Maltes Löffel landet ebenfalls in der Packung. Nach einem Moment der Überraschung schleicht sich ein ziemlich glücklich wirkendes Lächeln auf seine Lippen. »Total gern, ja!«

Ich will mich schon zu ihm neigen, doch er stoppt mich plötzlich. »Aber was ist dann mit Eddi?«

Wie wunderbar ist es eigentlich, dass er immer auch an meinen Kater denkt?

»Vielleicht kann Miguel nach ihm sehen. Dann musst du nicht deine Nachbarin ...« Seine lauten Überlegungen sperre ich mit einem stürmischen Kuss in seinem Mund ein. Ihm entweicht ein überraschter Laut, dann erwidert er mein Lippenbekenntnis. Unter der Decke schiebt er eine Hand auf meinen nackten Oberschenkel, weckt damit schon wieder dieses anheizende Sirren.

»Du bist wundervoll«, flüstere ich gegen seine Lippen. Ich kann nicht aufhören, ihn zu küssen, aber auch nicht, zu reden. »Malte, ich ...« Beinahe rutschen mir die drei Worte heraus und vielleicht wäre es auch gar nicht schlimm, wenn sie es täten. Doch ich besinne mich. Zeit – wie haben alle Zeit der Welt. Denn Malte wird nicht einfach eines Morgens abhauen, dessen bin ich mir sicher. Und ich werde keinen anderen mehr wollen als ihn. Mir ist klar, dass es keine Garantie gibt, aber eines schwöre ich mir in diesem Moment: Für *diesen* Mann werde ich kämpfen, in jedem möglichen Tief, das kommen mag. Und bis dahin genieße ich das Hoch, auf dem wir gemeinsam schweben.

»Ich bin wirklich heftig verliebt in dich«, wispere ich an seinem Mund und spüre sein Lächeln. Noch ehe er etwas entgegnen kann, küsse ich ihn erneut und schmecke Schokoladeneis, vermischt mit Erdbeere auf seinen Lippen.

Ende

Nachwort & Danksagung

Liebe Leser*innen,

mir bleibt nach diesem Roman eigentlich gar nicht viel zu sagen, außer DANKE, dass ihr Damirs & Maltes (und natürlich auch Eddis) Geschichte gekauft oder ausgeliehen habt. Ich hoffe, ihr hattet schöne Lesestunden und würde mich sehr freuen, wenn ihr mir eine kurze Bewertung oder sogar eine Rezension hinterlasst. Vielen Dank für euren Support und wir lesen uns (hoffentlich) beim nächsten Roman.

Danke außerdem an meine treue Betaleserin Jenny und alle anderen Menschen, die mich bei diesem Romanprojekt unterstützt haben, sei es durch Coverdesign, Buchsatz, Testlesen oder die Beantwortung meiner Recherchefragen.

Alles Liebe

Srea Lundberg

Über die Autorin

Svea wurde 1989 *im Schwabenländle* geboren. Aufgewachsen inmitten grüner Wiesen, träumte sie sich bereits von Kindesbeinen an gern in fremde Welten. Ihr erstes »Buch« war ein Winnetou-Comic, danach folgten diverse Fanfictions, die sie bevorzugt im Matheunterricht schrieb. Während ihres Studiums der Germanistik, Skandinavistik und Kulturtheorie entdeckte sie nicht nur ihre Liebe für die nordischen Länder, sondern auch neue literarische Genres. Ihr Debütroman »Kristallschnee« erschien im Januar 2016.

Heute schreibt sie unter ihrem Realnamen **Julia Fränkle** im Bereich der Fantasy und als **Svea Lundberg** in den Bereichen Romance, New Adult, Erotik und Crime/Thrill. Die Autorin lebt und arbeitet mit Mann und Hund in der Nähe von Karlsruhe und sammelt neue Ideen meist beim Yoga, bei ausgedehnten Gassirunden oder bei einem Gläschen Wein mit Freunden.

Romane von Svea Lundberg:

▷ *Kristall*-Reihe (dead soft Verlag)
▷ *Inbetween*-Reihe (dead soft Verlag)
▷ *F***ing real*-Reihe (dead soft Verlag)

▷ *Sheltered in blue*-Reihe (SP)
▷ *Die stille Seite der Musik* (Traumtänzer-Verlag)
▷ *Die Clifton-Lüge* (Traumtänzer-Verlag)
▷ *Unter weiten Adlerschwingen* (mit Màili Cavanagh, Traumtänzer-Verlag)
▷ *Der Mann, den wir lieb(t)en & Der Mann, dem wir vertrau(t)en* (SP)
▷ *Shattered Crescent – die Risse seiner Seele* (SP)
▷ *Wie ein endloser Sommer – Nik & Tanner* (mit Christiane Bößel, SP)
▷ *Wenn wir Feinde wären* (Traumtänzer-Verlag)
▷ *Limits of Law – Wie Sand im Wüstenwind* (SP)
▷ *Camembert mit Puderzucker* (SP)
▷ *(Un)desired Risk – Hingabe & (Un)desired Risk – Vertrauen* (mit Fenja Wächter, SP)
▷ *(K)eine Retoure für die Liebe* (SP)

Romane von Julia Fränkle:

▷ *Elfendiener*-Reihe (tensual publishing)
▷ *Elfenrache* (SP)
▷ *Nymphenfluch* (mit Jennifer Heck, Amrûn-Verlag)

Außerdem diverse Kurzgeschichten als Stand-alone und in Anthologien.

Weitere Infos auf www.svealundberg.net und auf Facebook sowie Instagram.

Weitere Leseempfehlungen

Du möchtest gern weitere M/M-Romances zum Wohlfühlen aus meiner Feder lesen? Dann lege ich dir diese Romane ans Herz.

»*Camembert mit Puderzucker*«
(c) Svea Lundberg (Juli 2022)

Wenn es nach Jonathans Eltern ginge, würde er im familieneigenen Hotelbetrieb einsteigen. Aber Jonathan hat nicht Jahre in einem der renommiertesten Caféhäuser Wiens verbracht, um anschließend ›nur‹ in der Hotelküche zu stehen.

Mit dem Startkapital aus der Hand seines Vaters möchte er eine Pâtisserie in der Tübinger Altstadt eröffnen. Doch dann steht eines Morgens ein fremder Kerl in seinem Laden und behauptet etwas ganz Ungeheuerliches: Er habe das Ladengeschäft ebenfalls gekauft.

Im Gegensatz zu Jonathan sind Filius' Ambitionen nicht ›sponsored by Daddy‹. Er hat das gesamte Erbe seines verstorbenen Großvaters in seinen Traum vom eigenen Käsefeinkostgeschäft gesteckt. Doch nun sieht alles danach aus, als sei er über den Tisch gezogen worden und letztlich bleibt ihm nur eine Chance: das überraschende Angebot, das Jonathan ihm unterbreitet, anzunehmen.

Aber stinkender Käse und überkandidelte Pralinen – wie soll das zusammen gehen? Noch dazu, wenn Filius und Jonathan sich gegenseitig ungefähr so sympathisch finden wie saure Milch?

Irgendwie müssen die beiden es schaffen, sich zusammenzuraufen …

Ob ihnen das gelingen wird? Finde es heraus, in einer süßen Gay Romance, garantiert ohne Geschmacksverstärker.

»Wie ein endloser Sommer – Nik & Tanner«
(c) Christiane Bößel & Svea Lundberg (Juli 2021)

Ein Männertrip nach New York und ein One-Night-Stand! Genau das, was Tanner nach dem Ende seiner katastrophalen Beziehung braucht – findet zumindest sein bester Freund. Nik ist der ideale Kandidat dafür, ist er doch so ganz anders als Tanners klammernder Ex: aufgeschlossen, entspannt und nicht auf eine feste Beziehung aus. Und das Beste ist, Tanner und Nik werden sich nach dieser einen Nacht nie wiedersehen, denn sie trennen mehrere tausend Kilometer. Eigentlich.

Doch Tanner ist mit seinem Leben einfach nur unzufrieden. Dagegen hilft auch der beste One-Night-Stand nicht. Spontan beschließt er, sich eine Auszeit zu nehmen und einen Sommer in Deutschland zu verbringen. Einen Sommer mit Nik.

Nik, der mit seinem Man Bun und seinen auffälligen Klamotten eigentlich gar nicht sein Typ ist.

Nik, der selbst gerade nicht weiß, wohin die Zukunft führt.

Nik, der mit seiner unkomplizierten Art eine Sehnsucht in Tanner weckt, der nachzugeben bedeuten würde, das erste Mal im Leben alles anders zu machen.

»*Die Clifton-Lüge*«
(c) Svea Lundberg (Juli 2018)

Nach dem Unfalltod seiner Eltern trifft Roman die drei mutigsten Entscheidungen seines Lebens: Er verkauft das teure Anwesen seines Vaters, kündigt seinen sicheren Job als Steuerfachangestellter und wandert nach Island aus. Dort will er sich endlich seiner großen Leidenschaft, dem Schreiben, widmen und zu sich selbst finden. Dabei gibt es nur zwei winzige Probleme: Er kennt weder Land und Leute, noch hat er den Mut, dies aktiv zu ändern. Denn Roman hat das Tourette-Syndrom und fühlt sich in Gesellschaft anderer Menschen vollkommen hilflos und deplatziert. Nicht umsonst verbirgt er sein schriftstellerisches Selbst seit Jahren hinter einem geschlossenen Pseudonym. Eigentlich würde er am liebsten nie wieder unter Leute gehen, wenn da nur nicht diese Erinnerungen an eine flüchtige Begegnung und an ein paar stechend blaue Augen wären …

»Die stille Seite der Musik«
(c) Svea Lundberg (Januar 2017)

Bei einem Autounfall wird Valentins Hand zertrümmert und seine Karriere als aufgehender Stern am Pianistenhimmel abrupt beendet. Nach Wochen voller Operationen und Rehamaßnahmen verordnet seine Mutter ihm Erholungsurlaub an der Ostsee. Auf dem Reiterhof seiner Tante lernt er den gehörlosen Florian kennen. Zwischen Stallausmisten und Strandausritten kommen die beiden sich langsam näher, aber Missverständnisse sind vorprogrammiert. Denn während Valentin alles dafür tun würde, um wieder Klavier spielen zu können, scheint Florian sein vermeintliches Handicap einfach wegzulächeln.